Ylva

Wette mit Folgen

Ein lesbischer Liebesroman

Lois Cloarec Hart

Von Lois Cloarec Hart
ausserdem lieberbar

Wie ein neues Leben

Widmung

Für Day
deren Witze mich zum Lachen bringen,
deren Lieder mich zu Tränen rühren,
deren Liebe mich schweben lässt.

Kapitel 1

»Mir ist langweilig.«

Oh, oh. Victoria sah zu Jac, deren Blick durch die Bar streifte und gelegentlich innehielt, um eine Gruppe von Gästen zu überblicken oder auf einer allein sitzenden Frau zu verharren.

Viktoria seufzte. *Ich hätte heute Nacht zu Hause bleiben sollen.* »Du warst diejenige, die mich zu einem Mädelsabend überredet hat.«

»Roger ist verreist. Es gibt keinen Grund für dich, zu Hause rumzusitzen.«

»Aber musste es denn unbedingt *The Arc* sein?«

»Was ist denn falsch am *Arc*? Die Musik ist gut, die Getränke sind annehmbar …« Jacs Blick folgte einer Brünetten, die an ihnen vorüberging. »Die Frauen sind schön. Was ist daran verkehrt?«

Der Fakt, dass ich es echt satthabe, deine Strohfrau zu sein. »Ich möchte nur einmal in eine normale Bar gehen. Nur ein einziges Mal. Warum versuchen wir nicht *Marcos Bar* in der Seventeenth?«

»*Marcos Bar*? Du bist verheiratet und ich bin lesbisch. Wenn wir dorthin gehen, kriegt heute Nacht keine von uns, was sie will. Hier zumindest …« Sie zwinkerte.

»Ja, ja, ich weiß. Hier kannst du jede x-beliebige Mieze anmachen und deine Langeweile kurieren.« Victoria rollte mit den Augen.

»X-beliebig? Du beleidigst meinen Geschmack.«

Victoria stöhnte auf, ließ ihren Kopf auf die Bar sinken und schlug ihn ein paarmal dagegen. »Gott bewahre, dass ich jemals Jac die Unbesiegbare anzweifele, Jac die Verführerin, Jac die Versucherin, Jac die …«

»Okay, ich hab's verstanden.« Jac lachte und nahm ihre Hand von Victorias Mund.

»Du bist so ein arrogantes Miststück.«

»Stimmt, aber du liebst mich trotzdem.« Jac nippte an ihrem Getränk, während sie sich erneut im Raum umsah.

»Also, was ist das Problem? Siehst du heute keine, die dein Typ ist?«

»Ach, ich weiß nicht. Vielleicht bin ich einfach nicht in der Stimmung, oder so. Mensch, Vic, schau sie dir doch an!«

Victoria sah über ihre Schulter zu einer Gruppe von Frauen. »Was soll mit ihnen sein?«

Jac seufzte, wandte der Menge den Rücken zu und bedeutete dem Barkeeper, eine weitere Runde auszuschenken. »Nichts, wirklich. Sie sind nur … nichts Besonderes. Verdammt, sie würden wahrscheinlich zu ihrer Mutti rennen, wenn ich eine von ihnen über's Knie legen würde.«

»Nun, wenn es daran scheitert, warum gehst du dann nicht ins *Sous-terre*?« Der Privatklub war berüchtigt dafür, eine Publikum mit dunkleren sexuellen Vorlieben zu bedienen. Während Victoria noch nie dort gewesen war, galt Jac als Stammgast.

Mit undurchdringlicher Miene starrte Jac weiterhin auf die hinter der Bar aufgereihten Flaschen.

»Vielleicht später.« Sie warf ein paar Geldscheine auf den Tresen, dann schüttete sie die Hälfte ihres Scotchs in einem Zug hinunter. »Es gibt keine Herausforderungen mehr. Nicht hier, nicht im *Sous-terre*. Nirgends.«

Victoria blickte mürrisch drein. »Es ist ja nicht so, als ob du nicht absolut jede herumkriegen könntest, die du willst.«

Jac hob eine Augenbraue. »Ist das eine Wette?«

Victoria erstarrte. Kalter Schweiß trat auf ihre Stirn.

Jac grinste und schaute zur Seite, als sie ihr die Antwort schuldig blieb.

Plötzlich wünschte Victoria sich nichts sehnlicher, als einen Wettbewerb mit ihrer Freundin zu gewinnen. Jac war in ihrer Freundschaft immer das Alphatier gewesen. So sehr Victoria sie auch liebte, so sehr wünschte sie sich, den Lorbeerkranz wenigstens einmal für sich beanspruchen zu können. Sie schob jeden weiteren Gedanken beiseite. »Ja, ist es.«

Mit gehobenen Augenbrauen setzte Jac sich kerzengerade hin. »Wie lauten deine Bedingungen?«

»Ich wähle das Ziel. Du hast einen Monat – genau einunddreißig Tage –, um sie ins Bett zu bekommen oder du verlierst.« Als Victoria ihre eigenen Worte hörte, wurde ihr flau. Aber jetzt gab es kein Zurück mehr.

»Und der Einsatz?«

Victoria zögerte. Eigentlich hatte sie um Geld spielen wollen, änderte aber spontan ihre Forderungen. »Wenn du gewinnst, werde ich Roger überreden, mit uns ins *Sous-terre* zu gehen.«

Jac grinste. »Ich wusste gar nicht, dass du dich für diesen Klub interessierst, aber okay. Und was, wenn du gewinnst? Nicht, dass du eine Chance hättest.«

Victoria umklammerte ihren Martini und wich Jacs Blick aus. »Wenn ich gewinne, vergisst du deine Regeln und Grenzen und begleitest mich für ein ganzes Wochenende in die Berge.«

Sie hörte, wie Jac den Atem scharf einsog.

Schließlich zwang Victoria sich, sie direkt anzusehen.

Jacs Gesichtsausdruck war ernst. »Das klingt wirklich nicht nach einer guten Idee. Du weißt um die Risiken. An diesem Punkt waren wir schon einmal – und es ist für keine von uns gut ausgegangen.«

Victoria war sich durchaus bewusst, dass ihr Plan die Gefahr bergen könnte, ihre Freundschaft und ihre Ehe zu ruinieren. Jac hatte sich immer unerbittlich geweigert, diese Grenze zu überschreiten. Aber Victoria konnte der Aussicht nicht widerstehen – und mochte sie noch so unerreichbar sein –, mit der einen Frau zusammen zu sein, die ständig ihre erotischen Träume heimsuchte. »Das ist der Deal. Nimm an oder lass es bleiben.« *Dr. Eichler würde meinen Kopf fordern, wenn er mich hören könnte, aber das ist mir egal.*

Einige lange Momente verstrichen, in denen Victorias Gewissheit wuchs, dass ihr Vorschlag abgelehnt würde.

»Die Wette gilt. Aber nur, weil ich weiß, dass du verlieren wirst.«

Victoria atmete tief aus, ihre Hände zitterten. Sie wusste nicht, ob sie ihren Erfolg feiern oder darüber in Ohnmacht fallen sollte.

Jac richtete einen kühlen Blick auf Victoria. »Also, wer ist das Ziel?«

»Ihr Name ist Lauren Blaine. Sie ist eine meiner jüngeren Kolleginnen in der Agentur.«

»Erzähl mir von ihr.«

»Ein großartiges Mädchen. Eine von den Leuten mit dieser aufrichtigen, natürlichen Herzenswärme, weißt du, was ich meine? Was ihr Aussehen betrifft – sie ist süß. Nicht sehr groß, aber man sieht sofort, dass sie sich fit hält. Lauren hat kurzes, dunkles Haar – ziemlich struppig – und große, unschuldige Augen, die direkt in deine Seele schauen.«

»Und was verschweigst du mir?«

Victoria wusste, dass Jac keinen Rückzieher machen würde, nachdem sie die Wette angenommen hatte. Darum zog sie mit einem Lächeln ihr Ass aus dem Ärmel. »Sie ist hetero und verlobt.«

Jac zuckte mit den Schultern. »Kleinigkeiten. Also, wann und wo werde ich sie treffen?«

»Am Montag ist ihr fünfundzwanzigster Geburtstag. Ich werde sie zum Mittagessen einladen. Warum triffst du uns nicht so gegen eins im *Aerie*?«

»Abgemacht.«

Victoria hob einen Finger. »Und deine einunddreißig Tage laufen ab dem Moment, an dem du ihr begegnest.«

»Geht klar. Aber ich habe auch eine Bedingung. Du darfst mich nicht vor ihr schlechtmachen oder irgendetwas sagen oder tun, das den Verlauf der Wette beeinflusst. Einverstanden?«

»Einverstanden.«

Jac stieß sich von der Bar ab. »Wir sehen uns Montag.«

Victoria beobachtete, wie ihre Freundin durch den überfüllten Raum streifte. Sie war nicht im Geringsten überrascht, als Jac sich zu den

Frauen am Billardtisch gesellte und geschickt eine Blondine vom Rudel trennte.

Jac neigte sich zu ihr und strich mit einem Finger sanft ihren Arm hinab, während sie ihr etwas zuflüsterte. Als die Blonde lachte und eine Hand an Jacs Taille legte, schüttelte Victoria den Kopf. »Jetzt geht das schon wieder los.« Der Abend endete in der typisch überstürzten Art, als Jac und die Fremde kurz darauf das Lokal verließen.

Warum tue ich mir das eigentlich immer an? Ich könnte ihre Einladungen einfach ablehnen. Ich muss nicht mitgehen. Sie seufzte. *Wach auf. Du wirst immer springen, wenn sie pfeift, und du weißt es.*

Jacs Freundin blieb man nur, wenn man ihren Bedingungen folgte. Sie unternahm nicht den Versuch, einen umzustimmen, wenn man das nicht akzeptierte. Niemand, ob Freundin oder Liebhaberin, durchdrang jemals wirklich ihre gleichgültige Fassade.

Die Frage, ob Jac sich zumindest beim Liebesspiel gehen lassen würde, machte einen nicht unerheblichen Teil von Victorias erotischer Besessenheit aus. *Das und die Tatsache, dass du weißt, sie würde dich aufs Kreuz legen und durchnehmen, bis dir Hören und Sehen vergeht.*

Genervt von sich selbst verbannte Viktoria den Gedanken und dachte über die Wette nach. Sie hatte Gewissensbisse, Jac auf die verletzliche, junge Frau losgelassen zu haben, mit der sie ein Büro teilte. Doch Lauren war ihrem Verlobten treu ergeben. Alles, wovon sie sprach, waren die Haussuche und ihre gemeinsame Lebensplanung. *Sie ist ihm viel zu sehr verbunden, um sich auf Jac einzulassen.*

Alle moralischen Bedenken von sich weisend, schob Victoria ihr leeres Glas über den Tresen und schüttelte den Kopf in Richtung des Barkeepers. Für heute hatte sie genug. Sie drehte ein paarmal den Ehering an ihrem Finger, bis ihr Gewissen ihr einen Stich versetzte. *Ich habe nichts Falsches getan.*

Während sie die Bar verließ, versuchte sie hartnäckig, sich nicht vorzustellen, was Jac und die Blondine gerade trieben.

Sie scheiterte.

»Ich habe ein Taxi für dich gerufen, es wird gleich da sein. Die Fahrtkosten habe ich schon beglichen.« Jac hielt der Frau Mantel und Handtasche entgegen.

»Ich kann noch bleiben, weißt du. Ich hab's nicht eilig.«

»Ich werde sehr früh aufstehen müssen wegen einer anderen Verabredung. Es wäre nicht fair, dich um fünf Uhr morgens rauszuscheuchen.«

»Na gut.« Die Frau nahm eine Karte aus ihrer Tasche und kritzelte etwas auf die Rückseite. »Hier ist meine Nummer. Ich hatte Spaß heute Nacht, und ich würde das gern wiederholen.«

»Ja, ich fand es auch schön. Ist es okay für dich, alleine nach unten zu gehen, oder soll ich dich begleiten?« *Bitte sag Nein.*

Die Frau beugte sich vor und ließ ihre Hand in den Ausschnitt von Jacs Bademantel schlüpfen, um ihre Brüste zu streicheln. »Wenn du mich begleitest, schaffen wir es vermutlich nicht vor die Tür.«

Jac unterdrückte den Impuls, zurückzuweichen. Sanft, aber bestimmt nahm sie die Hand ihres One-Night-Stands aus ihrem Ausschnitt und hielt sie fest. »So verlockend das auch klingt, ich brauche heute Nacht wirklich meinen Schlaf.«

»Dein Pech.«

»Allerdings. Pass auf dich auf, und danke für diesen Abend.«

»War mir ein Vergnügen.« Die Frau winkte und verließ die Wohnung.

Jac schloss die Tür, lehnte sich dagegen und schloss ihre Augen. »Warum hab ich noch einmal gedacht, das wäre eine gute Idee?« Sie schaltete das Licht aus und ging zur Fensterfront. Von dort sah sie ihre Eroberung der letzten Nacht in ein Taxi steigen. Als der Wagen davonfuhr, hob Jac den Blick zur Stadtsilhouette, die hell erleuchtet auf der anderen Seite des Flusses lag. *Gibt es da draußen auch nur einen wirklich glücklichen Menschen?*

Sie schaute zur Uhr. 00:07. *Ich frage mich, ob Marc noch wach ist. Bei ihm ist es noch nicht einmal Mitternacht.* Jac griff sich das Telefon und drückte die Kurzwahltaste für ihren Bruder, doch der Anruf wurde direkt zur Mailbox umgeleitet. Sie legte auf, ohne eine Nachricht zu hinterlassen.

Eine Weile lang starrte sie auf den Hörer und versuchte herauszufinden, wer ihr sonst dabei helfen könnte, die tiefe Melancholie zu vertreiben.

Niemand.

Sah man von Marc und Victoria ab, war da nicht eine einzige Seele, die sie um diese Uhrzeit anrufen könnte. Gott, wie erbärmlich.

Mit einem müden Kopfschütteln legte sie das Telefon hin und stieg die Stufen zu ihrem Schlafzimmer hinauf.

Kapitel 2

Lauren sah zu Phillip, der konzentriert auf seinen Bildschirm starrte. Er hatte nicht von seinem Smartphone aufgesehen, seit sie die Stadt verlassen hatten. »Alle freuen sich darauf, dich kennenzulernen. Mom kocht ein großes Sonntagsessen und sie hat mich gefragt, was deine Lieblingsspeisen sind.«

Phil grunzte, ohne aufzusehen.

»Courtney, Adam und Anjali können nicht aus Edmonton anreisen. Aber ich denke, alle anderen werden da sein.«

»Ich versuche gerade, mir ein Spiel anzusehen, Schatz.«

Lauren seufzte. Er sagte nicht einmal Hallo, wenn sie über Skype mit ihrer Mutter sprach. Es hatte Monate gedauert, ihn dazu zu überreden, sie zu begleiten und ihre Familie kennenzulernen. »Bitte reiß dich zusammen, Liebling. Sie werden immerhin deine Schwiegereltern sein – die Großeltern unserer Kinder.«

Er seufzte und ließ das Telefon sinken. »Das mache ich doch, oder nicht? Ich verzichte heute Mittag auf drei Spiele.« Das Brüllen einer Menschenmenge drang aus seinem Handy. »Ja! Touchdown!«

Na sicher, du verzichtest auf die Spiele. Lauren schüttelte den Kopf und konzentrierte sich auf die Straße. Die enge, gerade Fahrbahn verlief zwischen Feldern, die im Licht der frühen Septembersonne golden leuchteten. Ihr Herz schlug schneller, als sie den unverwechselbaren, scheunenförmigen Briefkasten der Andersons erblickte. In fünf Minuten wären sie am Ziel. Sie war seit Mitte August nicht mehr hier gewesen und konnte es kaum erwarten, ihre Familie wiederzusehen.

Als Lauren in die weitläufige Einfahrt einbog, sah sie ihre Mutter und ihren Bruder im Vorgarten stehen. Die beiden beobachteten zwei kleine Jungen, die das Fallobst unter den Apfelbäumen aufsammelten. »Oh, schön, Brian und Andrea sind hier. Du wirst meine Neffen lieben. Sie sind hinreißend.« Sie winkte ihrer Mutter zu und bremste, als ihre Neffen auf sie zurannten.

»Wer ist der Typ im Rollstuhl?«, fragte Phil.

»Das ist mein Bruder, Zac. Er hat zerebrale Kinderlähmung.«

»Er ist schwarz.«

»Und weiter? Ich habe dir doch erzählt, dass sechs meiner Geschwister adoptiert sind.«

Phil warf ihr einen finsteren Blick zu. »Ja, aber du hast nie erwähnt, dass einer von ihnen schwarz ist.«

»Eine meiner Schwestern kommt aus Ostindien und eine andere hat das Down Syndrom, na und? Sie sind meine Familie. Das ist alles, was zählt.« Lauren parkte ihren Wagen neben zwei Pickups, schaltete den Motor ab und sprang aus dem Auto. Sie zog Jacob und Nick in eine Umarmung und lachte, als die beiden sie über und über mit feuchten Küssen bedeckten.

»Hast du uns etwas mitgebracht, Tante Laurie?«, fragte Jacob.

»Gib her, gib her, gib her«, stimmte Nick mit ein.

Lauren schaffte es, eine Hand in ihre Jackentasche zu schieben, und zauberte dann zwei Lollis hervor. »Meint ihr so etwas?« Sie grinste über ihr verzücktes Quietschen.

»Los ihr beiden, lasst eure Tante erst einmal ankommen.« Laurens Mutter nahm den dreijährigen Nick aus ihren Armen. »Geh und sag deinem Vater, dass seine kleine Schwester da ist.«

Der fünfjährige Jacob wand sich, um Laurens Umarmung zu entkommen. »Ich will auch, ich will auch! Ich will es Daddy auch erzählen.«

Sie lachte und setze ihn ab, damit er seinem Bruder nachjagen konnte.

Ihre Mutter tupfte Laurens Gesicht mit der Schürze ab. »Entschuldige bitte. Sie hatten solchen Spaß daran, die Äpfel für den Kuchen zu sammeln, dass ich nicht Nein sagen konnte, als sie einen essen wollten.«

Sie schlang die Arme um Lauren und drückte sie. »Es ist so schön, dich zu sehen. Fröhlichen Fast-Geburtstag, Laurie.«

»Danke, Mom.« Lauren wandte sich zu Phil und winkte ihn zu sich. »Mom, das ist Phillip. Phil, das ist meine Mutter Cynthia.«

Phil schüttelte ihre Hand. »Freut mich, Sie kennenzulernen.«

»Ganz meinerseits«, sagte Cynthia. »Wir haben uns so sehr auf diesen Tag gefreut.« Sie tätschelte Laurens Arm. »Warum gehen wir nicht rein? Nach der langen Fahrt seid ihr sicher durstig.«

Lauren lachte. »Es waren nur ein paar Stunden, Mom, keine Weltreise.«

Ihre Mutter gluckste und hakte sich bei Lauren unter. Sie gingen den Pfad hinauf und Phil trottete hinterher.

»Muss Dad heute arbeiten?«

»Er musste. Aber er wird auch bald hier sein. Er und Jason holen die letzte Ernte ein. Der Regen von letzter Woche hat sie aufgehalten, aber dein Vater denkt trotzdem, dass es dieses Jahr eine Rekordernte geben wird.«

»Das ist großartig.« Lauren hielt inne, um sich neben Zac hinzuhocken. Sie umarmte ihn sachte. »Hallo, Schatz. Wie geht es meinem liebsten kleinen Bruder?« Sie kämpfte um ihr Gleichgewicht, als er seine Arme ruckartig um sie warf und den Kopf auf ihre Schulter legte. »Mom sagt, deine neue Therapeutin würde Wunder wirken.«

»Sie ist wirklich unbeschreiblich. Nicht wahr, mein Junge?« Cynthia lächelte ihm zu.

Zacs Augen leuchteten auf, als er nickte.

Lauren erhob sich und drehte sich zu Phil. »Phil, das ist mein Bruder Zac.« In dem Moment wurde die Tür geöffnet. Lauren grinste. »Und das sind mein großer Bruder Brian und seine wundervolle Frau Andrea.«

Andrea lachte und schob Nick auf die andere Seite ihrer Hüfte. »Du bist eine echte Charmeurin. Es ist mir ein Rätsel, wie du so lange Single bleiben konntest.« Sie umarmte Lauren und streckte Phil eine Hand entgegen. »Wir haben schon viel von dir gehört. Es freut mich, dich auch mal persönlich zu treffen.«

»Danke.« Phil tauschte einen Händedruck mit Andrea und dann mit Brian, als plötzlich ein Höllenlärm von seinem Handy aufstieg und er verstohlen einen Blick darauf warf.

Lauren verdrehte die Augen. »Kümmert euch nicht darum. Sein Team spielt. Die Welt könnte währenddessen untergehen und er würde nichts davon merken.«

»Drinnen läuft das Spiel im Fernsehen«, sagte Brian. »Du kannst dich gerne zu mir gesellen.«

»Klasse!« Phil war Brian gerade ein paar Schritte gefolgt – Jacob im Schlepptau –, als Sara aus der Tür trat und Phil augenblicklich um den Hals fiel. Sie kicherte und begann, ihn wild zu knuddeln.

Er wich zurück und versuchte, sich zu befreien.

Lauren zuckte zusammen. Sie hatte Phil vor Saras Distanzlosigkeit gegenüber vollkommen Fremden gewarnt. *Er hat es wohl vergessen.*

»Sara, komm her und begrüße deine Schwester.« Cynthia hielt ihr die Hand hin.

Sara ließ ihn los, woraufhin Phil sich ins Haus flüchtete.

Lauren und Sara umarmten sich.

»Siehst du meine neuen Schuhe, Laurie?«

»Tue ich. Sie sind wunderschön.« Lauren bestaunte Saras Schuhe, während diese ihre Füße hob. »Hat Mom dir geholfen, sie auszuwählen?«

»Mh, mh. Ich habe sie ganz alleine gefunden. Willst du meinen neuen Mantel sehen? Den hat Mom für mich ausgesucht.«

Lauren legte einen Arm um Saras Schultern. »Ich möchte ihn mir sehr gerne anschauen.«

Nachdem Lauren die Neuzugänge in Saras Kleiderschrank bewundert und Zeit mit Zac verbracht hatte, ging sie zu Phil, der mit Brian im

Wohnzimmer saß. »Wollen wir mal eine Runde übers Gelände spazieren? Bis zum Essen wird es noch ein paar Stunden dauern – genug Zeit also, dir all meine Lieblingsplätze zu zeigen.«

Ohne den Blick vom Fernseher abzuwenden, schüttelte Phil den Kopf. »Vielleicht später, Süße. Das letzte Viertel hat gerade erst angefangen und die *Seahawks* haben nur drei Punkte Vorsprung.«

Lauren betrachtete ihn einen Moment lang, dann drehte sie sich um. »Dann werde ich wohl Mom helfen.«

Lauren beugte sich vor, um Phil zuzuflüstern: »Bitte schalte es ab. Mom duldet keine Telefone am Esstisch.«

Er verzog mürrisch das Gesicht, schaltete das Handy aber stumm und steckte es in die Tasche.

»Nun, Phil. Laurie hat uns erzählt, dass du in der Firma deines Vaters arbeitest.« Steven nickte in Jasons Richtung. »Ich wüsste nicht, wie ich hier alles ohne meinen Sohn am Laufen halten sollte. Dein Vater muss froh sein, dass du in den Familienbetrieb eingestiegen bist.«

»Ja, davon gehe ich aus.« Phil häufte mehr Hühnchenfleisch auf seinen Teller.

»In Calgary, Lethbridge und neuerdings sogar in Edmonton gibt es Filialen von *Emersons Luxury Auto*, Dad«, sagte Lauren. »Phil war zuerst im Verkauf, ist aber vor ein paar Monaten ins Management befördert worden, direkt nach unserer Verlobung. Frank – das ist Phils Vater – sagt, dass er bald in Frührente gehen kann, wenn Phil weiterhin so schnell lernt.« *Okay, das ist ein bisschen übertrieben. Aber was kann es schaden?*

»Wenn Phil mit Luxuswagen handelt, warum fährst du dann immer noch diese alte Karre?« Jason zwinkerte ihr zu.

Phil schnaubte. »Das versuche ich ihr schon die ganze Zeit beizubringen. Es schadet unserem Image, wenn sie mit dieser Schrottkiste durch die Stadt gurkt.«

»Es ist keine Schrottkiste«, sagte Lauren. »Der Wagen leistet mir gute Dienste, seit ich von der Highschool abgegangen bin. Er verdient es nicht, für eine Nobelblechbüchse weggeworfen zu werden.«

Phil rollte mit den Augen. »Nobelblechbüchse? Ich verlange ja nicht von dir, dass du einen Porsche fährst, um Gottes Willen! Aber du könntest dich wenigstens auf einen Lincoln oder einen Audi einlassen.«

»Den du mir ohne zu zögern unterm Hintern wegverkaufen würdest, sobald du einen Interessenten gefunden hättest. Nein danke. Mein Käfer mag ja ein paar Kilometer auf dem Tacho haben, aber er gehört mir und er ist abbezahlt.«

»Ich mag dein gelbes Auto«, sagte Sara.

Lauren lächelte. »Danke, Liebes. Ich mag ihn auch.« Sie sah zu ihrer Mutter.

Cynthia erwiderte ihren Blick einen Moment lang, dann drehte sie sich zu Zac, um ihm behilflich zu sein.

Verdammt. Keiner frotzelt. Das ist nicht gut.

Wenn eines ihrer Geschwister jemanden heimbrachte, um ihn der Familie vorzustellen, war der Gast stets endlosen Neckereien ausgesetzt. Aber heute waren alle den ganzen Nachmittag über äußerst höflich zu Phil gewesen, nicht einmal Jason hatte einen dummen Witz gerissen.

Nach dem Essen half Lauren ihrer Mutter, die Küche aufzuräumen.

Phillip steckte den Kopf durch die Tür. »Können wir los, Babe? Ich werde die zweite Spielhälfte verpassen, wenn wir jetzt nicht fahren.«

Lauren hängte ihr Geschirrtuch auf. »Geht klar. Ich bin gleich fertig. Danke für das Essen, Mom. Es war fantastisch, wie immer.«

»Gern geschehen. Für dich doch immer, das weißt du. Willst du ein bisschen Kuchen mit nach Hause nehmen?«

»Nein, danke. Behalte ihn ruhig hier. Ich weiß, wie sehr Jason und Sara deinen Kuchen mögen.«

»Ich habe drei Bleche gebacken, mehr als genug für alle, obwohl ich wünschte, du hättest mich eine Geburtstagstorte für dich machen lassen.

Es fühlt sich nicht richtig an, keine zu haben, wo doch morgen dein großer Tag ist.«

»Ich weiß das zu schätzen, Mom. Das tue ich wirklich. Aber es war stressig genug, Phil der Familie vorzustellen. Ich wollte euch nicht noch mehr aufbürden.«

»Unsinn! Als ob es jemals etwas anderes als eine Freude gewesen wäre, deinen Geburtstag zu feiern.«

Lauren umarmte ihre Mutter. »Bitte mache dir darum keine Gedanken. Du hast Limettentarte gebacken, und das ist immer etwas Besonderes.«

»In Ordnung. Aber ich habe ein paar Geschenke für dich, die du mitnehmen wirst. Und denke ja nicht daran, sie abzulehnen.«

Lauren schmunzelte. »Das würde mir im Traum nicht einfallen.«

»Bist du sicher, dass Phil keinen Kuchen für später möchte?«

Lauren zögerte. Phil hatte schließlich zum Kaffee zwei Stücke gegessen. »Aber nur, wenn du welchen entbehren kannst.«

»Kann ich.« Cynthia schnitt eine großzügige Portion ab und packte sie ein.

»Mom?«

»Ja?« Cynthia begegnete Laurens traurigem Blick.

»Du warst furchtbar still. Ist alles in Ordnung?«

»Natürlich. Ich bin nur etwas in Gedanken, das ist alles. Ich habe diese Woche eine Menge zu tun.«

»Ich weiß, aber …« Lauren war nicht sicher, ob sie ihre Frage wirklich stellen wollte.

Cynthia griff nach ihr und zog sie in eine lange Umarmung. Schließlich gab sie ihre Tochter mit einem Seufzen frei. »Ich bin sicher, dass er uns noch ans Herz wächst, Schatz. Alles was zählt, ist, dass du ihn liebst.« Sie presste die Lippen fest aufeinander und reichte Lauren den Kuchen. »Und schau, dass du dich bald meldest, okay? Zac und Sara lieben es, mit dir zu skypen, genau wie ich. Dabei vergesse ich glatt, dass du so weit weg in der Großstadt lebst.«

»Du musst ja die Hälfte deiner Zeit auf Skype verbringen, mit mir, Coutney, Anjali und Adam.«

Cynthia lachte. »Nicht wirklich. Dein Bruder meldet sich außerdem nicht so häufig wie du und deine Schwestern. Aber ja, es belebt die Abende, wenn ihr alle anruft.«

Sie begleitete Lauren zur Haustür, wo die ganze Familie wartete, um sie zu verabschieden.

Lauren warf einen Blick zum Wagen. Phil saß schon auf dem Beifahrersitz, den Kopf gesenkt.

»Besuche uns bald wieder«, sagte Andrea. »Die Jungs vermissen ihre Tante.«

»Du meinst wohl, sie vermissen die Lollis.« Lauren hockte sich hin und umarmte ihre Neffen ein letztes Mal.

»Ihr zwei benehmt euch, dann überlege ich mir, was ich beim nächsten Besuch mitbringen kann, okay?«

Cynthia zog eine braune Einkaufstüte aus dem Garderobenschrank und reichte sie Lauren. Darin lagen einige bunt umwickelte Päckchen.

»Lieben Dank, Mom.«

»Wir sehen uns morgen Abend auf Skype, ja? Ich kann deinen Ehrentag nicht vorbeigehen lassen, ohne für dich zu singen.«

Lauren nickte. »Ich freue mich darauf.« Alle Familienmitglieder folgten ihr die Auffahrt hinab zum Auto.

»Du fehlst uns«, sagte ihr Vater. »Bleib nicht zu lange weg.«

Jason winkte. »Bis bald.«

Die Rückfahrt verlief still.

Phil war völlig in sein Spiel vertieft.

Lauren war in Gedanken versunken.

Kapitel 3

Lauren blickte vom Computerbildschirm auf, als Victoria neben ihrem Schreibtisch stehen blieb.

»Steht unsere Verabredung zum Mittagessen noch, Geburtstagskind?«

»Ja, sicher. Aber du musst mich wirklich nicht einladen.«

Victoria wedelte mit der Hand. »Rede keinen Unsinn! Natürlich lade ich dich ein. Es ist dein Ehrentag. Aber ich wollte dich noch etwas anderes fragen. Stört es dich, wenn eine Freundin von mir mitkommt?«

»Natürlich nicht. Deine Freunde sind meine Freunde und so weiter.«

»Ich muss dich vorwarnen, Jac kann manchmal ein bisschen forsch sein. Ich denke, es liegt daran, dass sie sich ihre Karriere erkämpfen musste. Das hat sie wohl etwas abgehärtet. Aber wir kennen uns schon ewig, sie hat ein gutes Herz.«

»Mach dir keine Sorgen. Ich freue mich darauf, sie kennenzulernen.«

Victoria setzte sich auf die Schreibtischkante. »Und, hat Phil dir schon dein Geburtstagsgeschenk gegeben?«

»Ähm, nein. Heute früh hat er kein Wort darüber verloren. Er war auch zu spät dran und in solcher Eile, dass er fast sein Handy vergessen hätte.«

»Oh je, nicht sein Handy! Ich bin sicher, er hat einen romantischen Abend geplant.«

»Vielleicht. Vermutlich.« *Hoffentlich.*

»Wie ist denn sein Treffen mit deiner Familie am letzten Wochenende gelaufen? Denken sie, er ist das Größte seit der Erfindung der Bratkartoffel?«

»Es lief ganz gut, denke ich. Du weißt ja, wie das so ist– die erste Begegnung mit den Schwiegereltern in spe. Alle brauchen ein wenig Zeit, um sich kennenzulernen. Es war ein bisschen steif.«

»Ich weiß genau, was du meinst. Als ich Rogers Mutter zum ersten Mal getroffen habe, war ich so bemüht, einen guten Eindruck zu hinterlassen, dass sie wohl dachte, er wäre mit einer Langweilerin verlobt.«

Lauren lachte. »Ich kann mir dich nicht als Langweilerin vorstellen.«

»Nach meinem Junggesellinnenabschied konnte Rogers Mutter das auch nicht mehr.« Victoria zwinkerte ihr zu und stand auf. »Na gut, ich mache mich besser wieder an die Arbeit. Ich habe Jac gesagt, dass wir sie gegen eins im *Aerie* treffen. Passt das für dich? Irene und Janet haben versprochen, inzwischen hier für uns einzuspringen.«

»Klar, klingt super.«

Jacs Blick glitt von dem Dokument auf ihrem Bildschirm zur Uhr. Sie hatte noch fünfundvierzig Minuten bis zu ihrer Verabredung mit Victoria, und sie musste noch das Ausgangsmaterial für ihr nächstes Projekt zusammenstellen.

Jac genoss die Vorfreude. Victoria hatte sie mit ihrer Wette ziemlich überrumpelt, aber die Herausforderung war ihr willkommen. Weder ihre Arbeit, noch ihr Privatleben lieferten noch viel Nervenkitzel.

Ihre ersten Jahre in der Bank hatten wenigstens noch den Anreiz einer steilen Karriere geboten. Es hatte ihr tiefe Befriedigung verschafft, in Rekordzeit vom Unifrischling zur leitenden Vertriebsmanagerin im Firmenkreditgeschäft aufzusteigen.

Die Männer, die sie damals ausgebildet hatten, waren ihr nun untergeordnet, was einigen Unmut in den niederen Rängen verursachte. Meistens überhörte sie das unzufriedene Grollen und die gedämpften Klagen über Frauenquoten.

Mit vierunddreißig hatte sie ihren Karriereweg geschmiedet, ganz, wie ein General einen Feldzug planen würde: in Kenntnis ihrer Gegner, ihrer Verbündeten und des Kriegsschauplatzes, mit genauem Durchblick und ausdauernder, harter Arbeit. Natürlich war es hilfreich gewesen, kein Privatleben und keine familiären Verpflichtungen zu haben.

Jac seufzte. In den letzten Monaten hatten ihr sechsstelliges Einkommen, das Loft in Innenstadtlage mit Flussblick und alle Annehmlichkeiten, die ihre Position mit sich brachten, sie nicht mehr für die Einsamkeit entschädigt. Die Wette lenkte sie wenigstens von ihrem Alltagstrott ab.

Jac zwang ihre Gedanken von dieser selbstmitleidigen Bahn. »Okay, es reicht jetzt mit diesem Unsinn.« Sie hatte einen hervorragenden Job, großartige Perspektiven und eine interessante Herausforderung, der sie sich den nächsten Monat über widmen konnte. Und sobald sie Victorias Bekannte ins Bett bekommen hatte, würde sie sich wieder darauf konzentrieren, die nächste Stufe der Karriereleiter zu nehmen. »Jacqueline Lanier – Vorstandsvorsitzende. Gefällt mir.«

Jac blieb in einer Nische des Restaurants stehen. An einem Ecktisch saßen Victoria und eine weitere Frau. Jac nahm sich einen Moment Zeit, um ihre Beute in Augenschein zu nehmen. Vic hatte nicht gelogen. Die Frau war süß, ganz das unschuldige Mädchen von nebenan.

Lauren war von schmaler, kleiner Statur und hatte ein niedliches, offenes Gesicht mit einer ordentlichen Portion Sommersprossen. Sonnenstrahlen tanzten über ihr kastanienfarbenes Haar und ließen rote Strähnen aufleuchten.

Jac sprach kurz mit dem Oberkellner, reichte dem Angestellten ihren Mantel und durchquerte den Raum. Sie hielt einen schmalen, papierumwickelten Gegenstand in den Händen. *Hat Vic erwähnt, welche Farbe ihre Augen haben? Ich erinnere mich nicht.* Jac war stolz auf ihr hervorragendes Gedächtnis, das auch kleinste Nebensächlichkeiten behielt. Diese Wette würde ihr das Äußerste an Klugheit, Charme und strategischen Fähigkeiten abverlangen.

Genau in diesem Moment sah Lauren auf und fing Jacs Blick auf. Ihre großen braunen Augen funkelten neugierig.

»Hallo Victoria.« Jac streckte die Hand aus. »Und Sie müssen Lauren sein. Ich hoffe, Sie haben nichts dagegen, wenn ich mich Ihnen anschließe. Es ist nur schon so lange her, dass ich Victoria gesehen habe. Also habe ich mich unverschämterweise selbst eingeladen, als ich hörte, Sie würden heute gemeinsam Essen gehen.«

Es lag echte Wärme in Laurens Blick, als sie Jacs Hand schüttelte. »Überhaupt nicht. Sie sind herzlich willkommen. Ich freue mich, Sie kennenzulernen. Victoria spricht oft von Ihnen.«

Jac stellte ihr Mitbringsel vor Lauren ab. »Das ist eine kleine Entschuldigung dafür, dass ich in Ihre Geburtstagsfeier hereinplatze. Nur eine Kleinigkeit.« Sie nahm Lauren gegenüber Platz und amüsierte sich über deren unbefangene Freude an der Überraschung.

Lauren zog vorsichtig das Papier ab und enthüllte zwei wunderschöne Rosen – eine weiß, die andere rot – in einer schlanken Kristallvase.

»Oh, meine Güte. Die sind bezaubernd. Findest du nicht auch, Victoria?«

»Absolut. Jac hatte schon immer einen ausgezeichneten Geschmack.«

Jac ignorierte Vics säuerlichen Blick. »Also, der wievielte Geburtstag ist es?«

»Der Fünfundzwanzigste.«

»Ein ganzes Vierteljahrhundert? Das ist ein Grund zum Feiern. Ich hoffe, Ihr fünfundzwanzigstes Lebensjahr wird voller Glück, Liebe und Freude sein.«

Lauren sah scheu auf. »Es hat auf jeden Fall gut angefangen. Danke vielmals.« Sie fuhr mit einem Finger über die rote Rose und spürte der Zartheit der Blütenblätter nach.

Getroffen von der unbeabsichtigten Erotik der Geste, nahm Jac hastig einen Schluck von Victorias Wasser.

»Wir wissen schon, was wir essen möchten«, sagte Victoria. »Du solltest dir auch etwas aussuchen.«

»Klar. Ich weiß, wir müssen alle wieder zurück ins Büro.«

Sobald ihre Bestellung aufgenommen, die Menükarten eingesammelt und die Kaffeetassen nachgefüllt worden waren, setzten sie ihre Unterhaltung fort. Wohlwissend, dass die Aufmerksamkeit ihrer beiden Begleiterinnen auf ihr ruhte, bewahrte Jac ihre freundliche Miene. Sie lächelte oft und plauderte entspannt. Small Talk lag nicht in ihrer Natur, trotzdem hatte sie sich in dieser Kunst geübt, was ihr in der Geschäftswelt gute Dienste leistete. Jetzt nutzte sie diese Strategie, um ihre Zielperson aus der Reserve zu locken. »Arbeiten Sie schon lange mit Vic zusammen, Lauren?«

»Ich bin seit über einem Jahr in der Agentur. Victoria hat mich unter ihre Fittiche genommen und mich großartig eingearbeitet.« Lauren lächelte Victoria zu.

»Gefällt Ihnen Ihr Job?« Jac mochte den Klang von Laurens Stimme, erinnte sich aber daran, dass es hier um eine Wette und nicht ums Vergnügen ging. *Obwohl – wenn das, was unter diesem Kleid steckt, genauso gut aussieht, wie ich es vermute, dann werde ich garantiert meinen Spaß haben.*

»Ich liebe es. Es ist großartig, Leuten zu helfen, ihren Traumurlaub zu planen und sie an Orte zu bringen, an denen sie noch nie gewesen sind. Und dann sind da all die Geschäftsreisen, die ich unternehme. Ich bin erst im letzten Monat von den Cookinseln zurückgekommen. Reisen Sie gerne?«

»Und ob. Allerdings macht das nicht immer so viel Spaß. Letztes Jahr hat mich eine gewisse beste Freundin, die ungenannt bleiben soll, auf diese gottverlassene Insel in Indien geschickt. Ich bin sicher, dass es dort noch immer Kannibalen gibt.«

Jac grinste Victoria an.

»Hey, du hast doch gesagt, du willst die ausgetretenen Pfade verlassen.«

»Ja, schon klar. Weg von den ausgetretenen Pfaden, Vic, aber nicht auf einen ganz anderen Planeten.«

Lauren brach in Gelächter aus.

Sie unterhielten sich ungezwungen, bis ihr Essen serviert wurde. Die Zeit verging wie im Flug.

Jac plante gerade ihren nächsten strategischen Zug, als Lauren ihre Hand auf Victorias Arm legte.

»Kannst du am Freitag wirklich nicht mitkommen? Ich möchte die Eintrittskarten ungern verfallen lassen, aber allein will ich auch nicht gehen.«

Victoria schüttelte den Kopf. »Roger und ich haben eine Einladung von seinem Vorgesetzten, davor können wir uns nicht drücken.«

»Wofür sind die Eintrittskarten denn, Lauren?« Jac unterdrückte ein Grinsen, als ihr Vics alarmierte Miene auffiel.

»Für ein *Blue-Rodeo*-Konzert im Randall Auditorium. Mein Verlobter und ich wollten eigentlich zusammen hingehen, aber er kann nicht, weil er sich in letzter Minute mit seinen Freunden dazu verabredet hat, an diesem Abend ein Football-Spiel anzusehen.« Lauren schüttelte den Kopf. »Ich bin ganz sicher, dass ich das mit ihm abgesprochen hatte, bevor ich die Karten gekauft habe. Aber er sieht das anders. Ich kann die Tickets nicht mehr zurückgeben und ich habe jetzt niemanden, der mitkommt.«

»Ich mag *Blue Rodeo*«, flunkerte Jac. »Warum kaufe ich dir nicht einfach eine der Karten ab und leiste dir Gesellschaft?«

»Wirklich? Das wäre großartig! Aber du brauchst mir die Karte nicht abzukaufen – ich gebe sie dir gern so.«

»Ach was! Ich bestehe darauf, sie zu bezahlen. Alles andere wäre nicht fair.«

Victoria verschluckte sich, und Jac klopfte ihr auf den Rücken. »Hast du etwas in den falschen Hals bekommen?«

Victoria stammelte etwas in ihre Serviette und starrte Jac entrüstet an.

Jac wandte sich wieder Lauren zu. »Ich könnte dich im Laufe der Woche im Büro anrufen und dann besprechen wir alles?«

Lauren nickte.

Jac warf einen Blick auf ihre Armbanduhr. »Es tut mir furchtbar leid. Ich fand unsere gemeinsame Mittagspause wirklich super, aber ich muss zurück an den Schreibtisch.«

Lauren hob die Hand, um die Aufmerksamkeit des Kellners zu erregen, aber Jac schüttelte den Kopf. »Nein, ihr müsst noch einen Moment bleiben. Ich habe mir die Freiheit genommen, eine Kleinigkeit für euch zu bestellen. Bleibt also noch und genießt sie. Es ist immerhin dein Geburtstag. Ich hoffe, du magst Schokolade.«

Lauren strahlte. »Ich liebe Schokolade. Schokolade ist göttlich.«

»Na dann… Der Chefkoch bereitet dieses Dessert nur zu speziellen Anlässen zu, und das hier ist einer.« Jac zog ein paar Geldscheine aus ihrem Portemonnaie und legte sie auf den Tisch. »Das sollte reichen. Guten Appetit beim Nachtisch. Vic, es war schön, dich wiederzusehen. Das nächste Mal dürfen wir nicht so lange warten, bis wir uns wieder treffen. Und Lauren, wir sprechen uns in ein paar Tagen, okay?«

»Ich freue mich darauf – und danke noch einmal für die Rosen. Sie sind wirklich schön.«

Jac ging, als der Kellner das Dessert an den Tisch brachte. Sie lächelte über Laurens begeisterten Ausruf. Sie hatte geahnt, dass das Schokoladenmousse mit Raspeln weißer und dunkler Schokolade und frischen Erdbeeren gut ankommen würde.

Während Jac zum Büro lief, stellte sie fest, dass sie sich auf das Konzert am Freitag freute. Aber dann erinnerte sie sich daran, dass es hier nicht um ihr Vergnügen ging. *Du willst eine Wette gewinnen. Das ist kein Date.* Ihr wurde kühl, als sie aus dem Sonnenlicht hinein in die Lobby trat.

Victoria schloss zu Lauren auf. Sie hatte nicht damit gerechnet, dass es zwischen Jac und Lauren sofort funken würde.

»Ich fand sie kein bisschen forsch«, sagte Lauren. »Ich mag deine Freundin. Vielleicht hatte sie ihre harte Schale im Büro vergessen.«

»Nun, sie hat sich von ihrer besten Seite gezeigt.« Victoria blickte finster auf den Gehsteig.

»Und du hast vergessen, mir zu erzählen, dass sie so verdammt gut aussieht. Für dieses Haar würde ich morden! Es sieht aus wie geschmolzenes Gold, oder? Und diese blauen Augen … Hast du gesehen, wie alle Männer die Köpfe verrenkt haben, als sie hereinkam? Ich kann nicht glauben, dass sie Single ist.« Lauren lachte. »Gut, dass Phil nicht dabei war, sonst hätte ich ihm die Augen verbinden müssen, damit er nicht in seine Suppe sabbert.«

Fuck, fuck, fuck, fuck. »Sie weiß sich in Szene zu setzen.« Victoria war sicher gewesen, dass Lauren gegen Jacs unbestreitbares Charisma immun sein würde. Doch sie hatte ihre Kollegin genau beobachtet, während Jac sie bezirzte. Ihr war nicht entgangen, wie Lauren errötete, als Jac sich ganz und gar ihr zugewandt hatte. Und sie hatte Laurens Kichern gehört, als Jac sie gutmütig geneckt hatte.

Mit einem Anflug von Besorgnis rief Vic sich das Bild von Jacs Auftritt in Erinnerung. Sie hatte ein königsblaues Kostüm getragen, das ihre Augen besonders zur Geltung gebracht hatte. Der maßgeschneiderte Blazer hatte sich an ihren schlanken Körper wie ein Handschuh geschmiegt und der Rock hatte knapp über den Knien geendet, was ihre langen, wohlgeformten Beine betont hatte. Eine weiße Seidenbluse, kleine Silberohrringe und eine große silberne Anstecknadel an ihrem Revers hatten das Bild vervollständigt. Victoria hatte sich nicht umsehen müssen, um zu wissen, dass sämtliche männlichen Augenpaare – und dazu auch einige weibliche – im Restaurant auf Jac gerichtet waren.

Sie hatten die Agentur fast erreicht. Victoria stellte verdrossen fest, dass Lauren noch immer über Jac sprach.

Verdammt. Ich fange besser schon mal an, Roger mit dem Gedanken vertraut zu machen, das Sous-terre auszuprobieren.

Kapitel 4

Die dicht gedrängte Menge, die den Konzertsaal verließ, zog Jac und Lauren mit sich. Jac warf einen Blick über ihre Schulter, griff nach hinten und fasste Laurens Hand, damit sie nicht voneinander getrennt wurden.

Lauren hob eine Augenbraue, versuchte aber erst gar nicht, ihre Finger zu befreien.

Als sie auf dem Gehsteig angekommen waren, zog Jac Lauren aus dem Gedränge und ließ dann ihre Hand los. Während sie den Reißverschluss ihrer schwarzen Lederjacke zuzog, um sich gegen die abendliche Kälte zu schützen, ließ Jac einen Blick über die Menschenmenge schweifen. »Es wird ewig dauern, bis dieser Parkplatz leer ist. Ich kenne ein nettes, kleines Café einen halben Block weiter. Kann ich dich für eine Tasse Kaffee begeistern, während wir warten?«

»Das klingt wunderbar, da sage ich nicht Nein.«

Jac trat einen Schritt zur Seite und ließ Lauren auf einer kleinen Treppe den Vortritt. Sie genoss den Anblick auf Laurens schwingende Hüften und die eng anliegende, ausgewaschene Jeans an deren Hintern.

Sie stolperte über eine Stufe.

Lauren wirbelte herum und fing sie auf. Sie hielt Jac fest, bis sie ihr Gleichgewicht wiedergefunden hatte. »Neue Schuhe?«

Jac gluckste. »Muss die verdammten Dinger noch einlaufen. Danke für die Rettung.« Sie nahm einen tiefen Atemzug kühler Nachtluft.

Inzwischen waren sie auf dem Boulevard gegenüber der Konzerthalle angekommen. Zwischen Klubs, Bars und Restaurants schlenderten die Menschen paarweise und in Gruppen durch die Nacht.

Jac legte sacht eine Hand an Laurens Rücken und schob sie zwischen den Fußgängern hindurch zur Tür des Cafés, die sie ihr dann aufhielt. »Hier gibt es eine Prinzregententorte, die dir auf der Zunge zergeht.«

»Oh, du glaubst wohl, du hättest meine Vorlieben schon durchschaut, oder?« Lauren lächelte. »Na gut. Aber du wirst mich überzeugen müssen.«

»Betrachte dich als überzeugt. Ich weiß, du wirst der Torte genauso verfallen wie ich.«

Sie wurden an einen freien Tisch geführt. Der Kellner stellte zwei schlichte, weiße Kaffeetassen vor ihnen ab und hielt zwei Kannen hoch. »Stark oder koffeinfrei?«

»Für mich einen starken Kaffee. Lauren?«

»Koffeinfrei, bitte. Phil erwürgt mich, wenn ich mich im Bett herumwälze und ihn wachhalte.«

»Dazu bitte zwei Stücke Prinzregententorte.« Als der Kellner sich zurückgezogen hatte, musterte Jac Lauren. »Phil also. Dann erzähl mir doch ein wenig von dem Mann, der dein Herz gestohlen hat.«

»Also. Sein Name ist Phillip Emerson. Er arbeitet in der Firma seines Vaters, *Emersons Luxury Auto*.«

»Ah, das Geschäft kenne ich. Jedes Mal, wenn ich am Ausstellungsraum vorbeilaufe, kann ich mich kaum von diesem mitternachtsblauen Boxster losreißen.«

»Phil arbeitet nicht im Verkauf. Er war dort angestellt, als wir uns das erste Mal getroffen haben, aber jetzt hat sein Vater ihn ins Management befördert. Wir haben uns vor etwa einem Jahr kennengelernt, als ich von der Farm meiner Eltern bei Stettler hergezogen bin. Er ist damals in die Agentur gekommen, um einen Urlaub zu buchen. Und dann kam er immer wieder, selbst nachdem alle Vorbereitungen getroffen waren. Er ist wirklich ein Schatz. Ich war hier noch ganz fremd, aber er hat mich unter seine Fittiche genommen, mich seinen Freunden vorgestellt und mir die Stadt gezeigt.«

Jac beobachtete sie aufmerksam. Es lag Zuneigung in Laurens Augen, während sie von ihrem Verlobten sprach, aber keine Leidenschaft. »Seid ihr schon lange verlobt?«

Lauren senkte den Blick. Sie fasste die Tasse am Henkel, ohne sie anzuheben, und drehte sie langsam auf der Untertasse. »Ein paar Monate. Wir werden im kommenden Frühjahr heiraten.«

Der Kellner kehrte zurück und stellte die Tortenteller auf den Tisch.

»Liegt dir etwas auf dem Herzen?« Jac nahm einen Bissen, während sie auf die Antwort wartete.

Lauren stocherte in ihrer Torte herum und legte schließlich mit einem Seufzen die Gabel beiseite. »Ich fühle mich etwas überrumpelt, weißt du. Ich meine, wir waren erst ein paar Monate zusammen, als Phil mir den Antrag gemacht hat. Wir hatten nicht mal … ähm, na ja, du weißt schon.« Sie errötete.

»Ich nehme an, mittlerweile habt ihr aber ›du weißt schon‹?« Jac grinste, als Laurens Röte sich vertiefte. »Tut mir leid. Das geht mich nichts an. Vergiss, dass ich gefragt habe.«

»Ach was. Sobald wir verlobt waren, meinte Phil, es wäre unsinnig, zwei Wohnungen zu unterhalten. Also habe ich meine vermietet und bin bei ihm eingezogen. Wir suchen jetzt nach einem Haus, aber Phil scheint sich für keines so recht begeistern zu können.«

»Vielleicht solltet ihr mal darüber nachdenken, ein neues zu bauen.«

Lauren wurde auf Jacs beiläufigen Vorschlag hin munter. »Das würde ich liebend gern – all die Farben und Materialien von Beginn an auswählen. Ich habe wirklich Freude daran, mein Zuhause einzurichten. Ich bin wohl ein echter Nistvogel.« Sie zog ein langes Gesicht. »Ich habe Phil danach gefragt, aber er sagt, die Baufirmen würden einen nur betrügen und man könne nie wissen, wie es am Ende aussieht. Er meint, es wäre sicherer, ›erprobte‹ Immobilien zu kaufen.«

»Solltest du da nicht ein Wörtchen mitzureden haben? Immerhin wird es euer gemeinsames Zuhause.«

»Das sollte man meinen, oder?« Laurens Augen glühten für einen Moment auf, dann ließ sie die Schultern hängen. »Aber das Geld für einen Neubau käme von seiner Familie, deshalb glaubt er wohl, das letzte Wort zu haben. Manchmal ist es klüger, nachzugeben, weißt du.«

»Nicht wirklich.«

Lauren sah sie resigniert an. »Ich glaube, in solchen Dingen diskutieren die meisten Männer nicht gern mit Frauen. Es sei denn, man überragt sie um einen Kopf.«

»Das sehe ich anders. Ich würde jederzeit einen Terrier gegen eine Dogge in den Ring schicken. Ich glaube, wenn dir etwas nur genug am Herzen liegt, wirst du jedes Hindernis überwinden.«

Während sie ihren Kuchen aßen, hob sich die Stimmung wieder. Lauren verputzte alles bis auf den letzten Krümel. Jac schmunzelte. »Noch ein Stück?«

Laurens Augen funkelten hinter ihren dunklen Ponysträhnen hervor. »Nimmst du noch eins?«

»Ich bin satt, aber lass du dich davon nicht abhalten.«

Lauren biss sich auf die Unterlippe.

Lächelnd winkte Jac den Kellner zu sich und bestellte.

»Ich glaube, mir gefällt diese Verabredung. Phil hält mir immer vor, dass ich auf mein Gewicht achten soll. Aber ehrlich, mein Stoffwechsel macht ständig Überstunden. Ich nehme nie auch nur ein Gramm zu.«

»Nein, du trägst sicher kein Kilo zu viel mit dir herum.« Jac ließ ihr keine Zeit für eine Erwiderung. »War das ernst gemeint, was du über Inneneinrichtung gesagt hast?«

Lauren warf ihr einen fragenden Blick zu.

»Wenn es dich interessiert – ich könnte definitiv ein bisschen Hilfe mit meinem Loft gebrauchen. Ich habe nichts als blanke, weiße Wände und Parkettböden. Die Möbel sind allesamt Relikte aus meiner Studienzeit. Ich denke schon eine ganze Weile darüber nach, dass ich die Wohnung auf Vordermann bringen sollte. Aber ich komme einfach nicht dazu. Hast du vielleicht Lust, mir zu helfen?«

»Woher willst du wissen, dass ich das kann?« Ihr Ton war frech, aber Laurens Augen glänzten vor Begeisterung.

»Bauchgefühl. Und, kannst du was?«

»Ja, ich denke schon. Ich habe meinen Geschwistern geholfen, ihre gemeinsame Wohnung in Edmonton einzurichten. Ihnen hat es gefallen.« Lauren beugte sich vor. »Ist das ein echtes Angebot? Willst du wirklich meine Hilfe beim Umdekorieren?«

»Glaube mir, umzudekorieren ist da nicht viel. Und ja, ich wäre dir ewig dankbar.«

»Alles klar. Das könnte Spaß machen. Wann wollen wir anfangen?«

»Wann immer du willst. Je früher, desto besser.«

Lauren durchwühlte ihre Handtasche und prüfte die Kalendereinträge auf ihrem Handy. »Wie wäre es mit diesem Montag? Nach der Arbeit?«

»Klasse. Ich werde für dich kochen, als Dankeschön.« *Ja! Stufe drei – geladen und bereit zum Feuern.*

»Du kannst kochen?«

»Zweifelst du etwa daran?«

»Sorry, aber du scheinst mir nicht gerade der häusliche Typ zu sein.«

Jac legte sich die Hand auf die Brust. »Ich bin zutiefst verletzt! Dabei bringe ich sogar eine leckere Gemüsepfanne zustande. Ich werde dich nicht vergiften, versprochen.«

Der Kellner brachte ein weiteres Kuchenstück, das Lauren unter hörbarem Entzücken verspeiste.

»Du hast gesagt, Phil wäre heute Abend mit seinen Freunden unterwegs. Zu schade. Er hat ein großartiges Konzert verpasst.«

Es war nicht gelogen. Das Konzert hatte Jacs Erwartungen übertroffen. Sie hielt sich normalerweise mehr an solide, alte Rockmusik und schwor auf Bands wie *The Stones* und *Alice Cooper*. Nichts war ihr lieber als Sex zu den Klängen von *Santana* aus ihrem Surroundsystem. Trotzdem hatte sie den Abend genossen. Auch wenn sie nicht sicher war, ob das der Musik oder eher ihrer begeisterten Begleiterin zu verdanken war. Jedes Mal, wenn die Band einen von Laurens Lieblingstiteln anspielte, hatte sie aufgeregt Jacs Arm gepackt – und glücklicherweise hatte sie etliche Lieblingstitel.

»Hm. Es war großartig, oder? Aber Phil ist mit seinen Kumpels beim Spiel viel besser aufgehoben. Du weißt ja, wie Männer sind.«

»Nicht wirklich.«

Lauren legte den Kopf schief. »Das ist schon das zweite Mal, dass du so etwas andeutest. Bist du gerade frisch getrennt?«

»Gerade habe ich das Gefühl, dass Victoria dir nicht alles über mich erzählt hat.«

Lauren runzelte die Stirn.

»Ich bin lesbisch.«

»Oh, ähm, ach so. Nein, das wusste ich nicht.«

»Ich hoffe, das ist kein Problem. Ich dachte, sie hätte es dir gesagt.« Streng genommen hatte Jac keine Ahnung, ob Victoria sich Lauren gegenüber hinsichtlich ihrer Orientierung geäußert hatte.

Lauren schüttelte den Kopf. »Nein, gar nicht. Ich würde mich nie an so etwas stören.«

»Gut«, sagte Jac. »Dann werde ich mich auch nicht daran stören, dass du hetero bist.«

Lauren starrte sie einen Augenblick lang an und brach dann in Gelächter aus. Sie griff über den Tisch hinweg und berührte Jacs Hand, dann wandte sie sich wieder genüsslich ihrer Torte zu.

Als sie die dritte Tasse Kaffee geleert hatten, sah Lauren auf ihre Armbanduhr. »Ich fürchte, ich muss langsam nach Hause. Phil wird mittlerweile vom Spiel zurück sein und sich fragen, wo ich bleibe.«

Sie bezahlten und kehrten zum inzwischen fast leeren Parkplatz vor dem Konzertsaal zurück, wo Jac Lauren zu ihrem leuchtend gelben VW begleitete. »Bei dieser Farbe ist es bestimmt einfach, deinen Wagen zu finden.«

»Einer der Gründe, weshalb ich ihn gekauft habe.« Nachdem sie die Autotür entriegelt hatte, drehte Lauren sich um und lächelte. »Ich hatte einen tollen Abend. Danke dir.«

»Ich auch. Und ich freue mich schon auf Montag. Wir sehen uns dann, ja?«

»Genau.« Lauren glitt auf den Fahrersitz und winkte, dann ließ sie das Auto an.

Jac trat ein paar Schritte zurück, die Hände tief in ihren Taschen vergraben. So schaute sie der davonfahrenden Lauren nach.

In ihrem schwarzen Geländewagen angekommen, startete Jac den Motor und ließ ihn laufen, während sie ihr weiteres Vorgehen durchdachte. Sie fühlte sich zu rastlos, um schon nach Hause zu fahren.

Für einen Moment zog sie *The Arc* in Erwägung, verwarf dann aber den Gedanken an eine weitere unbefriedigende Verführung. Sie lehnte den Kopf gegen die Stütze und seufzte. Obwohl ein Teil von ihr sich gründlich danach sehnte, war ihr klar, dass sie keinen Schlaf finden würde. Nicht, bevor sie nicht die erregte Spannung abgebaut hätte, die ihre Nerven wie mit Federn kitzelte. *Sous-terre. Keine Verpflichtungen, keine Schwierigkeiten. Das wird reichen.*

Mit diesem Entschluss machte Jac sich auf den Weg zum Stadtrand, ihr Ziel fest vor Augen.

Einige Stunden, nachdem sie vom Konzert zurückgekehrt war, lag Lauren immer noch wach. Phillip hatte im Schlaf einen Arm um sie geschlungen, aber sie starrte die Wand an, konnte nicht zur Ruhe kommen und sträubte sich innerlich gegen den schweren Arm. Sie lauschte Phils tiefen, gleichmäßigen Atemzügen, bis sie sich schließlich nicht mehr beherrschen konnte. Lauren glitt aus seiner Umarmung und stand auf.

Im Wohnzimmer kauerte Lauren sich in den Sessel und blickte aus dem Fenster auf das Gebäude am anderen Ende des Hofs. Sie dachte über das Leben der Menschen hinter den fremden Fensterscheiben nach – die meisten schliefen wohl.

Ungebeten erschien ein Bild vor ihrem geistigen Auge. Ein kantiges Gesicht, umrahmt von Wellen kupferfarbenen Haars, mit strahlend blauen Augen, die direkt in sie hineinschauten, nie durch sie hindurch oder an ihr vorbei, wie Phils es oft taten.

Im Café hatte Jac ihre ganze Aufmerksamkeit auf sie gerichtet. Sie hatte zugehört und sich an alles erinnert, worüber sie sich unterhalten hatten. Nie war sie Lauren ins Wort gefallen; sogar als Lauren zu einem ihrer Höhenflüge ansetzte, hatte Jac gelächelt und war ihrem Beispiel gefolgt.

Ich erinnere mich nicht, wann ich mich das letzte Mal mit jemandem außerhalb meiner Familie so wohlgefühlt habe. Sie und Jac hatten miteinander gelacht, als würden sie sich schon jahrelang kennen.

Lauren dachte an Jacs Bemerkung über ihr Lesbischsein und zuckte mit den Achseln. Für sie spielte es keine Rolle. Es war schön gewesen, endlich einmal wieder ohne Mann auszugehen. Das hatte sie sehr vermisst, seit sie von zu Hause weggezogen war. Lauren war fast automatisch in Phils Freundeskreis aufgenommen worden, deshalb hatte sie nicht versucht, eigene Kontakte zu knüpfen. Sah man von Victoria ab, kannte sie wirklich niemanden jenseits des Bekanntenkreises ihres Verlobten.

Vermutlich war es an der Zeit, das zu ändern.

Kapitel 5

Die Wohnungstür wurde geöffnet.

Lauren hob den Blick. *Dann mal los*. Sie atmete tief durch, legte ihre Haarbürste auf die Kommode und ging hinaus, um Phil zu begrüßen.

»Hey, Süße.« Phil hängte sein Jackett über einen Stuhl.

Sie küsste ihn auf die Wange.

Mit einem Ächzen löste Phil seine Krawatte. »Gott, was für ein Tag. Du kannst dir das Durcheinander nicht vorstellen, das dieser Schreiner verursacht hat.« Er schälte sich aus seinem Hemd, warf es samt Krawatte beiseite und kratzte sich an der Brust. Nachdem er sich ausgiebig gestreckt hatte, legte er seine Arme um Lauren und umarmte sie. »Ich bin froh, endlich zu Hause zu sein. Was gibt's denn zu essen?«

Lauren legte ihre Hände auf seine Brust und drückte ihn sanft von sich. »Ich fürchte, du musst heute Abend ohne mich zurechtkommen, Liebling. Ich gehe zu einer Freundin, um ihr zu helfen.«

Phil runzelte die Stirn. »Welche Freundin?«

»Ich habe dir von ihr erzählt. Die Frau, mit der ich am Freitag aufs Konzert gegangen bin – Jac Lanier. Sie hat mich gebeten, ihr beim Umgestalten ihres Lofts zu helfen, und ich habe übers Wochenende ein paar Ideen gesammelt. Ich muss mir nur ansehen, wie die Wohnung geschnitten ist, damit wir ein paar Entscheidungen treffen können. Du glaubst nicht, wie sehr ich mich darauf freue. Es wird sicher eine Menge Spaß machen.«

»Aber ich wollte heute Abend ein bisschen Zeit mit dir verbringen.« Phil zog sie zurück in seine Arme. »Komm schon, Süße, sag ihr ab. Bleib hier bei mir.« Er drängte sich enger an sie.

Lauren seufzte und entwand sich ihm. »Nein, Phil. Ich habe es ihr versprochen, also werde ich mich auch daran halten. Ich bleibe nicht lange weg. Wir können uns später noch einen gemütlichen Abend machen.«

Er drehte sich wortlos um, marschierte in die Küche und schnappte sich ein Bier aus dem Kühlschrank.

Sie nahm ihre Jacke von der Garderobe und griff nach der Handtasche.

»Ich denke, ich werde ein paar Jungs einladen, um *Monday Night Football* anzusehen. Du hast doch nichts dagegen, Schatz?« Es lag ein Anflug von Trotz in Phils Stimme.

Was heißt, dass mich nachher zu Hause ein Haufen Besoffener erwartet. Phils Freunde würden im Wohnzimmer herumlungern; blaue Rauchschwaden würden in der Luft hängen, leere Flaschen und Pizzaboxen würden auf dem Boden verteilt liegen. In den letzten Monaten war es Phil zwar gelungen, das ungehobelte Benehmen seiner Freunde in ihrer Gegenwart ein wenig zu zügeln, aber heute Abend war er offensichtlich nicht in der Stimmung, ihr entgegenzukommen. »Es ist auch dein Zuhause.«

Lauren nahm den Fahrstuhl zur Tiefgarage und schob die Gedanken an die voraussichtlich unerfreuliche Heimkehr von sich. *Ich kann es kaum erwarten, Jacs Zuhause zu sehen. Ich hoffe, meine Vorschläge passen so, wie ich es mir vorgestellt habe.* Sie gab Jacs Adresse in ihr Navigationsgerät ein und wendete den VW in Richtung Fluss. Nachdem sie eine der Brücken überquert hatte, die in die Innenstadt führten, bog sie in eine Seitenstraße und machte dann scharf kehrt, hinein in eine Anliegerstraße, die parallel zum Fluss und durch eine Unterführung verlief.

Sie sah nichts, das einer Wohnung ähnelte. »Okay, was ist hier los? Hat das Navi einen Kurzschluss?« Dann fiel ihr Blick auf ein altes Gemäuer, das knapp hinter der Brücke auf einem Hügel stand. Das Gerät verkündete, sie habe ihr Ziel erreicht. Seltsam. Sie hatte die Brücke bestimmt schon dutzende Male überquert und dieses Ding nie bemerkt.

Das Haus schien eines der ältesten der Stadt zu sein. Es war nicht groß – nur drei Stockwerke hoch und etwa achtzehn Meter breit.

In jeder Etage waren schmale, raumhohe Fenster eingelassen. Sie schimmerten silbrig, was sich gut in das Bild des Steinbaus fügte, auch wenn es offensichtlich war, dass die Fenster nicht zur Originalausstattung gehörten. In der Mitte des flachen Schieferdachs erhob sich ein runder Turm. Eine kleine, überdachte Garage grenzte an die Nordseite des Gebäudes, die einspurige Anliegerstraße verlief zwischen dem Gebäude und dem Fluss.

Auf der kiesbedeckten Fläche neben der Garage gab es ein paar Besucherparkplätze. Beeindruckt von diesem Domizil schloss Lauren ihren Wagen ab und ging zur Haustür. Sie betrat einen schmalen Hausflur und fand dort drei Briefkästen und drei Klingelknöpfe. Sie drückte den obersten, der mit »J. Lanier« beschriftet war.

»Hallo?«

»Hi, Jac. Ich bin es, Lauren.«

»Hey, Lauren. Komm hoch. Es gibt leider keinen Aufzug. Du wirst die Treppen in den obersten Stock nehmen müssen.«

»Okay, bis gleich.«

Die Klingelanlage summte, und das Schloss öffnete sich. Satte, gedeckte Farben, Strukturtapete, dicke, schalldämpfende Teppiche und ein schweres Geländer mit verschnörkelten Holzverzierungen verliehen dem Treppenhaus das Flair von Wohlstand. An Bullaugen erinnernde Fenster ließen Tageslicht einfallen. Lauren strich mit der Hand über das massive Eichengeländer, während sie am zweiten Stock vorüberging und den nächsten Treppenabsatz erreichte.

Jac lehnte mit einem breiten Grinsen im Türrahmen. »Habe wohl vergessen zu erwähnen, dass es ein gutes Stück aufwärts geht, hm?«

»Ich fürchte, das ist dir entgangen. Muss hart sein, die Einkäufe hochzuschaffen.«

Jac lachte, trat einen Schritt beiseite und bedeutete Lauren, hereinzukommen. »Was glaubst du denn, warum ich so selten koche?«

»Ich hätte jedenfalls nicht gedacht, dass es an den Treppen liegen würde.«

Jac folgte ihr und nahm Laurens Jacke an sich. »So kann man sich irren…«

Lauren ging weiter in die Wohnung hinein und hielt den Atem an. »Meine Güte, wie wunderschön.«

Der Schnitt des Lofts erzeugte ein überwältigendes Gefühl von Geräumigkeit. Die Außenwände waren unverputzt, die Innenwände in schlichtem Weiß gehalten, ebenso die Decken- und die breiten Fußleisten. Der Parkettboden schimmerte unter den Lichtstrahlen, die durch hohe, schmale Fenster fielen.

Das gesamte Geschoss bestand aus einem offenen Wohnraum mit einer kleinen Küchenzeile, einem Natursteinkamin in der Ecke und einer beeindruckenden Heimkinoanlage. Eine kurze Wendeltreppe führte von der Küche zur Galerie, wo Lauren Schlafzimmer und Bad vermutete.

Lauren strich mit einer Hand über die Steinwand. »Wie kommst du nur ohne Isolierung mit den Wintern in Calgary zurecht?«

»Das ist nicht die äußere Mauer. Der Bauherr hat drinnen die alten Gipsplatten herausgerissen und das Dämmmaterial direkt an die Außenwand gesetzt. Dann hat er eine neue Steinwand hochgezogen, damit es aussieht, als würde da eine einzige Wand stehen. Das war bei meiner Kaufentscheidung einer der großen Pluspunkte.«

»Kann ich verstehen. Es ist großartig.« Vor lauter Begeisterung bemerkte Lauren erst jetzt, dass die Möbel tatsächlich so heruntergekommen waren, wie Jac es angedeutet hatte. »Deine Wohnung ist fantastisch. Von deiner Einrichtung kann ich allerdings nicht dasselbe sagen.«

»Ich habe dich vorgewarnt. Komm, sieh dir erst einmal den Ausblick an. Danach gebe ich dir eine Führung durch die übrigen Räume.«

Lauren folgte Jac zu den Fenstern. Der Bow River floss unter ihnen, umgeben von einer Allee aus Ebereschen und Pappeln, deren Blätter sich bereits von Grün zu Orange und Goldgelb verfärbten. Auf der anderen Seite des Flusses erstreckte sich die angesagteste Shoppingmeile der Stadt, Heimat schrulliger Läden, gemütlicher Cafés und eines riesigen Wochenmarktes.

»Was ich an diesem Ort am meisten mag, ist die Lage direkt am Fluss«, sagte Jac. »Ich gehe dort unten oft joggen. An den Wochenenden lande ich meist auf dem Markt. Da gibt es eine großartige Bäckerei, in der sie unwiderstehliche Croissants verkaufen.«

»Stört dich der Verkehrslärm auf der Brücke nicht?«

Jac schüttelte den Kopf. »Nein. Die Wände sind tatsächlich so massiv, dass sie die meisten Geräusche abhalten. Außerdem ist ein bisschen Zivilisationskrach ein kleiner Preis für die exklusive Lage. Die nächsten Nachbarn sind weit genug weg, um mir die Illusion von Abgeschiedenheit zu geben – und das mitten in der Innenstadt. Komm, ich zeige dir das Obergeschoss.«

Sie führte Lauren die Wendeltreppe hinauf. Oben war eine offene Fläche, die einen großen Teil des Stockwerks einnahm. Ein hüfthohes, schmiedeeisernes Geländer umgab die Galerie und gab den Blick auf den darunterliegenden Raum frei. Die Möblierung bestand aus einem breiten Bett zwischen der steinernen Wand und einem begehbaren Kleiderschrank, einer alten Kommode, einem wackeligen Nachttisch, einem hölzernen Aktenschrank sowie ein paar Stühlen und Lampen. Die hohen Fenster schlossen an der offenen Balkendecke ab. Eine weitere Eigentümlichkeit war die Leiter, die zu einer Klappe in der Decke führte.

Lauren sah von der Leiter zu Jac.

Deren Augen funkelten mit kindlichem Entzücken. »Das ist das Beste an dieser Wohnung, deshalb musste ich unbedingt das Obergeschoss haben.« Jac griff nach Laurens Hand und zog sie zum Fuß der Leiter.

Lauren wartete, während Jac hinaufstieg, die Tür der Bodenluke aufstieß und sich durch die Öffnung hochzog. Sie streckte eine Hand nach unten. »Komm hoch. Du musst dir das anschauen.«

Lauren hievte sich durch die Öffnung. Sie sah sich um. Eine Reihe schmaler Fenster durchbrach die Außenwand des Turmes, der aus demselben groben Mauerwerk bestand wie die unteren Räume. Ihr bot sich ein Rundumblick auf die Stadt, wenn sie einmal von der Brücke absah, die ihr die Sicht versperrte. »Das ist der Turm, den man von außen auf dem Dach sehen kann. Wir sind da drin, stimmt's?«

»Sind wir. Vor über hundertfünfzig Jahren war das hier die erste Feuerwache.« Jac schloss die Bodenluke und klappte einen Liegestuhl auf, der an der Wand lehnte. Sie bedeutete Lauren, sich zu setzen. »Das hier wurde als Warte und Glockenturm genutzt. Die Pferdeställe waren gleich dort drüben.« Sie wies in die Richtung, aus der Lauren gekommen war. »Sie haben das Wasser für die Löschtanks aus dem Fluss geholt. Dieses Gebäude war etwa achtzig Jahre lang in Betrieb, bis die Stadt zu groß dafür wurde und weitere Feuerwachen gebaut werden mussten. Es wurde danach einige Male umgebaut, aber als sie vor ein paar Jahren Eigentumswohnungen eingerichtet haben, wusste ich: Dort muss ich wohnen.«

»Die Aussicht ist unglaublich.« Lauren war begeistert vom Anblick der Dämmerung, die sich über der Stadt zusammenzog, während die Strahlen der sinkenden Sonne von den Glasfassaden der Bürotürme reflektiert wurden. »Kein Wunder, dass es dir hier gefällt. Ginge mir nicht anders.«

Jac setzte sich neben sie auf den Boden.

»Hey, gibt es hier nicht noch einen zweiten Stuhl?«

Jac schüttelte den Kopf und sah aus einem der Fenster. »Normalerweise lasse ich niemanden hier hoch. Es ist so etwas wie mein ganz privater Unterschlupf.«

Lauren betrachtete Jacs Gesicht, das im Schatten lag. Sie legte eine Hand auf Jacs Schulter. »Danke, dass du das mit mir teilst.«

»Gerne.«

Es fühlte sich so selbstverständlich an, hier zu sitzen und gemeinsam mit Jac das Schwinden des Tageslichtes zu beobachten. Erst als sich eine Hand um ihre schloss, bemerkte Lauren, dass es schon zu dunkel geworden war, um Jac noch richtig erkennen zu können.

»Ich habe versprochen, für dich zu kochen, schon vergessen?«

Widerwillig entzog sich Lauren dem Bann, unter dem sie stand.

Jac klappte den Stuhl zusammen und stellte ihn zurück an die Wand, bevor sie die Luke wieder aufdrückte.

Lauren spähte abwärts. »Siehst du genug, um heil nach unten zu kommen?«

»Sicher. Vertrau mir. Ich werde dich nicht fallenlassen.«

»Dann ist es ja gut.« Lauren folgte Jac zurück zur Galerie.

»Pass auf, wo du hintrittst.« Jac knipste eine Lampe an. »Mehr gibt es hier oben nicht, mal abgesehen vom Badezimmer. Du kannst gern einen Blick hineinwerfen, wenn du möchtest.«

Erpicht darauf, auch noch den letzten Winkel von Jacs Wohnung zu sehen, öffnete Lauren die Tür. In dem riesigen Bad bemerkte sie sofort die ungewöhnlich große Badewanne. »Wow.«

Jac kicherte. »Ich weiß. Ein bisschen größer als üblich. Ich liebe es, mich ausgiebig im warmen Wasser zu aalen. Standardwannen sind einfach nicht groß genug, um sich richtig auszustrecken. Also habe ich mir diese einbauen lassen.«

Lauren grinste über die Schulter. »Ich kann es sehen. Meine Güte, da drin hast du genug Platz für vier Leute.«

»Hm, na ja, auf jeden Fall für zwei.«

Eine Gänsehaut lief Lauren über den Rücken, als urplötzlich ein Bild vor ihrem innerem Auge aufblitzte: Jac, nackt in dieser Wanne, mit einer weiteren Person. Einer Frau. Hastig zog Lauren sich aus dem Bad zurück und stieß mit Jac zusammen.

»Immer mit der Ruhe.« Jac lachte, als sie ihre Hände auf Laurens Schultern legte. «Kein Grund, mich umzurennen.«

Lauren ließ Jac vorangehen, bevor sie ihr die Stufen nach unten folgte. Sie hob die Hand an ihre erhitzte Wange. *Verdammt, was bin ich für ein Trampeltier. Ich hoffe, sie hat nichts gemerkt.*

In der Küche angelangt, begann Jac, Zutaten aus dem Kühlschrank zu räumen.

»Kann ich dir helfen?«

»Sicher. Du kannst anfangen, das Gemüse zu waschen und zu schneiden, während ich mich um das Fleisch kümmere. Wenn ich an deine Wahl beim Geburtstagsessen denke, vermute ich doch richtig, dass du keine Vegetarierin bist.«

»Nein, bin ich nicht. Ich esse so ziemlich alles. Meine Mutter hat keine Nörgelei am Esstisch geduldet.« Lauren reinigte das Gemüse und stellte sich dann neben Jac an die Arbeitsfläche, jede an ihrem eigenen Schneidebrett. Sie hatte eine Möhre zur Hälfte gewürfelt, als sie innehielt, um zu bestaunen, wie Jacs Messer mit raschen, präzisen Zügen durch das Fleisch fuhr. »Wahnsinn! Du könntest in einem japanischen Restaurant arbeiten. Wo hast du gelernt, so zu tranchieren?«

Jac schob die dünnen Rindfleischstreifen in eine Schüssel. »Meine Mutter war stellvertretende Küchenchefin, und zwar zu einer Zeit, als man weibliche Chefs noch nicht ohne Weiteres akzeptiert hat. Sie hat in Paris gelernt. Tatsächlich hat sie dort auch meinen Vater getroffen. Ich habe es geliebt, ihr bei der Arbeit in der Küche zuzusehen. Also hat meine Mutter mir eines Tages ein Messer in die Hand gedrückt und mich helfen lassen, als ich noch ein kleines Mädchen war. Offenbar hatte ich eine Begabung dafür.« Sie lachte, während sie eine Flasche aus dem Kühlschrank nahm, diese schüttelte und etwas daraus über das Rindfleisch goss. »Für das Übrige der Kochkunst allerdings weniger. Meine Mutter hat mir bald verboten, etwas anderes zu tun als zu schneiden und zu würfeln.«

Lauren war entzückt beim Gedanken an eine Miniatur-Jac, die Seite an Seite mit ihrer Mutter arbeitete und emsig ein Gemüsemesser schwang.

Jac zog einen ramponierten Wok von einem der unteren Wandregale. Nachdem sie ihn beiseitegestellt hatte, wusch Jac Schneidebrett und Messer ab und nahm die Hälfte des Gemüses von Laurens Stapel.

»Hey, hier wird nicht geklaut.«

»Spaßbremse.« Jac zwinkerte ihr zu. Rasch hatten sie die Vorbereitungen abgeschlossen. Jac bat Lauren, den Reis zuzubereiten; sie selbst setzte den Wok auf.

Nachdem Lauren den Reis abgekocht hatte, setzte sie sich auf einen der Barhocker neben der Kücheninsel und beobachtete, wie Jac flink das Fleisch anbriet, es zur Seite stellte und dann das Gemüse dünstete. Sie sog den Geruch von Knoblauch, Sesamöl und einen Hauch von etwas, das sie nicht bestimmen konnte, ein. »Was ist in dieser Marinade drin?«

»Tut mir leid, Staatsgeheimnis. Ich kann es dir nicht verraten.« Jacs Mundwinkel hoben sich zu einem Lächeln.

»Schon klar. Ernsthaft, was ist da drin?«

»Tut mir leid, ich kann es dir nicht sagen. Meine Mutter hat mir das Rezept auf ihrem Totenbett anvertraut, mit der Anweisung, ich solle es mit ins Grab nehmen.«

»Niemals!«

»Na gut, du hast ja recht. Meine Mom lebt und ist kerngesund. Und sie führt ihr eigenes Restaurant in Montreal.« Jac duckte sich, als Lauren eine Erbsenschote nach ihr warf. »Hey! Warum hörst du nicht auf, die Küchenchefin zu ärgern und machst stattdessen den Wein auf? In der rechten Schublade findest du einen Korkenzieher.«

Lauren entkorkte die Flasche und nahm zwei Gläser vom Regal. Sie füllte eines und stellte es neben Jac ab, dann schenkte sie sich selbst ein. »Kann ich noch etwas tun?«

»Nein, ich bin so gut wie fertig.« Nur einen Augenblick später stellte Jac zwei gefüllte Teller auf der Kücheninsel ab und setzte sich Lauren gegenüber. Sie hob ihr Weinglas und stieß mit Lauren an. »Prost.«

»Prost.«

Jac nahm einen Schluck. »Mm. Der ist gut. Iss, solang es noch heiß ist.«

Lauren spießte eine Gabel voll auf und schob sie sich in den Mund. »Oh, das schmeckt großartig. Du musst mir unbedingt das Rezept geben.«

»Ich weiß nicht. Es gibt nur ein paar Gerichte, die ich gut hinbekomme. Und wenn ich dir das Rezept gebe, wird es nichts Besonderes mehr sein, wenn ich es für dich koche.«

Lauren hielt mitten im Kauen inne. Freude machte sich in ihr breit. Es war schon so lange her, dass jemand außerhalb ihrer Familie etwas Besonderes für sie tun wollte.

»Also, hast du dir am Wochenende etwas für meine Wohnung überlegt?«

»Habe ich, aber ich wusste ja nicht, womit ich es zu tun habe.« Lauren grinste. »Neue Möbel zu kaufen, wird ganz oben auf der Liste stehen.«

»Gut. Da ist eine Sprungfeder in der Couch, wegen der ich mich jedes Mal, wenn ich auf ihr einschlafe, hinterher fühle, als hätte ich mich auf eine Folterbank gelegt.«

»Du hast doch oben ein bequem aussehendes Bett. Du musst nicht auf der Couch schlafen. Genau genommen ist es das Einzige, das ich nicht ersetzen würde. Wie sieht es mit der Matratze aus?«

»Bisher konnte ich mich nicht beklagen.«

Lauren verschluckte sich an ihrem Wein.

Jac sah sie prüfend an. »Alles in Ordnung?«

»Ja sicher, alles gut.« Lauren hustete noch ein paarmal.

»Tut mir leid. Geht's wieder?«

»Mach dir keinen Kopf, wirklich.« Lauren klopfte sich gegen die Brust. »Hab's nur in den falschen Hals bekommen.«

»Okay. Dann zurück zum Thema. Als ich hier eingezogen bin, habe ich mir neue Matratzen gekauft. Die müssen noch nicht ausgetauscht werden.«

»Gut, dann nehme ich das von der Liste.«

Nachdem Lauren einen zweiten Teller geleert hatte, fragte Jac: »Hast du noch Platz für einen Nachtisch?«

»Immer.«

Jac lachte und räumte das Geschirr ab, bevor sie einen Becher mit Eis aus dem Kühlfach nahm und dazu zwei Löffel. »Ist es in Ordnung, wenn wir aus dem Becher essen?«

»Oh, Häagen-Dazs. Natürlich können wir es teilen. Aber ich sollte dich vorwarnen. Ich werde das in Rekordzeit vernichten.« Lauren aß einen Löffel von dem cremigen Schokoladeneis und war schon beim zweiten, während Jac noch ihren ersten Happen nahm.

»Erinnere mich das nächste Mal daran, dass ich zwei Becher kaufe.«

Nachdem sie ihr Dessert vernascht hatten, zog Lauren ein kleines Notizbuch aus ihrer Tasche. Sie verbrachten über eine Stunde damit, Farb- und Ausstattungsoptionen zu diskutieren.

Schließlich stand Jac auf und streckte sich. »Warum gehen wir nicht rüber zur Couch? Ich weiß, sie ist nicht gerade das bequemste Teil auf Erden, aber besser als die Stühle ist sie allemal.«

»Nur, wenn du mir vorher zeigst, wo die Folter-Feder steckt.«

»Setz dich einfach nicht auf das mittlere Polster, dann bist du außer Gefahr.«

Lauren ließ sich auf einem Ende der grau melierten Couch nieder.

Jac schaltete den gasbetriebenen Kamin ein und setzte sich auf die gegenüberliegende Seite.

»Also, möchtest du, dass ich dir beim Renovieren helfe?«, fragte Lauren.

»Das würdest du machen?«

»Na klar. Wenn ich die Innenarchitektin bei diesem Projekt sein soll, muss ich schließlich sicherstellen, dass alles richtig gemacht wird. Und sobald wir die Wände und Leisten gestrichen haben, können wir den besten Teil in Angriff nehmen – den Möbelkauf.«

Jac stöhnte auf. »Einkaufen? Können wir nicht einfach online neue Sachen bestellen?«

»Aber wo bleibt denn da der Spaß?« Lauren kicherte über Jacs mürrische Miene.

»Ein paar Dinge können wir sicher im Internet bestellen. Für Dekoration und Accessoires wirst du allerdings mit mir shoppen gehen müssen.«

»Damit kann ich mich abfinden. Also dann. Ich werde uns die Farbe und sämtliche Malerutensilien beschaffen, und am Samstag fangen wir an. Passt das für dich?«

»Na klar.« Lauren verzog das Gesicht, kaum dass die Worte ausgesprochen waren.

»Stimmt etwas nicht?«

»Ich glaube, wir sind am Samstag mit Phils Eltern verabredet.«

»Das ist doch kein Problem. Ich fange einfach ohne dich an. Vielleicht kannst du vor oder nach dem Besuch vorbeischauen, um meine Arbeit zu begutachten.«

»Glaub mir, ich würde lieber hier mit dir werkeln, anstatt meine Schwiegereltern in spe zu treffen. Phils Vater ist in Ordnung, aber seine Mutter treibt mich in den Wahnsinn. Pass auf: Ich schaue, wie ich es einrichten kann und dann rufe ich dich im Laufe der Woche an.«

»In Ordnung. Ich bin dankbar, dass du dir die Zeit nimmst, mir zu helfen. Und deine Vorschläge gefallen mir sehr gut. Ich denke, mit deiner Hilfe wird das hier ein Zuhause, auf das ich wirklich stolz sein kann.«

»Das ist es doch schon. Wir werden nur das i-Tüpfelchen draufsetzen.«

Jac schüttelte den Kopf. »Dieses I wird ein mächtig großes Tüpfelchen brauchen.«

»Dann bin ich genau die richtige Frau für diese Mission.« Lauren konnte die Neuerungen schon vor ihrem inneren Auge sehen und es kaum erwarten, anzufangen. Es dauerte einen Augenblick, bis sie merkte, dass Jac still geworden war. Sie streckte den Fuß über den leeren Platz zwischen ihnen und stupste damit gegen Jacs Bein. »Hey, alles in Ordnung?«

»Absolut. Ich habe nur … Ich genieße diesen Abend wirklich sehr. Ich bin so froh, dass Vic mich zu deinem Geburtstagsessen eingeladen hat.«

»Ich auch. Aber ich fürchte, ich habe deinen Abend lang genug für mich beansprucht. Ich sollte mich auf den Heimweg machen.«

»Bitte, meinetwegen musst du nicht gehen. So spät ist es doch noch gar nicht. Bleib, solange du willst.«

»Danke, Jac. Ich fand es auch schön, aber Phil wird schon auf mich warten. Es ist besser, wenn ich jetzt mal fahre.«

Jac erhob sich, um sie zur Tür zu begleiten, und hielt ihr die Jacke auf.

Lauren schlüpfte hinein. *Jac sollte Phil einmal eine Lektion in ›Wie benehme ich mich wie ein Gentleman‹ erteilen. Oder eher wie eine Gentlewoman?*

»Gute Nacht, Lauren. Ich kann mich nicht daran erinnern, wann ich das letzte Mal so viel Spaß daran hatte, ein Projekt zu planen. Ich hoffe, du kannst am Samstag wiederkommen.«

»Ich auch. Und danke für das wunderbare Essen.«

Als Lauren auf dem Treppenabsatz des zweiten Stocks noch einmal über ihre Schulter blickte, sah sie, wie Jac sie mit einem rätselhaften Gesichtsausdruck beobachtete. Lauren winkte ihr zu, und Jac erwiderte die Geste mit einem Lächeln.

Während sie nach Hause fuhr, ließ Lauren den Abend Revue passieren. *Noch vor einer Woche kannten wir uns nicht einmal. Und jetzt fühle ich mich schon so wohl bei ihr. Sie versteht es, den Leuten die Unsicherheit zu nehmen. Ich weiß nicht, warum Victoria meinte, sie habe eine harte Schale. Davon habe ich nichts bemerkt.* Trotz ihrer aufrichtigen Herzlichkeit war Lauren Fremden gegenüber normalerweise eher reserviert. Diese Befangenheit war in Jacs Gegenwart gar nicht erst aufgekommen, schon bei ihrer ersten Begegnung nicht.

»Ich werde nicht mit Phil und seinen Eltern Essen gehen. Viel lieber möchte ich zusammen mit Jac malern«, erklärte sie laut. »Phil wird ausrasten, aber es gehört zu einer Beziehung, Streitereien auszutragen und Freiräume auszuhandeln. Auf lange Sicht wird uns das guttun.« *Und es ist besser, seiner Mutter von Anfang an klarzumachen, dass ich nicht vor ihr kusche.*

Jac stand am Fenster und sah zu, wie der gelbe VW davonfuhr. Als er außer Sicht war, wanderte ihr Blick zum Fluss. Das dunkle Wasser wurde nur von den Lampen entlang der Gehwege beleuchtet. Es beruhigte sie, den steten Strom zu verfolgen. Heute Nacht hatte sie diesen inneren Frieden bitter nötig. *Was zur Hölle ist passiert?*

Sie war nicht auf Freundschaft aus gewesen, kein bisschen. Es tat nichts zur Sache, ob sie Lauren mochte oder nicht; das Einzige, was zählte, war, sie vor Ablauf der Frist ins Bett zu bekommen. Dennoch hatte sie Laurens Gesellschaft total genossen. *Was in Gottes Namen ist los mit dir?*

Der Fluss verwehrte ihr heute seinen beruhigenden Zauber. Jac wandte sich vom Fenster ab.

Konzentriere dich aufs Wesentliche. Du verführst sie, du legst sie flach. Das war's. Das Spiel ist vorbei – und du hast gewonnen. Sie versuchte, sich ihr Ziel klar vor Augen zu halten, aber die hinterlistige Wärme, die sie beim Gedanken an Lauren erfasste, machte es unmöglich.

Jac warf sich auf die Couch. Bisher lief alles nach Plan. Ihr war nicht entgangen, wie Laurens Hand im Turm auf ihrer Schulter geruht hatte. Auch nicht, dass sie nach ihrem Zusammenstoß errötet war und wie sie sich bei der Erwähnung des Bettes verschluckt hatte.

Jac versuchte, sich den Moment ihres Triumphes auszumalen. Sie schloss die Augen und stellte sich vor, Lauren läge nackt in ihrem Bett, die Arme ausgebreitet und die Beine erwartungsvoll gespreizt. Aber anstatt sie zu erregen, erzeugte dieser eingebildete Sieg nur ein Gefühl von Leere. Die Vision von Laurens Gesicht, ihre Augen voller Tränen, drängte sich nach vorn. Jac öffnete die Augen. »Das reicht! Vielleicht tue ich ihr sogar einen Gefallen. Phil scheint ein echter Armleuchter zu sein. Vielleicht fällt ihr das auch auf, wenn sie erst einmal mit mir geschlafen hat. Dann habe ich sie vor einem schrecklichen Leben mit diesem Spinner bewahrt.«

Jac atmete schwer. Sie blinzelte irritiert. Ihr Kopf lag auf dem Kissen, an das Lauren sich gelehnt hatte; es war ihr Geruch, den sie einsog. Mit einem mürrischen Schnaufen zog sie das Kissen unter ihrem Kopf hervor und schleuderte es durch den Raum.

»Du hast fünf Tage, um dich in den Griff zu bekommen, du Idiotin. Gib dir Mühe.«

Kapitel 6

»Es ist ja nicht so, als ob wir die einzigen Gäste wären«, sagte Lauren. »Deine Eltern haben die halbe Stadt eingeladen. Sie werden mich nicht einmal vermissen. Wir laden sie einfach nächsten Sonntag zum Brunch ein. Dann sind sie auch zufrieden.«

Phil blickte finster drein. »Und was ist mit mir? Was ist, wenn du mir fehlst? Verflucht, in letzter Zeit zählt das, was ich will, wohl gar nichts mehr. Du gehst ohne mich auf ein Konzert. Du machst dich davon, um dich mit einer Frau zu treffen, die ich nicht einmal kenne und bleibst die halbe Nacht dort. Was soll meine Mutter davon halten, dass du lieber einer Fremden zur Hand gehst, als mit deinem Verlobten Zeit zu verbringen?«

Lauren riss der Geduldsfaden. »Zwei Mal. Ich bin in der letzten Woche zweimal ausgegangen. Ich glaube nicht, dass ich dich sträflich vernachlässigt habe. Außerdem hatte ich dich gebeten, mich zum Konzert zu begleiten. Aber du musstest ja unbedingt mit deinen Freunden zu diesem dämlichen Football-Spiel gehen.«

»Ach, darum geht es? Du bist sauer, weil ich nicht mit ins Konzert gegangen bin! Das ist so verdammt kleinkariert.«

Lauren atmete tief durch und begann, bis zehn zu zählen. Sie schaffte es nur bis zur Drei. »Hier geht es darum, dass ich eine neue Freundin gefunden habe und dir das offenbar nicht passt. Ich bin weiß Gott nicht dazu da, dir und deiner Bande kindischer Chaoten vierundzwanzig Stunden am Tag den Hintern nachzutragen.«

Phil starrte sie wütend an, machte auf dem Absatz kehrt und stapfte aus dem Schlafzimmer. Er warf die Tür hinter sich so fest zu, dass sie wieder aufsprang und gegen die Wand schlug.

Na, das lief ja großartig. Lauren seufzte. Phil erwartete jetzt sicher, dass sie ihm unter Entschuldigungen und beschwichtigenden Worten nachlief, so wie sie es immer tat, nachdem sie gestritten hatten. Sie verzog das Gesicht. »Diesmal nicht. Das ist sein Problem, nicht meins.« Würde sie ihn besänftigen, hieße das, seinem Plan zuzustimmen und zur Party seiner Eltern zu gehen. *Und genau das wird nicht passieren.*

Lauren sah die noch immer vibrierende Tür einen Moment lang an, dann schüttelte sie den Kopf. Sie holte eine Tasche vom Schrank und packte Wechselkleidung für den Abend ein. Dann nahm sie ihre Schlüssel und das Portemonnaie und verließ mit großen Schritten die Wohnung. Für Phil, der im Wohnzimmer finster auf den Fernseher starrte, hatte sie kaum einen Blick übrig.

Lauren bog auf Jacs Parkplatz ein und schaltete den Motor ab. »Okay, lass es einfach gut sein. Es war nicht unser erster Streit, es wird nicht der letzte sein. Beruhige dich.«

Jac ließ sie rein, und Lauren trottete mit der Tasche in der Hand die Stufen hinauf. Mitten auf der Treppe zum dritten Stock hielt sie plötzlich an und brach in Gelächter aus.

Jac war am Ende der Stufen in Habachtstellung gegangen und salutierte mit einem großen Malerpinsel, während sie in der anderen Hand einen Farbeimer und einen Farbroller mit Teleskopstange hielt. Sie trug eine blaue Baseballmütze, mit dem Schirm nach hinten, graue Fleeceshorts und ein bauchfreies, schwarzes T-Shirt. Schuhe hatte sie keine an. Dazu präsentierte sie das albernste Grinsen, das Lauren je gesehen hatte.

»Was machst du da?«, fragte Lauren zwischen zwei Lachanfällen, während sie die übrigen Stufen überwand.

»Ich melde Einsatzbereitschaft, Boss.« Jacs Augen funkelten.

Kichernd schüttelte Lauren den Kopf. »Ist ja wohl nicht dein Ernst!«

»Na ja, du hast gesagt, du wärst die Projektleiterin. Also dachte ich, es wäre nur angemessen, dich ehrenvoll zu empfangen.« Jac folgte ihr in die Wohnung und schloss die Tür.

»Aha.« Lauren inspizierte den Raum und begann erneut zu lachen. Alle Möbel waren vor die Steinmauer gerückt worden, der Boden war großflächig mit Malervlies bedeckt.

»Weißt du, ein oder zwei Vliesrollen wären genug gewesen. Wir hätten sie einfach an die Stelle gelegt, an der wir gerade arbeiten.«

Ein gekränkter Ausdruck huschte über Jacs Gesicht.

»Ist schon in Ordnung so«, beschwichtigte Lauren. »Das wird wunderbar klappen. Du hättest nur nicht so viel Geld dafür ausgeben müssen.«

»Das ist kein Problem.« Jac stellte den Farbeimer neben einem halben Dutzend weiterer Behälter und einem Berg von Malerzubehör ab. »Ich habe so etwas noch nie gemacht. Da dachte ich mir, ich sollte auf Nummer sicher gehen. Besser zu viel als zu wenig.«

»Nun, das hat funktioniert.« Amüsiert musterte Lauren die Ausrüstung. »Ich hätte unseren Bedarf vielleicht etwas präziser bestimmen sollen. Erinnere mich beim nächsten Mal daran, dass ich dich nicht mehr allein in den Baumarkt schicke.« Sie hob ein kleines, dreieckiges Schaumstoffteil auf. »Wozu benutzt man das?«

»Äh. Ich glaube, das ist für die Enden von Fensterbänken. Ich habe alles mitgenommen, von dem ich dachte, wir könnten es brauchen.«

Lauren lächelte. Jacs Begeisterung war ansteckend, wenn auch ein wenig fehlgeleitet. Der Vorrat war groß genug, um drei Wohnungen zu renovieren. Aber es war schön, eine enthusiastische Mitstreiterin zu haben. »Okay, dann kann es ja gleich losgehen. Hast du deine Wände alle abgewischt?«

»Yes, Ma'am. Alle sauber und startklar. Und alles, was nicht gestrichen wird, habe ich abgeklebt. Ganz, wie du es wolltest. Du kannst deine Tasche in den Schrank packen – oder ins Schlafzimmer, bevor sie im Weg steht. Hast du Kleidung zum Wechseln dabei?«

»Aber natürlich. In denen hier werde ich sicher nicht ausgehen.« Lauren wies auf die abgetragene Jogginghose, die sie angezogen hatte, und dann auf das alte T-Shirt. »Du weißt, du musst nicht …«

»Blödsinn.« Jac schüttelte den Kopf. »Du betreibst hier diesen ganzen Aufwand für mich. Das Mindeste, was ich tun kann, ist ein Restaurantbesuch. Das schulde ich dir. Besonders, nachdem du heute das Essen mit deinen Leuten verpasst.«

»Phils Leuten.« Lauren verstaute ihre Tasche im Schrank neben der Eingangstür. »Und glaube mir, es kommt mir nicht ungelegen.«

Jac kniete sich hin, um die Plastikfolie von einer Farbwanne abzuziehen. »War Phil damit einverstanden, dass du mir heute hilfst, anstatt mit ihm seine Familie zu besuchen?«

Lauren zuckte mit den Schultern. »So würde ich es nicht gerade beschreiben, aber er wird es überleben.«

Jac drehte die Farbwanne zwischen den Händen. »Ich möchte nicht, dass ihr zwei euch meinetwegen streitet.«

»Das ist nicht deine Schuld. Ich bin da, wo ich heute sein wollte. Keiner kann mir vorschreiben, was ich zu tun oder zu lassen habe.«

Jac hob den Kopf und begegnete Laurens Blick. »Das werde ich mir merken.« Sie streckte ihr einen Farbroller und die Farbwanne entgegen. »Also, zeigst du mir, wie man das macht?«

Sie begannen an den jeweils gegenüberliegenden Seiten einer Wand und arbeiteten sich stetig vor. Unter Geplauder bedeckten sie die weißen Wände zügig mit einem weichen Taubengrau.

Jac umrandete vorsichtig die Bodenleiste. »Ich habe mich gestern mal im Internet umgesehen und eine Couch und einen Sessel entdeckt. Sie sind blau-grau meliert, mit Kastanienbraun abgesetzt. Und sie sehen wirklich gemütlich aus.«

»Klingt perfekt.« Lauren rieb an einem Farbfleck auf ihrer Nase, doch statt ihn zu entfernen, verschmierte sie ihn nur. »Ich habe über deine Schlafzimmermöbel nachgedacht. Deine Kommode und der Tisch sind zwar alt, aber beide aus gutem Massivholz. Ich denke, wir sollten sie lieber ein bisschen aufpolieren, anstatt sie zu ersetzen. Wir könnten sie mahagonifarben lackieren, dann passen sie zu deinem Bett.«

»Hey, du sollst die Farbe auf der Wand verteilen, nicht in deinem Gesicht.« Jac legte den Farbroller ab, fasste Laurens Gesicht mit einer Hand und wischte den Farbklecks mit einem Zipfel ihres T-Shirts weg.

Lauren betrachtete Jacs Shirt. »Danke. Aber weißt du, dafür haben wir Lumpen. So ruinierst du dein Oberteil.«

Grinsend zuckte Jac mit den Schultern und kehrte zu ihrem Farbroller zurück. »Ich habe schon so viel Farbe an mir, dass es auf diesen Fleck auch nicht mehr ankommt. Außerdem wird dieses Shirt hier mein Ehrenabzeichen. Wenn irgendjemand anzweifelt, dass ich geholfen habe, meine Wohnung zu streichen, dann grabe ich das hier aus und halte es ihm unter die Nase.«

»Vielleicht sollte ich dir eine Urkunde ausstellen, um deinen ersten Vorstoß ins Reich der Innendekoration zu dokumentieren.«

»Wenn du das machst, werde ich sie rahmen und über meinem Schreibtisch aufhängen.« Jac goss mehr Farbe in die Wanne.

Lauren warf einen Blick hoch zur Galerie. »Abgesehen von Luft hängt da gar nichts über deinem Schreibtisch.«

»Ich meinte den Schreibtisch in meinem Büro. Ich werde der Urkunde einen Ehrenplatz geben, gleich neben meinem Abschlusszeugnis. »Woher kannst du das alles eigentlich?« Jac deutete mit der Hand auf die frisch gestrichenen Wände. »Wärst du lieber Innenarchitektin geworden?«

»Früher habe ich tatsächlich davon geträumt, ja. Es kommt wohl auch daher, dass ich in einer Familie aufgewachsen bin, wo jeder mit anpacken musste. Mom hat die meisten Arbeiten im Haus übernommen, während Dad die Farm am Laufen hielt. Meine Mutter hat immer alles in Schuss gehalten. Sie kann streichen, spachteln, das Dach decken, Wild schlachten, Gemüse einlegen, Kleider nähen, Möbel lackieren und polstern. Nur unsere Schuhe hat sie nicht selbst gemacht. Aber ich bin sicher, hätte ihr Tag mehr Stunden gehabt, dann hätte sie auch hier den Dreh herausbekommen.«

Jac hob die Augenbrauen. »Wow. Eine echte Powerfrau, hm?«

»So habe ich das nie betrachtet. Aber ja, sie ist unglaublich.«

»Muss so sein. Sie hat ein unglaubliches Kind großgezogen.«

»Ähm, danke.« Lauren sonnte sich für einen Augenblick in diesem Kompliment. »Wobei, eigentlich hat sie acht solcher Kinder großgezogen.«

Jac hob ruckartig den Kopf. »Acht? Gott, was für eine Geduld. Ich könnte nicht einmal mit einem fertigwerden.«

»Oh, ich weiß nicht. Scheint mir eher so, als ob du mit allem fertigwerden würdest, was du dir in den Kopf setzt. Wie dem auch sei, meine Eltern wollten ursprünglich gar nicht so viele Kinder haben. Sie dachten, sie könnten keine eigenen bekommen, also haben sie sich für Adoption entschieden. Die meisten meiner Brüder und Schwestern waren schon älter und aus dem einen oder anderen Grund wollte sie niemand haben. Die beiden, die als Babys zu uns kamen, Zac und Sara, haben eine Behinderung. Mom und Dad konnten einfach nicht Nein sagen, wenn das Jugendamt mit Kindern aufkreuzte, die ein Zuhause brauchten. Tja. Als Mom dann mit mir schwanger wurde, waren alle sehr überrascht. Ein paar Jahre später bekam sie meine kleine Schwester. Danach hatte sie offenbar genug.«

»An Weihnachten muss es bei euch ja hoch hergehen.« Jac klang wehmütig.

»Immer. Sogar heute, wo wir erwachsen sind, fahren wir in den Ferien immer nach Hause. Es fühlt sich dann meistens an wie im Irrenhaus, aber ich würde es nicht missen wollen.« Lauren ließ plötzlich die Schultern hängen. »Aber jetzt werde ich wohl gelegentlich darauf verzichten müssen. Als ich vor zwei Wochen mit Phil bei uns daheim zu Besuch war, hat es ihn regelrecht in den Wahnsinn getrieben. Dabei war nur die halbe Familie da.«

Jac hob eine Augenbraue.

»Er ist ein Einzelkind. Da ist man den ganzen Lärm und die Aufregung nicht gewohnt.« *Obwohl es ihn weiß Gott nicht stört, wenn seine Freunde einen solchen Aufruhr veranstalten.*

Jac nickte.

»Und wie sieht es bei dir aus? Hast du Geschwister?«

»Habe ich. Einen älteren Bruder, der gemeinsam mit meiner Mutter das Restaurant führt. Leon ist verheiratet und hat ein paar Kinder, von denen Mom natürlich begeistert ist. Und dann habe ich noch einen jüngeren Bruder, Marc. Wir wissen nie, wo er sich gerade herumtreibt, auch wenn er den ganzen letzten Sommer in Vancouver verbracht hat. Ihn treibt das Fernweh und er nimmt praktisch jeden Job an, der Benzin in seinen '65 Mustang und ihn zurück auf die Straße bringt. Ich weiß nie, wann er bei mir auftauchen wird.« Jac ließ für einen Moment den Pinsel ruhen und betrachtete lächelnd die Wand.

»Dein Lieblingsbruder, hm?«

Jac grinste. »Ist das so offensichtlich? Ja, Marc steht mir sehr nahe. Schon als Kinder waren wir die besten Freunde, und das werden wir wahrscheinlich immer bleiben. Leon treibt es auf die Palme, dass er einfach nicht sesshaft werden will. Aber es liegt nicht in Marcs Natur, er ist eben ein Freigeist. Manchmal ziehe ich ihn damit auf, dass er wohl gar nicht erwachsen werden will. Aber er meint, das sei völlig überbewertet.«

»Was sagt eure Mutter dazu?«

»Er ist ihr Ein und Alles. Sie versucht es nicht zu zeigen. Schließlich ist doch Leon derjenige, der bei ihr geblieben ist und zusammen mit ihr hart gearbeitet hat, um das Restaurant zu einem Erfolg zu machen. Sie will nicht, dass er glaubt, sie wäre undankbar oder würde ihn weniger lieben, aber Marc … Nun, Marc ist ein Charmeur. Er war es seit dem Tag, an dem er geboren wurde. Man kann ihm nicht böse sein.«

Die Wand vor ihnen war vollständig mit Farbe bedeckt, nun gingen sie zur nächsten. Wieder begannen sie je am gegenüberliegenden Ende.

»Weiß deine Mutter über dich Bescheid?«

»Über mich?« Es lag Belustigung in Jacs Stimme.

Lauren errötete. »Na, du weißt schon – darüber, dass du lesbisch bist. Hat sie ein Problem damit?«

»Nicht wirklich. Ich habe es ihr gesagt, als ich zwanzig war, meine Mutter ist im Großen und Ganzen ziemlich aufgeschlossen.« Jac biss sich auf die Lippe.

»Aber?«

Jac warf ihr einen verlegenen Blick zu. »Aber sie mag meinen Lebenswandel nicht. Sie meint, ich solle ein nettes Mädchen finden, mich niederlassen und ihr möglichst noch ein paar Enkel schenken.«

»Hm.« Lauren konzentrierte sich einen Moment lang auf ihren Pinsel. »Und das reizt dich überhaupt nicht?« Als Jac ihr nicht antwortete, sah Lauren prüfend zu ihr hinüber. »Jac?«

Jac ließ den Farbroller sinken und wandte sich ihr halb zu.

Lauren war getroffen von der Eindringlichkeit ihres Blicks.

»Bisher hat es das nicht. Aber mittlerweile bin ich mir nicht mehr so sicher. Manchmal denke ich, es wäre großartig, zu meiner Frau nach Hause zu kommen, mich mit ihr schlafen zu legen und jeden Morgen neben ihr aufzuwachen. Zu wissen, dass sie immer für mich da wäre, so wie ich immer für sie da sein würde.« Jac zuckte mit den Schultern und nahm ihre Arbeit wieder auf. »Verdammt. Ich glaube, ich werde alt.«

Lauren dachte nach. »Nein. Für mich klingt es, als würdest du auch nur das wollen, was sich alle von uns irgendwann wünschen – Liebe, Sicherheit, Beständigkeit. Ich finde das nicht ungewöhnlich. Und ich hoffe, du findest diese Frau.«

Jac atmete tief durch. »Danke.«

Lauren richtete ihren Blick auf die Bahn, die der Farbroller eben gezogen hatte. »Ähm, Jac? Als du diesen Mittwoch angerufen hast, um mit Victoria zu sprechen – ich meine, ich habe nicht gelauscht, aber unsere Schreibtische stehen so nah beisammen, ich konnte gar nicht anders ...«

Jac hielt inne und sah Lauren an.

»Ich … Nun, ich konnte gar nicht anders als zuzuhören, wie gesagt, und …« *Gott, ich kenne sie erst seit ein paar Wochen. Ich kann sie das nicht fragen.* »Ach, vergiss es. Nicht so wichtig.«

Jac kam zu ihr herüber. »Hey, schon okay. Du kannst mich alles fragen.«

Hitze kroch Laurens Nacken hinauf, sie konnte Jacs Blick nicht erwidern. *Verdammt. Warum musste ich das ansprechen?*

»Lauren? Komm schon, sprich mit mir.« Jac berührte ihren Arm. »Was geht in deinem entzückenden Kopf vor?«

Sie atmete tief durch. »Victoria hat am Telefon etwas davon gesagt, dass du müde bist, weil du die ganze Nacht unterwegs gewesen wärst. Und sie hat dich damit aufgezogen, dass du im *Suetair* gewesen bist – zumindest glaube ich, dass es so hieß. Ich habe noch nie davon gehört. Also habe ich am Abend Phil danach gefragt. Er hätte fast seine Zunge verschluckt und wollte mir nichts erzählen, außer, dass er nicht einmal wüsste, ob es diesen Ort wirklich gibt. Und gäbe es ihn, dann müsste ich todsicher nichts darüber wissen. Ich habe versucht, es zu googeln, aber dabei kam auch nichts heraus. Also habe ich mich gefragt …«

»Warum dieser Name Phil fast einen Hirnschlag verpasst hat?«

»So ungefähr, ja.« Lauren zwang sich, Jac anzusehen. Jac schien nicht böse zu sein. Tatsächlich war ihre Miene nur schwer zu deuten. *Melancholisch? Möglich. Oder vielleicht traurig.*

Jac drehte sich um, griff nach einer der unbenutzten Abdeckfolien, breitete sie über der Couch aus und bedeutete Lauren, zu ihr zu kommen.

Sie setzte sich so, dass sie Jac ins Gesicht sehen konnte, die jedoch auf den Boden blickte. Lauren legte eine Hand auf Jacs farbbekleckstem Arm. »Bitte, du musst nicht antworten. Es geht mich gar nichts an. Ich habe nur noch nie davon gehört.«

Jac stieß den Atem aus. »Du hast noch nicht davon gehört, weil es ein sehr, sehr privater und sehr exklusiver Klub ist. Ich bezweifle, dass Phil mehr als Gerüchte darüber kennt. Man kommt dort nur herein, wenn man Mitglied oder Gast eines Mitglieds ist.«

»Und du bist ein Mitglied?«

»Ja.« Jac wand sich unbehaglich. »Ich nehme an … Nun, es gibt wirklich keine andere Art, es zu sagen: *Sous-terre* ist ein Klub für Gleichgesinnte, die Gefallen an den exotischeren Formen von Sex finden.«

Lauren blinzelte. *Das habe ich mir nach Phils Reaktion fast schon gedacht.* »Exotisch?«

Jac straffte ihre Schultern und sah Lauren fest in die Augen. »BDSM, beispielsweise.«

Eine Welle sinnlicher Erregung erfasste Lauren. *Wow.* »Also stehst du auf solche Sachen?«

Mit einem schiefen Lächeln lehnte Jac sich zurück. »Könnte man so sagen.«

»Wie bist du … Entschuldige. Macht es dir etwas aus, darüber zu reden? Immerhin ist es ja doch sehr privat.«

Jac hob die Achseln. »Es ist in Ordnung. Das ist ein Teil von mir. Frag mich, was immer du willst.«

»Ich weiß gar nicht, was ich fragen soll. Aber ich bin neugierig, wie du hineingekommen bist, in so eine …«

»Szene? Das erste Mal war ich in Begleitung einer Freundin dort, die einen der Besitzer kannte. Ich wusste nicht, was mich erwarten würde. Aber als wir dort waren, gefiel mir, was wir getan haben.«

»Also bist du wegen deiner Freundin immer wieder dorthin gegangen?«

Jac schüttelte den Kopf. »Auch, wenn ich sie als Freundin bezeichne, war sie eher so etwas wie ein ausgedehnter One-Night-Stand. Wir hatten nur eine Sache gemeinsam. Als uns das langweilig wurde, haben wir uns nicht mehr getroffen. Ich glaube, sie ist vor ein paar Jahren weggezogen. Wir haben schon lange keinen Kontakt mehr.«

Lauren saß still, dutzende Fragen tobten ihr durch den Kopf. »Was zieht dich in diesen Klub?«

»Vor allem reizt mich, dass jeder der Gäste genau weiß, weswegen er da ist. Es gibt keine Heuchelei oder Spielchen darum, jemanden abzuschleppen, sei es für eine Stunde oder eine Nacht. Dafür gelten ein paar grundlegende Regeln. Unter anderem über geschützten, einvernehmlichen Sex und absolute Diskretion, was den Klub betrifft. Du wirst vom *Sous-terre* nie etwas auf Facebook oder in irgendeinem anderen sozialen Netzwerk erfahren. Unter uns nennen wir es *Little Vegas*. Du weißt schon: Was dort passiert, bleibt dort. Es ist also ein wirklich geschützter Ort, um einfach mal loszulassen. Niemand erwartet mehr von dir, als du zu geben bereit bist. Und niemand ist beleidigt, wenn du Nein sagst.«

Lauren legte die Stirn in Falten. »Ich muss sagen, das klingt nicht besonders … Hm, romantisch. Mir fällt kein besseres Wort ein.«

»Das soll es auch nicht sein. Man geht dort nicht hin, um den Partner fürs Leben zu finden. Obwohl ich tatsächlich von einem Paar weiß, das sich dort kennengelernt und später geheiratet hat. Das einzige Ziel ist, sich beim Sex zu entspannen. Und genau das bekommt man auch.«

»Ist so etwas legal?«

»Natürlich. Es ist doch nur ein privater Klub, in dem sich Erwachsene treffen, die sich in dem, was sie wollen, einig sind. Die Besitzer dulden keine Drogen und keinen Alkohol, sie brauchen also noch nicht einmal eine Schanklizenz. Wer betrunken oder bekifft vor der Tür steht, wird nicht eingelassen. Die Inhaber sind darin absolut unnachgiebig. Der Klub liegt außerhalb der Stadtgrenzen, man stört niemanden und wird nicht gestört. Außerdem stehen die Betreiber recht gut mit dem Establishment. Und angesichts der prominenten Besucher, die ich dort gesehen habe, glaube ich nicht, dass in absehbarer Zeit eine Polizeirazzia ansteht.«

»Ist der Klub nur für Frauen?«

»Nein, das Publikum ist gemischt. Es gibt getrennte Räumlichkeiten für Männer, Frauen und heterosexuelle Paare. Aber man muss nicht immer denselben Raum besuchen. Man geht einfach in das Zimmer, nach dem einem der Sinn steht.«

»Tut es … also, tut es nicht weh?« *Ist das nicht die dümmste Frage, die man stellen kann?*

»Kommt darauf an. Aber ja, es kann schmerzhaft werden. Für mich üben das Kopfkino und die ungehemmte Sexualität den besonderen Reiz dabei aus.«

Lauren hatte Schwierigkeiten, diese neuen Einsichten mit Jacs Person in Einklang zu bringen.

»Also tust du auch anderen weh?«

»Manchmal, ja. Du darfst nicht vergessen, dass alles auf gegenseitigem Einverständnis und Freiwilligkeit basiert. Vertrauen spielt eine große Rolle. Wenn du nicht die Empfehlung eines Mitgliedes hast, bleibt die Tür für dich zu. Die Betreiber haben kein Interesse daran, dass etwas schiefgeht und das womöglich noch nach draußen dringt.«

»Das verstehe ich. Wirklich. Und wenn du nicht im Klub bist?«

Jac neigte den Kopf zur Seite. »Du meinst, wenn ich nach einer Verabredung mit meinem Date bei mir oder ihr zu Hause lande?«

»Ja, genau. Hast du dann … ähm … ganz normalen Sex?« *Gott, sie muss mich ja für eine Voyeurin halten … Oder eine Idiotin.* »Darf ich das eigentlich fragen?«

Jac kicherte. »Na klar. Aber was ist denn ganz normaler Sex? Was du und Phil miteinander anstellt, könnte ganz anders sein als das, was beim benachbarten Pärchen passiert. So lange es für die beteiligten Leute funktioniert, ist das vermutlich für diejenigen normal.«

»Du bist der Frage ausgewichen.«

»War nicht meine Absicht. Ich würde nie jemanden dazu drängen, etwas zu tun, was sie nicht mag. Aber wenn sie nicht abgeneigt scheint, könnte ich ein paar Dinge vorschlagen, die jenseits ihrer üblichen Erfahrungen liegen. Ist sie einverstanden – gut. Ist sie es nicht, überlasse ich ihr die Führung. Beantwortet das deine Frage?«

»Hm.«

Jac lächelte sanft. »Habe ich dich geschockt? Für einen Moment hast du ausgesehen, als wolltest du davonlaufen.«

Lauren spielte die Beleidigte. »So naiv bin ich dann doch nicht.«

»Ach was?«

Lauren verdrehte die Augen. »Ich weiß jetzt, dass du dich von der Freundin getrennt hast, die dich ins *Sous-terre* gebracht hat. Aber was ist, wenn du mit jemandem zusammen bist? Gehst du dann alleine in den Klub? Oder willst du, dass sie dich begleitet?«

Jac drehte den Kopf zur Seite. »Ich habe nicht wirklich … Ich meine, es ist lange her, seit ich … ach, Mist.« Sie wandte sich ab, zog ihr Knie an und sah Lauren dann doch wieder an. »Ich bin kein Beziehungsmensch. Seit ich die Uni abgeschlossen habe, bin ich von einem Versuch in den nächsten gestolpert.«

»Wie kommt das? Weil es schwierig ist, eine Frau zu finden, die deine Vorlieben teilt? Ich meine – mit dem Klub und all dem?«

Jac schüttelte den Kopf. »Nein, daran liegt es nicht. Ich habe über die Jahre eine Menge Frauen getroffen, die BDSM und anderen ungewöhnlichen Sex-Praktiken gegenüber sehr offen waren. Mit manchen hätte ich wahrscheinlich ziemlich glücklich werden können. Aber es war nie die eine dabei, die mich samt Herz und Verstand erobern konnte.«

»Und deinen Körper?« *Oh, verdammt noch mal! Stopf dir dein vorlautes Mundwerk.* Lauren errötete über die Bilder, die ihr in den Sinn kamen.

»Nicht unbedingt. Natürlich ist es toll, sich in eine Frau zu verlieben, die auf Abenteuer im Bett steht. Es macht Spaß und ist aufregend. Außerdem kann ich es mir nicht vorstellen, für den Rest meines Lebens nur Kuschelsex zu haben. Aber worauf es wirklich hinausläuft, wenn ich mir diese schwer zu findende Frau vorstelle, ist das hier: Kinder, Hunde, ein weißer Lattenzaun. Und das ist genau das Leben, das mir meine Mutter einreden will. Hasst du es nicht auch, wenn deine Mutter recht behält? Deine Mom ist wahrscheinlich ganz aus dem Häuschen, dass du einen netten Mann heiratest und sich zweifelsohne bald deine eigenen Kinder dem ganzen Rummel anschließen.«

»Ich nehme es mal an, ja.«

Jac hob die Brauen.

Lauren stand hastig auf. »Hey, diese Wände streichen sich nicht von selbst. Wir machen uns besser wieder an die Arbeit.«

Jac fasste Lauren scharf ins Auge, während sie ihr zurück zu den Farbwannen folgte.

Lauren versuchte, sich auf die vor ihr liegende Aufgabe zu konzentrieren, aber in ihrem Kopf hallten Jacs Worte nach. Als Jac für ein paar Minuten im oberen Stock verschwand, stellte Lauren ihre Arbeit ein und sah aus dem Fenster. *Sie ist ganz und gar nicht das, wofür ich sie gehalten habe. Oder vielleicht ist sie es, aber da ist noch viel mehr, als der erste Eindruck glauben lässt. Sie ist absolut nicht langweilig.*

Kapitel 7

Als es Zeit für die Mittagspause wurde, stellte Jac eine Auswahl appetitlich angerichteter Sandwiches auf die Kücheninsel, daneben Teller, Servietten und Getränke.

Laurens Augen wurden groß. »Wow. Erzähl mir nicht, dass du die selbst gemacht hast!«

Jac schüttelte den Kopf. »Nein. Ich habe sie heute Morgen auf dem Markt gekauft. Wenn ich dich schon den ganzen Tag für mich arbeiten lasse, möchte ich dir nicht die aufgewärmten Reste vom Vortag auftischen.«

Sie ist so aufmerksam. Ich könnte mich glatt daran gewöhnen, so behandelt zu werden. Die Sandwiches zergingen förmlich auf der Zunge. Bevor sie sich versah, hatte Lauren drei von ihnen gegessen und liebäugelte mit einem vierten.

Jac verbarg ihr Grinsen nicht sehr erfolgreich hinter einer Serviette.

Lauren widerstand der Versuchung.

Als sie am Nachmittag die nächste Pause einlegten, kehrte Jac mit zwei Gläsern Cola, einem Sandwich und einem breiten Lächeln aus der Küche zurück. Ohne ein Wort setzte sie sich zu Lauren auf die Couch und reichte ihr den Teller.

»Oh nein, ich sollte nicht noch eines essen.«

Jac legte schmunzelnd den Kopf schief.

»Na gut. Überredet.« Lauren nahm einen großen Bissen.

Jac nippte mit einem Lächeln an ihrer Cola.

Am frühen Abend hatten alle Wände und die Unterseite der Galerie zwei Farbschichten bekommen. Lauren stand in der Mitte des Wohnzimmers und bewunderte das Ergebnis ihrer Mühe.

»Du hattest recht mit der Farbe«, sagte Jac anerkennend. »Damit wird es sich eine Weile gut leben lassen.«

»Nicht wahr? Und es harmoniert wunderbar mit dem Mauerwerk. Wenn wir erst mal die Fuß- und Zierleisten fertig haben, die neuen Möbel aufgebaut und Dekorationen verteilt sind, hast du eine richtige Traumwohnung.«

Jac berührte sie am Arm. »Vielen Dank. Ich kann gar nicht fassen, was du alles für mich tust. Ich schulde dir etwas.«

»Glaub mir, ich habe eine Menge Spaß dabei. Ich liebe es, die versteckte Schönheit in den Dingen zu entdecken.«

»Geht mir ähnlich. Ich habe es bis jetzt nur nicht gewusst.« Jacs Stimme klang ernst, aber sie lächelte. »Also gut, Chefin. Ich denke, wir räumen jetzt auf und machen uns hübsch fürs Restaurant. Ich habe für sieben Uhr einen Tisch im *Grotto* bestellt. Du hast übrigens mehr Farbe auf dir selbst verteilt als auf der Wand. Man sieht kaum noch deine Sommersprossen.«

»Ach, ist das so? Du solltest dich selbst einmal sehen. Von oben bis unten zugekleckst.«

Jac schaute an sich herab und lachte. »Ich schätze, wir können beide eine Dusche vertragen. Oder willst du lieber in die Badewanne?«

Laurens Kehle wurde eng. »Ist mir beides recht.«

Jac begann damit, die leeren Farbeimer zu stapeln. »Warum gehst du nicht hoch und weichst dich in der Wanne ein? Ich werde hier Ordnung schaffen und danach duschen gehen. Zum Restaurant laufen wir nur etwa zehn Minuten. Wir haben also mehr als genug Zeit.«

Lauren atmete tief durch. »Okay. Wird nicht lange dauern.«

Sie nahm ihre Tasche aus dem Schrank und ging nach oben. Während sie das Wasser einlaufen ließ, nahm sie die umfangreiche Sammlung von Badeölen und -salzen auf dem gefliesten Wannenrand in Augenschein. *Es war wohl kein Scherz, als sie sagte, dass sie gern ausgiebig badet.*

Lauren entschied sich für einen Zusatz mit dem frischen Geruch von Kräutern und goss ihn großzügig unter den Wasserstrahl. Nachdem sie ihre saubere Kleidung bereitgelegt hatte, zog sie die Arbeitssachen aus und glitt in die Wanne. »Hm, nicht schlecht.«

Ein paar Minuten später kam Jac ins Badezimmer, öffnete die Tür der glasumfassten Dusche und drehte den Hahn auf. Dann zog sie ihre Kleidung aus und warf sie in den Wäschekorb.

»Ich glaube, du hast etwas vergessen.« Jac zog Handtücher aus einem Wandregal und trat an die Wanne. »Reicht eines oder brauchst du noch ein zweites für deine Haare?«

Lauren schluckte schwer. »Nein, eins reicht. Danke.«

Jac nickte und ging zurück zur Duschkabine.

Was zur Hölle ist los mit mir? Das ist auch nicht anders, als sich Bad und Schlafzimmer mit Anjali zu teilen. Lauren tauchte für einen langen Moment unter und schließlich wieder auf, wobei sie sich das Wasser aus den Augen rieb. Sie war nicht prüde. In einem Haushalt mit acht Kindern gab es so etwas wie Privatsphäre nicht. Aber sie war sich der Nacktheit einer anderen Person noch nie so bewusst gewesen wie in diesem Augenblick. *Was für ein perfekter Körper! Sie könnte einem Künstler Modell stehen.*

Lauren versuchte, ihren Blick abzuwenden, um Jac den Raum zu geben, den sie scheinbar gar nicht brauchte. Trotzdem musste sie immer wieder zur Glaswand schauen. Seifenschaum lief in Rinnsalen an Jacs langem, schlanken Körper hinab, gefolgt von schimmerndem Wasser.

Laurens Gedanken drifteten zu ihrem Gespräch, und schlagartig sah sie Jac vor sich, die sich im *Sous-terre* auslebte. *Himmel!* Ihr Herz schlug wild, ihre Hand wanderte zwischen die Schenkel.

Unfähig, den Blick von ihr zu nehmen, stockte Laurens Atem, als Jac ihre Arme hob und sich das Haar wusch. Diese Bewegung ließ die festen Brüste aufwärts schwingen. *Mein Gott, sie ist wunderschön.*

Lauren schnappte nach Luft, wusch sich hastig und stieg aus der Wanne. Sie war abgetrocknet und angezogen, noch bevor Jac ihre Dusche beendet hatte.

Im Wohnraum setzte sich Lauren auf die Couch und hörte zu, wie Jac im oberen Stock rumorte. *Was zur Hölle ist los mit mir? Was reagiere ich so auf sie? Meine Güte, man könnte meinen, ich hätte noch nie zuvor eine nackte Frau gesehen.* Sie atmete ein paarmal tief durch. *Bestimmt liegt es nur daran, dass wir über diesen Klub gesprochen haben, mehr ist da nicht.* Trotzdem konnte sie nicht damit aufhören, Jacs geschmeidige, schlanke Figur und Phils haarigen, stämmigen Körper zu vergleichen. *Es ist nicht Phils Schuld. Er kommt eben nach seinem Vater. Außerdem liebe ich ihn wegen seiner inneren Werte, nicht wegen seines Aussehens. Trotzdem sollte ich ihn wohl häufiger dazu bringen, den Hintern von der Couch zu bewegen.*

Laurens Gedanken kamen abrupt zum Stillstand, als Jac die Treppen herunterkam. Jac trug eine eng anliegende schwarze Jeans, einen smaragdgrünen Pullover, darunter eine weiße Bluse und halbhohe schwarze Stiefel.

Lauren stand auf und schob ihre Hände in die Hosentaschen. »Du siehst gut aus.«

»Danke. Du aber auch. Kann es losgehen?«

»Sehr gerne.« Sie folgte Jac zur Tür und schnappte sich unterwegs ihre Tasche. Die Abendluft schlug ihnen kühl entgegen. Lauren zog sich ihren grob gestrickten Pullover über, verstaute das Gepäck im Kofferraum ihres Wagens und folgte Jack dann über eine Treppe auf die Brücke.

»Bist du schon mal im *Grotto* gewesen?«

»Nein, ich glaube nicht.« Laurens Anspannung legte sich langsam. » Lass hören, was ist das für ein Restaurant?«

»Also, das Wichtigste zuerst: Lass dich von der Inneneinrichtung nicht abschrecken. Marios Geschmack in Sachen Dekoration ist nicht annähernd so gut wie deiner. Aber die Stimmung ist unverkrampft und das Essen fantastisch.«

Lauren sah Jac fragend an. »Was ist denn so schlimm an der Einrichtung?«

»Oh nein, mehr werde ich dazu nicht sagen. Ich glaube wirklich, dass du es mit eigenen Augen sehen musst, damit es seine volle Wirkung entfaltet.«

Jac führte Lauren eine Straße hinab, die etwa einen Block vom Markt entfernt verlief, und deutete auf einen unauffälligen Eingang. »Wir sind da. Das *Grotto* liegt tatsächlich unter der Erde.«

»Im Ernst?«

»Hm.« Jac ging durch eine schmale Treppenflucht voran.

Als sie im Gastraum ankamen, blieb Lauren abrupt stehen und sah sich wie gebannt um. Das Restaurant war einer unterirdischen Höhle nachempfunden. Sie erkannte Tropfsteine und eine Reihe kleinerer Nischen, die jeweils drei oder vier Tische beherbergten. Das schrecklichste Gestaltungselement war allerdings die Farbe. Alles war terrakottafarben gehalten – Wände, Böden, Decken, sogar die künstlichen Tropfsteine. Auch die Tischtücher waren lachsrot, gedeckt mit weißem und terrakottafarbenem Geschirr. Der Effekt war erdrückend. *Oh, mein Gott. Ich fühle mich, als wäre ich in eine Flasche Pepto-Bismol hineingelaufen.*

Jac flüsterte: »Ich habe dich gewarnt.«

Lauren versuchte, sich das Lachen zu verkneifen. Doch als ein Mann auf sie zukam, der aussah, als wäre er *Susi und Strolch* entsprungen, musste sie ihr Gesicht an Jacs Schulter verbergen, um ihr Gelächter zu dämpfen.

»Guten Abend, Ms. Lanier. Wie geht es Ihnen heute?« Der starke Akzent des Oberkellners verriet, woher er stammte.

»Hallo Mario. Mir geht es bestens, danke dir. Meine Freundin hier und ich haben uns schon den ganzen Tag auf deine Lasagne gefreut.«

Mario neigte sich ihr mit verschwörerischer Geste zu. »Heute ist sie ganz vorzüglich geraten. Sie wird Ihnen zusagen.« Mit einem Winken wandte er sich um und führte sie an ihren Tisch.

Lauren folgte Jac und biss sich auf die Lippe, bis sie Platz genommen und ihre Menükarten erhalten hatten. Sobald Mario sie alleine am Tisch zurückließ, flüsterte Lauren: »Du hättest mich ruhig warnen können!«

»Und deinen Gesichtsausdruck verpassen? Auf keinen Fall. Er war unbezahlbar. Mach dir nichts daraus. Ich denke, ich habe dieselbe Grimasse gezogen, als ich das erste Mal hier war. Aber glaub mir, Marios Lasagne wird dich voll und ganz entschädigen.«

»Ist sie so gut?«

»Sie ist grandios. Hier wird alles selbst gemacht, sogar die Nudeln.«

Lauren klappte ihre Karte zu. »Dann werde ich mir das hier wohl nicht ansehen müssen und mich an deine Empfehlung halten.« Sobald der Essen auf ihrem Tisch stand, nahm Lauren ihren ersten Bissen, schloss die Augen und stöhnte wonnig.

»Schätze, ich weiß jetzt, wie du beim Sex klingst.«

Lauren errötete und zog den Kopf ein.

»Entschuldige. Aber es klang schon ziemlich nach Höhepunkt. Kein Wunder bei diesem Essen, oder?«

»Stimmt.« Lauren stürzte sich auf ihre Portion, Jac hingegen aß in gemächlicherem Tempo und füllte ihre Weingläser nach, während sie lachten, aßen und redeten.

Schließlich schob Lauren ihren leeren Teller seufzend beiseite.

»Hast du noch Platz für ein Dessert?«

Sie schüttelte den Kopf. »Du wirst es vielleicht nicht glauben, aber dieses Mal ist da nichts mehr zu machen.«

»Bist du sicher? Mario hat dieses unglaublich gute hausgemachte Eis. Ist ein ganz leichter Nachtisch.«

Lauren verdrehte die Augen. »Du bist erschreckend gut darin, mich herumzukriegen. Können wir uns eines teilen?«

»Perfekt.« Jac rief den Kellner und bestellte Dessert und Kaffee.

Nachdem das Eis serviert worden war, ließ Lauren sich einen Löffel davon auf der Zunge zergehen. »Hm, köstlich. Du hast nicht zu viel versprochen.« Sie hielt Jac davon ab, den Rest des Weins in ihr Glas zu gießen. »Ich muss noch fahren, schon vergessen?«

Jac zuckte mit den Achseln. »Du kannst dich ja notfalls bei mir einquartieren.«

Lauren schwieg einen Moment. Es war ein verlockender Gedanke. Phil würde bei ihrer Heimkehr nicht gerade in bester Stimmung sein. Sie hatte keine Lust, den wunderbaren Tag mit einem Streit zu beenden.

Ergeben seufzte sie: »Nein, ich fahre besser nach Hause. Aber danke für das Angebot. Oder willst du mich nur bei dir behalten, damit du mich bei Tagesanbruch wieder an die Arbeit schicken kannst? Um mir noch vor dem Aufwachen einen Farbroller in die Hand zu drücken?«

Jac lachte laut. »Du hast mich durchschaut.«

»Wusste ich es doch. Aber wenn ich an eine gewisse Sprungfeder denke, möchte ich lieber nicht auf deiner alten Couch schlafen. Durchaus möglich, dass darin etwas lebt.«

»Pah. Du hältst nicht viel von meinen Gastgeberqualitäten, oder? Ich hätte natürlich mein Bett mit dir geteilt. Es ist ein extra großes Doppelbett, bitteschön. Darin ist reichlich Platz.«

»Ich habe dein Bett gesehen. Es bietet genug Platz für *zehn* Leute.«

»Oh, bring mich nicht auf Ideen.« Jac setzte ein anzügliches Grinsen auf und quietschte, als Lauren ihr einen Schlag auf den Arm versetzte. »Was denn? Du hast damit angefangen!«

»Ich kann förmlich vor mir sehen, wie etliche Leute sich auf deinen Satinlaken rekeln und zu Boden rutschen.« Lauren hatte das Gefühl, sie sollte lieber still sein, bevor ihr loses Mundwerk sie in Schwierigkeiten brachte.

»Satin? Nur damit du's weißt, meine Betttücher sind aus Flanell.«

»Niemals! Du und Flanell?«

Jac spielte die Beleidigte. »Ja, Flanell. Warum denn nicht?«

»Du scheinst mir so gar nicht der Flanell-Typ zu sein. Satin oder Seide, ja, aber doch nicht Flanell.«

Jac beugte sich vor. »Aber Flanell fühlt sich auf nackter Haut einfach großartig an, findest du nicht?«

Hastig nahm Lauren einen Schluck von ihrem Kaffee und versuchte, die Vision einer nackten Jac inmitten von Flanellbettwäsche aus ihrem Kopf zu verbannen. »Wir sollten uns langsam auf den Rückweg machen, meinst du nicht?«

»Na klar.« Jac lehnte sich mit einem unverschämten Lächeln zurück und bat um die Rechnung.

»Lass mich doch bitte etwas beisteuern«, sagte Lauren. »Ich hatte einen so schönen Abend. Es wäre nur fair.«

»Oh nein. Das geht alles auf mich. Ich muss schließlich meine unbezahlte Arbeitskraft bei Laune halten.«

»Ich dachte, ich wäre die Chefin.«

»Manchmal macht es viel mehr Spaß, die Untergebene zu sein. Aber wenn du der Boss sein willst, ist es mir auch recht.«

Laurens Augen weiteten sich. »Du bist so verdorben.«

»Aber auf sehr charmante Weise.« Jac reichte dem Kellner ihre Kreditkarte.

Flirtet sie mit mir? Ich glaube, sie flirtet mit mir. Lauren erschauderte. Es war kein unangenehmer Gedanke. *Muss wohl die Macht der Gewohnheit sein. Oder der Wein. Wahrscheinlich flirtet sie auch mit Victoria.*

Sie verließen das Restaurant und schlenderten hinüber zum Markt, um noch einen Schaufensterbummel zu machen und Leute zu beobachten. An der Straßenecke spielte ein Musikant eine lebhafte Melodie auf Gitarre und Mundharmonika. Sie blieben stehen, um ihm zuzuhören, und warfen schließlich ein paar Münzen in seinen Gitarrenkoffer.

Plötzlich rempelte jemand Lauren an und brachte sie aus dem Gleichgewicht.

Jac griff Laurens Arm. »Hey! Bist du okay?« Sie warf dem betrunkenen Mann, der unsicher vor ihnen wankte, einen bösen Blick zu.

»Alles in Ordnung.«

Der Mann fixierte Lauren mit trübem Blick und grinste dann breit. »Sorry, Schätzchen. Hey, willste einen mit mir trinken?«

»Nein, danke.« Lauren wollte sich abwenden, doch er versperrte ihr den Weg.

»Na, komm schon. Trag das Näschen nicht so hoch.« Er schaute zu Jac hinüber. »Du kannst auch deine Freundin mitbringen, das macht mir nichts aus. Wir könnten 'n bisschen Spaß haben.«

Er taumelte nach vorne und Lauren wich vor seinem Mundgeruch zurück.

Jac trat zwischen sie. »Die Dame hat Nein gesagt. Ich schlage vor, du nimmst das hin und verziehst dich. Und zwar sofort.«

Laurens Augen weiteten sich angesichts des eisigen Tonfalls. Sie legte eine Hand an Jacs Rücken. Ihre Muskeln waren angespannt, die Hände zu Fäusten geballt.

Der Betrunkene schreckte zurück und wandte sich ab. »Herrgott, wollte doch nur freundlich auf ein Getränk einladen. Musst deshalb nicht so ein Theater machen, Schlampe.« Er stolperte davon und fluchte weiter vor sich hin.

Lauren atmete tief aus, als Jac sich herumdrehte.

»Alles gut bei dir?«

»Ob bei mir alles gut ist?« Einem spontanen Impuls folgend umarmte Lauren Jac. »Du warst doch diejenige in der Schusslinie. Dankeschön.«

Jac erwiderte die Umarmung. »Keine Ursache. Aber das war doch nur ein harmloser Idiot. Nichts, weshalb man Angst haben müsste.«

Jedenfalls nicht, solange du da bist. Lauren hakte sich bei Jac unter. »Ich glaube, die Wirkung des Weins lässt langsam nach. Ich sollte mich auf den Heimweg machen.«

Jac nickte wortlos. Sie lenkten ihre Schritte zurück zur Brücke. Beide blieben stumm, aber es war eine angenehme Stille zwischen Freunden, die wussten, dass nicht jedes Schweigen gefüllt werden musste.

Es ist alles so unkompliziert mit ihr. Lauren und Jac gingen Arm in Arm, bis sie bei der Treppe angekommen waren. Sie stiegen zum Flussufer hinab und folgten dem Weg zum Parkplatz. *Ich wünschte, diese Nacht würde ewig dauern*. Am VW angekommen, drehte sich Lauren zu Jac um. »Vielen Dank. Ich hatte einen wunderbaren Abend, trotz des Betrunkenen. Genau genommen hat mir der ganze Tag sehr viel Freude gemacht.«

»Das freut mich, aber eigentlich habe ich zu danken. Du hast so fleißig mitgeholfen, ich weiß deine Hilfe wirklich zu schätzen. Ich hätte nie gedacht, dass es solchen Spaß macht, seine Wohnung zu streichen. Obwohl das wahrscheinlich an der bezaubernden Gesellschaft lag.« Sie beugte sich vor und streifte Laurens Wange mit ihren Lippen. »Gute Nacht. Wir sehen uns morgen.«

Lauren sah Jac hinterher, als die zum Haus ging. Sie berührte ihre Wange, während sie in den Wagen einstieg. Den Motor startete sie erst, als sie im Loft Licht sah.

Kapitel 8

Lauren blickte von ihrem Schreibtisch auf, als Victoria die Agentur betrat – Kaffee in der einen und den Regenschirm in der anderen Hand. »Guten Morgen. Ein wunderschöner Tag, nicht wahr?«

Victoria schüttelte ihren Schirm aus. »Schön? Es ist Montag. Und es regnet in Strömen. Was genau soll daran schön sein?«

»Ist da etwa jemand mit dem falschen Fuß aufgestanden?«

»Heute Morgen gab es keinen richtigen Fuß.« Victoria hängte ihren Mantel auf und setzte sich an ihren Arbeitsplatz. »Weißt du, Roger war letzte Woche zwar nur vier Tage außer Haus, aber in dieser kurzen Zeit himmlischer Stille habe ich vergessen, wie laut er schnarcht. Ich habe mir schließlich um zwei Uhr nachts Taschentücher in die Ohren gestopft, um einschlafen zu können. Im Moment denke ich ernsthaft darüber nach, unser Gästezimmer in mein Schlafzimmer umzufunktionieren, damit ich nicht an chronischer Übermüdung zugrunde gehe.«

»Ich weiß genau, wovon du redest. Manchmal ist Phil so laut, dass ich auf der Wohnzimmercouch Zuflucht suche. Ich sollte unbedingt dafür sorgen, dass wir in unserem neuen Haus genug Schlafzimmer haben, damit ich auch dann und wann ausweichen kann.«

Victoria öffnete ihren großen Kaffeebecher und nahm einen tiefen Schluck. »Hm, schon geht's mir besser. Jetzt besteht zumindest die Hoffnung, dass ich den Tag überlebe. Also, habt ihr zwei am Wochenende Fortschritte bei der Haussuche gemacht?«

»Das Wochenende habe ich fast ausschließlich mit Jac verbracht. Phil und ich haben uns keine Häuser angesehen.«

Victoria verschluckte sich und setzte ihren Kaffee ab. »Mit Jac? Was habt ihr denn gemacht?«

»Hauptsächlich gemalert. Wir haben alle Wände und die Fuß- und Deckenleisten fertig bekommen. Außerdem haben wir eine neue Sitzgruppe bestellt und noch ein paar Holzmöbel abgebeizt. Gestern Abend hatten wir keine Zeit mehr, uns mit ihrem Schreibtisch zu befassen, aber darum kann sie sich im Lauf der Woche kümmern. Du solltest ihre Wohnung jetzt mal sehen. Es hat zwar das ganze Wochenende gekostet, aber sie sieht fantastisch aus. Wenn wir erst einmal fertig sind, könnte man sie im Stadtmagazin als Calgarys schönstes Zuhause ausstellen.« Lauren zog die Stirn kraus. »Alles in Ordnung? Du siehst ein bisschen blass aus.«

»Doch, doch, alles bestens. Ich bin nur … Ich wusste gar nicht, dass ihr beide euch zusammengetan habt. Ich habe seit unserem gemeinsamen Mittagessen nicht mehr mit Jac gesprochen.«

»Habe ich mich dafür eigentlich schon bei dir bedankt? Hättest du uns einander nicht vorgestellt, dann wäre sie mir nie begegnet. Wir verstehen uns wirklich gut. Sie hat mich am Samstagabend in das merkwürdigste Restaurant ausgeführt, das ich jemals gesehen habe. Ich konnte nicht aufhören, über die Einrichtung zu lachen, aber das Essen war großartig.« Lauren sah Victoria genauer an. »Bist du sicher, dass du nichts ausbrütest? Vielleicht solltest du dir heute freinehmen und ein bisschen Schlaf nachholen. Ich kann mich um deine Kunden kümmern.«

»Nein, nein, ich bin okay. Nur ein bisschen müde.« Victoria drehte sich auf ihrem Stuhl zum Computer herum. »Entschuldige. Ich muss meine Mails checken.«

Jac las Vics E-Mail ein weiteres Mal. Ihre Freundin war ganz eindeutig verstimmt, und dieser Umstand hätte sie eigentlich beflügeln müssen. *Sie ist nur fuchsig, weil ich unsere Wette gewinne.* Aber Jac empfand keine

Genugtuung, sie war weit davon entfernt, zu frohlocken. Sie lehnte sich in ihrem Stuhl zurück und sah aus dem Fenster. Trotz all der Anstrengung hatte das Wochenende Spaß gemacht, zumindest, solange Lauren bei ihr gewesen war. Von den Dämpfen der Beize, die sie für die Kommode und den Nachttisch benutzt hatten, waren sie albern geworden und wild kichernd auf dem Fußboden gelandet. Sie konnte sich nicht mehr daran erinnern, worüber sie gelacht hatten, aber es hatte sich gut angefühlt. Gut und richtig.

Bevor Lauren nach Hause gefahren war, hatte sie Jac detaillierte Anweisungen darüber gegeben, wie sie den Tisch bearbeiten sollte, aber die Aufgabe war ihr lästig geworden. *Ohne sie hat es keinen Spaß gemacht.*

Jac warf einen Blick auf ihren Kalender und fragte sich, ob Lauren in dieser Woche wohl mit ihr Essen gehen würde. »Vielleicht sollte ich einfach bei ihr vorbeischauen.«

»Ms. Lanier? Ihr Termin für neun Uhr dreißig ist da.«

Jac sah ihre Kollegin an und nickte. »Danke, Becca. Schick ihn rein.«

Ein letztes Mal überflog sie Victorias E-Mail und loggte sich dann aus. Es hatte keinen Sinn, ihr zu antworten. Ihr war nicht nach Häme, und Vic würde wütend sein, ganz gleich, was sie sagte.

Jac trug die Styroporbehälter vorsichtig vor sich her, während sie den Gehweg zur *Trevor Reiseagentur* entlanglief. Ein Mann, der die Agentur gerade verließ, hielt ihr die Tür auf. Dankbar nickte sie ihm zu, als sie an ihm vorbeischlüpfte.

Das Büro war dekoriert mit Hochglanzpostern verlockender, exotischer Orte und bot Platz für sechs Schreibtische. Vier davon waren besetzt.

Sie ging auf Laurens Schreibtisch zu und setzte sich auf einen der Besucherstühle. »Hi.«

Lauren strahlte. »Hey. Ich wusste gar nicht, dass du heute herkommen wolltest. Falls du nach Victoria suchst – sie ist nicht da.«

Jac schob einen der Behälter über den Tisch. »Ich weiß. Es ist der dritte Donnerstag des Monats.«

»Was ist da drin?« Lauren öffnete die Box, aus der heißer Dampf und pikanter Geruch quollen. »Oh, wow, das sieht klasse aus. Ehrlich, Jac, du verwöhnst mich.«

Jac hob die Schultern. »Es ist doch nur eine Kleinigkeit vom Thai-Imbiss. Gemessen an der ganzen Arbeit, die du am Wochenende in meine Wohnung gesteckt hast, ist das eine dürftige Entschädigung. Ich dachte mir, eine warme, würzige Mahlzeit ist ein bisschen reizvoller als ein Sandwich. Hier, nimm die.« Sie reichte eine kleine Plastiktüte hinüber und öffnete ihre eigene Box.

Lauren packte die Essstäbchen aus und machte sich mit großem Appetit über ihre Mahlzeit her.

Jac lächelte. Sie hatte schon geahnt, dass Lauren die thailändische Küche mögen würde. Tatsächlich konnte sie sich nicht vorstellen, dass es Speisen gab, die Lauren nicht mochte. Jac kannte nur wenige Menschen, die ihr Essen so sehr genossen. Sie nahm eine Gabel voll von den scharfen Nudeln.

»Was hat es denn nun mit dem dritten Donnerstag des Monats auf sich? «

»Willst du mir gerade erzählen, dass du jetzt seit über einem Jahr mit Victoria gearbeitet hast, ohne zu merken, dass sie jeden dritten Donnerstagnachmittag im Monat nicht im Büro ist?«

Laurens Essstäbchen hielten auf halbem Weg zu ihrem Mund inne. »Du hast recht, bis jetzt ist mir das nie aufgefallen. Wo geht sie denn hin?«

»Sie hat einen festen Termin bei Ronaldo, ihrem Friseur.« Jac wedelte sich Luft zu. »Hast du ein Glas Wasser? Ich glaube, ich habe mir den Gaumen verbrannt.«

Lauren sprang auf und kehrte schnell mit zwei Dosen Cola aus dem Hinterzimmer zurück.

Jac öffnete eine davon, schüttete das kühle Getränk die Kehle hinab und seufzte dann erleichtert.

Lauren setzte ihre Mahlzeit fort, offenbar völlig unbeeindruckt von der Schärfe des Essens.

»Findest du es denn nicht ziemlich scharf?«

Lauren schüttelte den Kopf. »Nein, gar nicht.«

Jacs Augen wurden schmal.

»Gusseiserner Magen. Wenn man mit neun Leuten ums Essen ringt, hilft es, nicht zimperlich zu sein. Ich habe früh gelernt, alles in Reichweite schleunigst zu verdrücken, ohne groß zu fragen.«

»Klingt logisch.« Jac pickte sich ein paar harmlos aussehende Gemüsestücke aus ihrer Schale. »Du hast mich gestern Abend nicht zurückgerufen. Ich wollte nur Bescheid sagen, dass die bestellten Möbel am Samstag geliefert werden.«

Lauren ließ die Stäbchen sinken und sah sie an. »Du hast gestern angerufen?«

»Ja, gegen sechs Uhr.«

Lauren zog ein finsteres Gesicht. »Entschuldige. Das wusste ich nicht. Ich war einkaufen, und dann muss ich wohl Phils Notiz übersehen haben.«

Jac war nicht überrascht. Als Phil den Hörer abgenommen und sie sich vorgestellt hatte, war seine Reaktion schon fast patzig gewesen. Da Lauren sich nicht zurückgemeldet hatte, war Jac davon ausgegangen, dass er ihre Nachricht nicht weitergeleitet hatte. »Macht doch nichts. Ich dachte nur, du als Boss würdest bestimmt ganz gern sehen, wofür du all mein Geld ausgegeben hast.«

Lauren spießte energisch eine Garnele auf, dann holte sie tief Luft und lehnte sich zurück. »Stimmt. Außerdem müssen wir noch deine Schlafzimmermöbel lackieren. Das können wir machen, während wir auf die Lieferanten warten.« Bei diesem Vorschlag schien Laurens gute Laune zurückzukehren. Sie schwenkte ihre Essstäbchen vor Jacs Gesicht. »Hast du den Schreibtisch schon komplett abgebeizt?«

»Jawohl, Chefin, habe ich gestern Abend erledigt. Was für ein Knochenjob! Ich konnte gar nicht fassen, wie viele Fugen und Spalten mein gutes altes Rollpult hat.« Jac zwinkerte. »Was für ein Glück, dass ich in dieser Hinsicht außerordentlich erfahren bin.«

Lauren verschluckte sich heftig. Jac huschte um den Tisch und klopfte ihr auf den Rücken. Nach einem Schluck aus der Cola-Dose hustete Lauren noch ein paarmal und bedeutete Jac schließlich, aufzuhören.

Vom Nachbartisch sah eine Frau mittleren Alters besorgt herüber. »Alles in Ordnung?«

»Alles gut, Irene. Habe mich nur verschluckt.« Lauren sah Jac, die zu ihrem Stuhl zurückgekehrt war, strafend an. »Ich kann nicht fassen, was du da gesagt hast. Was denkst du dir denn? Fast wäre ich deinetwegen erstickt.«

»Ich hätte einfach Erste Hilfe geleistet.«

»Tatsächlich?«

»Zumindest hätte ich es versucht. Ich lerne schnell.«

Lauren verdrehte die Augen. »Na prima. Erinnere mich bitte daran, dir nie mein Leben anzuvertrauen.«

Du könntest mir dein Leben anvertrauen. Jac starrte auf ihr Mittagessen und konzentrierte sich darauf, ihren Herzschlag zu beruhigen.

»Wenn wir das Lackieren am Samstag erledigen, warum gehen wir dann nicht am Sonntag in die Kunsthandlung? Ich habe ein bisschen im Internet recherchiert und schon ein paar sehr schöne Ideen.« Lauren schnipste ein paarmal mit den Fingern. »Erde an Jac. Bist du noch da?«

»Doch, natürlich. Klingt nach einem guten Plan.« Jac schob ihr Essen beiseite und trank einen Schluck.

»Du, ich habe einen Vorschlag. Warum kommst du nach dem Einkauf nicht zum Abendessen mit zu mir? Ich plane ein leckeres Drei-Gänge-Menü, weil meine Schwiegereltern in spe zu Besuch kommen. Außerdem würde ich dich Phil gerne vorstellen.«

Das ließ Jac aufmerken. *Ich kann mir nicht vorstellen, dass Phil mich treffen möchte.* »Die Einladung nehme ich gerne an, danke.«

»Wunderbar.« Doch dann wurde Laurens Lächeln schmal. »Ich muss dich allerdings vorwarnen. Phils Mutter ist manchmal ziemlich nervtötend. Nimm es nicht persönlich.«

»Ich werde mir Mühe geben, versprochen.«

»Um dich mache ich mir keine Sorgen. Aber sie führt sich meistens auf wie die Axt im Walde. Ich will nicht, dass sie dich verärgert.«

»Mach dir keine Gedanken. Ich habe ein dickes Fell.«

»Das hat Victoria auch schon gesagt, aber ich glaube, ihr irrt euch beide.« Lauren lächelte liebevoll. »Du bist ungefähr so unnahbar wie Paddington Bär. Glaub nicht, dass du mir etwas vormachen kannst.«

Etwas in Jacs Brust zog sich zusammen.

»Wie dem auch sei. Phils Dad ist ein netter Kerl, du wirst ihn mögen. Und es ist mir wichtig, dass du und Phil auch gut miteinander zurechtkommt.«

»Ich bin sicher, wir werden uns glänzend verstehen.« *Unserem kleinen Gespräch von gestern nach zu urteilen, würde er eine Klapperschlange in seiner Wohnung mir vorziehen.*

Sie beendeten ihr Mittagessen und Lauren brachte die leeren Schachteln ins Hinterzimmer. Nachdem sie zurückgekehrt war, begleitete sie Jac zur Tür.

»Danke. Irgendwann werde ich mich revanchieren und dir etwas Leckeres ins Büro bringen. Oder, noch besser, ich führe dich aus.«

»Das klingt gut. Aber nicht unbedingt zum Thailänder, bitte.«

»Weichei.« Lauren hielt ihr die Tür auf. »Dann eben fad. Und ich habe dich für eine Frau von Welt gehalten.«

»Das bin ich! Ich bin nur entschlossen, meine Geschmacksnerven zu behalten.«

»Warum hast du dann überhaupt Thai gekauft?«

»Ich dachte, du magst es vielleicht.«

Schweigen. Lauren sah sie mit glänzenden Augen an.

»Bis Samstag dann.« Jac wandte sich ab.

»Samstag. Auf jeden Fall.«

Auf dem Rückweg zum Bankgebäude dachte Jac über ihr Gespräch nach. Sie hatte ganz bewusst thailändisches Essen gewählt, weil sie sicher gewesen war, dass Lauren es mögen würde. *War doch auch sinnvoll. Ich will sie schließlich für mich einnehmen, oder? Ich werde diese Wette bestimmt nicht gewinnen, wenn sie mich ablehnt.* Die Rechtfertigung klang hohl. Jac ging langsamer und blieb schließlich stehen.

Verdammt, wann war aus Verführen denn Umwerben geworden? Passanten schoben sich an ihr vorbei, während sie sich der Konsequenzen bewusst wurde. *Und was nun?*

Jac setzte sich wieder in Bewegung. Ihr Magen rumorte. *Gegen Vic verlieren? Niemals. Das wird nicht passieren.* Doch während sie das Foyer der Bank betrat und dem Portier zunickte, kamen ihr Laurens leuchtende Augen und ihr bezauberndes Lächeln in den Sinn.

Ich stecke in Schwierigkeiten. Ganz gewaltigen Schwierigkeiten.

Kapitel 9

Jac streckte die Beine aus und wand sich in ihrem Sitz. »Dein Auto ist so gar nicht für große Menschen gemacht.«

Lauren lächelte. »Tut mir leid. Als ich dieses Auto gekauft habe, wusste ich noch nicht, dass ich einmal eine Riesin zur Freundin haben würde.«

»Geht schon in Ordnung. Ich wusste ja auch nicht, dass ich mich mit einer Zwergin anfreunden würde.«

Lauren warf ihr einen gespielt mürrischen Blick zu. »Wen nennst du hier einen Zwerg?«

»Jeder zieht sich den Schuh an, der ihm passt. Und in deinem Fall sind das klitzekleine, winzige Schühchen.«

Lauren boxte sie gegen die Schulter und Jac brach in Gelächter aus. Es war ein schöner Tag gewesen. Sie fand nach wie vor keine bequeme Sitzposition, schmunzelte aber, während sie aus dem Fenster sah. Lauren hatte sie quer durch die Stadt geschleift, was Jac normalerweise in den Wahnsinn getrieben hätte. Diesmal aber hatte sie die Einkaufstour in vollen Zügen genossen. *Und zur Krönung lerne ich Phil und seine drachenhafte Mutter kennen.*

Ihr Lächeln verschwand. Jac war auf die Konfrontation eingestellt, aber fest entschlossen, sich von ihrer besten Seite zu zeigen. Sie bezweifelte allerdings, dass Phil es ihr gleichtun würde. Lauren hatte es nicht freiheraus gesagt, zwischen den Zeilen jedoch war klar erkennbar, dass er von der neuen Freundin seiner Verlobten nicht sonderlich begeistert war. Und schon gar nicht von der Tatsache, dass sie viel Zeit miteinander verbrachten. *Das könnte ein spannender Abend werden, auf eine glückskekshafte Weise.*

»Dort wohne ich.« Lauren nickte in Richtung der Häuserblöcke vor ihnen.

Jac begutachtete die Gebäude. Eines glich dem anderen, und alles in allem waren sie nicht besonders bemerkenswert. Um Lauren nicht vor den Kopf zu stoßen, verkniff Jac sich einen Kommentar, während sie in die Tiefgarage fuhren und parkten. *Mein Zuhause passt entschieden besser zu Lauren. Aber ich sollte nicht voreingenommen sein. Vielleicht sieht es von innen ganz anders aus.*

Sie nahmen den Aufzug. Kurz darauf öffnete Lauren die Tür zu ihrer Wohnung. Jac sah sich um und war erstaunt, wie wenig von Laurens Einrichtungsstil hier erkennbar war.

Als hätte sie ihre Gedanken gelesen, warf Lauren ihr einen verlegenen Blick zu. »Phil mag keine Veränderungen.«

Jac flüsterte: »Dann weiß Phil nicht, was er verpasst.«

Ein etwas fülliger Mann stolzierte auf sie zu und riss Lauren in seine Arme. Mit einem Kuss demonstrierte er seine Besitzansprüche, wobei er ihren stillen Protest überging.

Warum pinkelst du sie nicht auch noch an, wo du schon dabei bist? Soviel zum Thema Revier markieren. Jac schaffte es, ihre Abscheu zu verbergen und wahrte den Anschein oberflächlicher Freundlichkeit.

Als Phil Lauren endlich freigab, errötete diese, während sie sich umdrehte und Jac näher zu sich winkte. »Jac, das ist mein … das ist Phillip Emerson. Phil, das ist meine Freundin, Jac Lanier.«

Jac nahm mit einiger Befriedigung zur Kenntnis, dass sie ihn um mindestens zehn Zentimeter überragte. Sie bedachte den grimmig dreinblickenden Mann mit einem übertrieben breiten Lächeln und hielt ihm die Hand hin. »Ich habe schon so viel über Sie gehört. Ich freue mich sehr, dass wir uns endlich persönlich gegenüberstehen.«

Weder das eine noch das andere entsprach der Wahrheit. Lauren sprach zwar häufig von ihrer Familie, aber nur selten von ihrem Verlobten. Und Jacs Freude hielt sich in Grenzen.

Phil ergriff ihre Hand. »Ebenso.«

Er wandte sich an Lauren. »Mutter hat angerufen. Sie werden in etwa einer Stunde hier sein.« Ohne ein weiteres Wort und ohne sich noch einmal umzusehen, kehrte er ins Wohnzimmer zurück, wo der Lärm eines Footballspiels aus dem Fernseher plärrte.

Lauren sah Jac an. »Gib mir deine Jacke. Kannst du mir vielleicht in der Küche zur Hand gehen?«

»Aber gern.« Jac reichte Lauren ihre Lederjacke.

Laurens Schultern waren steif vor Anspannung, und Jac bereute ihren provokanten Auftritt. »Das riecht ganz wunderbar. Wie kann das sein, wo wir doch den ganzen Tag shoppen waren?«

»Ich habe den Braten in den Backofen gestellt und die Garzeit programmiert. Den Nachtisch hatte ich schon fertig, bevor ich dich abgeholt habe.«

»Du kommst wirklich nach deiner Mutter, du Universalgenie.«

Lauren lächelte und entspannte sich. »Und du bist eine Schmeichlerin. Bist du sicher, dass deine Mutter deinen Dad in Paris und nicht in Irland getroffen hat? Dein Rotschopf muss doch irgendwo seinen Ursprung haben.«

»Wer weiß? Vielleicht hatte sich ein irischer Kobold im Flitterwochenbett versteckt.« Jac zwinkerte und wurde mit einem Lachen belohnt.

»Muss der größte Kobold der Welt gewesen sein.«

»Pah! Sogar Kobolde sehen groß aus, wenn man die Welt aus deiner Höhe betrachtet.«

Lauren kicherte und schubste Jac mit der Hüfte.

Jac tat, als wäre sie aus dem Gleichgewicht geworfen.

»Du bist genauso frech wie lang.« Lauren nahm einen Kartoffelschäler aus einer Schublade und reichte ihn Jac. »Du weißt, wie man so etwas benutzt, oder?«

Jac schürzte die Lippen und drehte den Schäler in den Händen. »Ich glaube, ich werde es herausfinden. Ich muss die scharfe Seite benutzen, nicht? Man bringe mir die Kartoffeln.«

Lauren schüttete ein paar Kartoffeln in das linke Becken der Spüle und begann, im rechten Salat und Gemüse zu putzen. »Ich mag die Sachen, die du heute gekauft hast. Die Skulptur wird das schönste Schmuckstück deiner Wohnung.«

»Finde ich auch. Es war Liebe auf den ersten Blick.« Der Torso einer nackten Frau aus schwarzem Marmor, den Kopf in Ekstase zurückgeworfen, wirkte so lebensecht, dass es Jac den Atem geraubt hatte. »Selbst wenn du mich den vollen Preis hättest zahlen lassen, wäre sie jeden Cent wert gewesen.«

»Den vollen Preis? Bist du verrückt? Du kannst nicht einfach den ausgeschriebenen Preis zahlen, ohne zu verhandeln.«

Die zweihundert Dollar, um die Lauren den Galeristen heruntergehandelt hatte, waren nicht mehr als ein Taschengeld für Jac, aber sie hatte Spaß daran gehabt, ihrer Freundin beim Feilschen zuzusehen. »Na, dank dir habe ich ja einen Rabatt bekommen.«

»Ich war auch ziemlich zufrieden mit mir, besonders, als er mir auf den Wandteppich auch noch einen Nachlass gegeben hat. Der wird über deinem Bett wundervoll aussehen. Ich finde es nur schade, dass wir ihn nicht gleich mitnehmen konnten.«

Jac zuckte mit den Schultern. »Das ist kein Problem. Ich finde es verständlich, dass man das letzte Ausstellungsstück nicht aus dem Geschäft gibt. Mich stört es nicht zu warten. Übrigens, danke, dass du dich darum kümmerst.« Lauren hatte den Händler gebeten, ihr sofort Bescheid zu geben, sobald der Teppich lieferbar war.

»Mache ich gerne. Wenn ich innerhalb der nächsten zwei Wochen nichts von ihm höre, kann ich vielleicht sogar einen noch besseren Preis aushandeln.«

Jac verzichtete darauf, Lauren zu erklären, dass die Kosten für all die Kunstwerke und Dekorationen ihre Ersparnisse kaum ankratzten. »Ich freue mich natürlich, wenn das klappt, aber mach dir deshalb keine Umstände. Es ist ein fairer Preis, der Künstler sollte angemessen bezahlt werden. Was denkst du, wo sollen wir die Statue aufstellen?«

»Ich finde, sie passt sehr gut in dein Wohnzimmer. Es sei denn, du möchtest sie lieber im Schlafzimmer haben.«

»Machst du Witze? Wenn ich diese Figur tagtäglich sehen muss, während ich mich an- und ausziehe, bekomme ich ja Minderwertigkeitskomplexe.«

Lauren schnaubte. »Von wegen. Du hättest für das Ding Modell stehen können.«

»Du aber auch.«

»Vergiss es.«

Jac hörte auf zu schälen und wandte sich Lauren mit ernster Miene zu. »Das ist kein Scherz.« *Vic lag nicht ganz richtig, als sie sagte, deine Schönheit käme nur von innen.* »Ich würde liebend gern sehen, was dieser Künstler mit dir als Modell erschaffen könnte.«

Lauren hob eine Augenbraue und schüttelte den Kopf. »Dankeschön. Du bist offensichtlich ein bisschen irre, aber ich weiß das Kompliment zu schätzen.«

Sie schüttelte die Wassertropfen vom Salat und begann, ihn in eine Schüssel zu zupfen. »Zurück zum Thema. Ich denke, wir sollten dir noch ein weißes Marmorpodest beschaffen, um die Statue daraufzustellen. Der Farbkontrast wird die Ausstrahlung noch unterstreichen. Was das Ausleuchten von Plastiken betrifft, muss ich mich erst noch schlaumachen. Aber vielleicht können wir Einbaustrahler benutzen, um die Statue nachts in Szene zu setzen. Es wird umwerfend.«

»Davon bin ich überzeugt.« *Und ich wünschte, ich könnte dich davon überzeugen, dass du mindestens genauso umwerfend bist.* Jac legte die Stirn in Falten. *Sagt Phil dir das denn nie? Der Mann ist ein Schwachkopf.*

Sie deckten gerade gemeinsam den Tisch, als es an der Tür energisch klopfte.

»Phil, kannst du bitte deine Eltern hereinlassen?«

Grummelnd riss Phil sich von der Couch hoch und ging zur Eingangstür.

Lauren seufzte.

Eilig platzierten sie Gläser und Besteck, dann war die Tafel fertig. Lauren folgte ihrem Verlobten, um ihre Schwiegereltern zu begrüßen, während Jac sich zurückhielt und die Szene interessiert beobachtete.

Lauren und ihre zukünftige Schwiegermutter umarmten sich umständlich. Mrs. Emerson war eine schlanke Frau mittlerer Größe. Mit ihrer steifen Körperhaltung, dem platinblond gefärbten Haar und den angespannten Gesichtszügen wirkte sie ausgesprochen spröde. Mr. Emerson war ein dicklicher, zur Glatze neigender Mann. Er ähnelte seinem Sohn, ohne aber die Verdrossenheit zu teilen, die Phils Züge prägte. Nachdem er und seine Frau die Mäntel abgelegt hatten, kam er auf Jac zu und bot lächelnd seine Hand.

»Ich weiß nicht, ob Sie sich an mich erinnern, Ms. Lanier. Wir sind uns im letzten Jahr bei einer Veranstaltung der Handelskammer begegnet. Ich habe Sie gut in Erinnerung behalten. Ihre Präsentation über die wirtschaftlichen Fallstricke für mittelständische Unternehmen war mehr als aufschlussreich. Ganz abgesehen davon, dass Sie die attraktivste Bankerin sind, die mir je begegnet ist.«

Jac erinnerte sich ebenfalls an ihn. Er hatte sie nach ihrem Vortrag mit einer Menge ernster Fragen bedrängt, so lange, bis ihr Vizepräsident eingegriffen hatte. »Natürlich – Frank Emerson. Ich denke gern an unsere Unterhaltung zurück. Wenn mich mein Gedächtnis nicht täuscht, hatten Sie damals interessante Aspekte der Wettbewerbsfähigkeit angesprochen.«

Frank strahlte. Hinter ihm räusperte sich seine Frau vernehmlich, und er zuckte zusammen. »Oh, Ms. Lanier, das ist meine Frau Phyllis. Phyl, das ist Ms. Lanier.«

»Bitte nennen Sie mich Jac. Es freut mich, Sie kennenzulernen, Mrs. Emerson.«

Die Frau griff die dargebotene Hand und schüttelte sie lasch, ohne ihre Abneigung zu kaschieren. *Huch. Hat sie ein Problem mit mir?* Trotzdem nickte Jac ihr freundlich zu und ignorierte demonstrativ Mrs. Emersons offene Ablehnung.

Lauren runzelte die Stirn.

Jac zwinkerte ihr verstohlen zu und gewann ein kleines Lächeln.

Frank verwickelte Jac in ein geschäftliches Gespräch. Als sie jedoch bemerkte, dass weder Phil noch seine Mutter irgendwelche Anstalten machten, Lauren zu helfen, entschuldigte sie sich und ging zu ihr in die Küche.

»Ich hoffe, du magst Rinderbraten. Ich habe es mit der langsamen Garmethode probiert. Sieht aus, als hätte es geklappt.«

Jac nickte. »Es duftet köstlich.«

Lauren füllte geschäftig Servierschalen, die Jac zum Tisch trug. Als sie zurückkam, war Lauren gerade dabei, die Kartoffeln zu pürieren. Sie deutete auf den Braten, der auf einem Schneidebrett bereitlag. »Ich habe ja gesehen, wie gut du dich aufs Tranchieren verstehst. Würdest du das Fleisch für mich aufschneiden?«

Jac zog eine lange Klinge aus dem Messerblock. »Aber gern. Willst du die Scheiben dick oder dünn geschnitten?«

»Moment mal, das werde ich erledigen.« Phil marschierte mit großen Schritten durch die Küche, trat zwischen sie und blieb vor dem Braten stehen.

Wortlos drehte Jac das Messer herum und hielt es ihm mit dem Griff voran entgegen. »Kann ich noch etwas anderes übernehmen, Lauren?«

Rote Flecken leuchteten auf Laurens Wangen - Wut stand in ihren Augen, als sie Jac die Schüssel mit Kartoffelbrei entgegenhielt. Jac verließ die Küche, kam aber nicht umhin, Laurens geflüsterte Frage zu hören. »Was sollte das denn? Das war sehr unhöflich.«

»Fleisch zu zerlegen ist Männersache. Es wäre nicht richtig, das deinem Gast aufzutragen.«

»Komisch. Bisher hast du dich nie darum gerissen.«

Jac biss sich auf die Lippen. *Oha. Ich möchte heute Abend nicht in seiner Haut stecken.* Sie stellte die Schüssel auf dem Tisch ab und gesellte sich zu den Emersons.

Frank wandte sich ihr zu, um ihre Unterhaltung fortzusetzen. Phyllis allerdings bedachte sie mit einem säuerlichen Blick. »Entschuldigt mich. Ich gehe mich nur kurz frisch machen.« Sie stolzierte davon.

Frank lächelte Jac etwas gezwungen an. »Wie haben Sie und unsere kleine Lauren sich eigentlich kennengelernt?«

»Lauren arbeitet in der Reiseagentur mit einer guten Freundin von mir zusammen, Victoria. Vic hat Lauren an ihrem Geburtstag zum Essen eingeladen, und bei dieser Gelegenheit habe ich sie zum ersten Mal getroffen.«

Lauren kam aus der Küche zurück. »Wir können jetzt essen. Ich bitte alle zu Tisch.«

Phyllis setzte sich ans Kopfende. Frank saß neben Jac und Lauren gegenüber, während Phil sich auf den Stuhl neben seiner Verlobten fallen ließ. Lauren wirkte verkrampft, die Knöchel der um die Gabel geschlossenen Hand traten deutlich hervor.

Ich sollte die Stimmung wohl ein bisschen auflockern. Jac begann mit Frank ein lebhaftes Gespräch über die jährliche Wohltätigkeitsfeier seines Unternehmens. »Wird es in diesem Jahr wieder eine Spendenaktion geben?«

Frank nickte. »Wir haben Mustard Seed inzwischen fast zwei Jahrzehnte lang unterstützt. Es ist eine sinnvolle Einrichtung, aber manches Vorstandsmitglied möchte das Geld etwas breiter gestreut sehen, wenn Sie verstehen, was ich meine.«

»Hast du eine Idee, Lauren?«, fragte Jac. »An welche Einrichtung würdest du spenden?«

»An Frauenhäuser. Sie leisten gute Arbeit bei *Mustard Seed*, aber ich finde, Frauenhäuser werden zu selten mit Spenden bedacht.«

Jac legte den Kopf schief. »Wie kommt das?«

»Weil sie unauffällig agieren müssen, um die Frauen und Kinder, die dort Zuflucht suchen, zu schützen.«

»Da ist was dran. Ich denke …«

»Ich halte es für Geldverschwendung.«

Alle Köpfe fuhren zu Phyllis herum.

»Und warum, Mrs. Emerson?« *Und schmerzt Sie der Stock in Ihrem Hintern eigentlich nicht?*

Sie schnaubte. »*Emerson Luxus Auto* ist ein Wirtschaftsunternehmen und kein Wohltätigkeitsverein. Frank vergeudet in jedem Herbst viel zu viel Zeit, um diese unsinnige Spendengala vorzubereiten. Ein schlechtes Beispiel für Phil, das Geschäft monatelang dafür zu vernachlässigen.«

Lauren bedachte Phyllis mit einem vernichtenden Blick. »Im Gegenteil. Ein sehr gutes, würde ich sagen. Wir alle sind verpflichtet, den weniger Privilegierten zu helfen, so gut es uns möglich ist.«

Jac unterdrückte ein Grinsen. *Gut gebrüllt, Löwe! Zeig es ihr!*

»Blödsinn. Leute, die solche Hilfen beanspruchen, müssten sich nur mehr zusammenreißen. Ohne Fleiß kein Preis.«

Ach ja. Als ob ausgerechnet du etwas von harter Arbeit verstehen würdest. Muss furchtbar anstrengend sein, das Geld deines Mannes zu verprassen. Jac sah den Zorn in Laurens Augen lodern, hielt aber den Mund.

»Kommen wir zu einem angenehmeren Thema. Ich glaube, ich habe das perfekte Haus für euch beide gefunden.« Phyllis warf Jac einen Seitenblick zu. »Phil und Lauren sind nämlich auf der Suche nach ihrem Traumhaus. Es muss in einer sehr guten Gegend liegen und natürlich genug Platz für die Kinder bieten.«

»Nun, wenn sie es gefunden haben, kann ich Laurens Einrichtungskünste nur lobend empfehlen.«

Phyllis wischte die Bemerkung mit einer Geste beiseite. »Reden Sie keinen Unsinn. Dafür gibt es Spezialisten. Lauren, die Carltons wollen ihr Haus verkaufen. Es ist wie für euch gemacht. Ich habe einen Termin mit dem Makler vereinbart, für den kommenden Mittwochnachmittag.«

Lauren wurde blass.

Jac sah sie genau an. *Stimmt etwas nicht mit diesem Haus? Sie sieht aus, als hätte sie ein Gespenst gesehen.*

Lauren blieb für den Rest der Mahlzeit stumm wie ein Fisch, bis Phyllis die Rede auf das Wochenende brachte.

»Phil, mein Lieber, die Marquettes haben die Veranstaltung kommenden Samstag vorverlegt. Wir sollen um drei Uhr dort sein, nicht erst um vier.«

Laurens Kopf schnellte hoch, sie warf Phil einen scharfen Blick zu. »Nächsten Samstag? Was ist am nächsten Samstag?«

»Das habe ich dir doch erzählt. Wir gehen wie in jedem Jahr zum Herbstfest der Marquettes.«

»Nein, das hast du nicht. Ich habe dich schon vor Wochen gefragt, ob wir dieses Wochenende für ein verfrühtes Thanksgiving zu meiner Familie fahren können. Und du hast zugesagt.«

»War das schon an diesem Wochenende?« Phil hob die Achseln. »Da kann man nichts machen, Schatz. Die Party der Manquettes ist der inoffizielle Start der Herbstgeselligkeiten. Jeder geht dorthin.«

»Ich nicht. Anjali, Courtney und Adam kommen nach Hause. Es ist das erste Mal seit dem Frühjahr, dass wir alle beisammen sind. Da werde ich nicht fehlen.«

Phil sah hilfesuchend zu seiner Mutter, deren Blick sich in den ihres Sohnes bohrte. »Darüber reden wir später, in Ordnung?«

Als endlich das Dessert überstanden war, wünschte sich Jac nichts sehnlicher, als zu verschwinden. Sie half Lauren, den Tisch abzuräumen und stapelte das Geschirr in der Küche. »Ich sollte mich auf den Heimweg machen. Unser Renovierungsprojekt hat mich mehr geschafft, als ich dachte. Und morgen muss ich ins Büro.«

Lauren starrte auf den Boden. »Ich kann es dir nicht verdenken.«

»Hey.« Jac legte ihr sacht eine Hand auf die Schulter. »Alles okay? Ich bleibe gerne noch, wenn du möchtest.«

Lauren gab ein kurzes, bitteres Lachen von sich. »Jetzt weiß ich, dass du eine echte Freundin bist.«

»Daran gab es doch nichts zu bezweifeln.«

Lauren strahlte, doch dann verblasste ihr Lächeln. »Wie willst du denn nach Hause kommen? Ich habe dich doch vorhin abgeholt?«

»Mach dir darüber keine Gedanken. Ich habe beim Hotel vorne in der Straße einen Taxistand gesehen.« Als Lauren zum Protest ansetzte, legte Jac ihr einen Finger auf die Lippen. »Du kannst deine Gäste nicht meinetwegen allein lassen.«

»Kann ich nicht?« Der Einwand klang halbherzig. »Na komm, ich begleite dich wenigstens noch zum Aufzug.«

Jac wünschte den anderen noch einen schönen Abend. Phils höhnisches Grinsen übersah sie geflissentlich. Sie nahm Franks Visitenkarte entgegen und versprach, sich zu melden, falls die PR-Abteilung der Bank Interesse zeigte, an der Wohltätigkeitsveranstaltung teilzunehmen.

Lauren begleitete sie durch den Flur. Am Fahrstuhl drückte sie den Knopf und scharrte mit dem Fuß über den Teppich, während sie warteten. »Es tut mir leid. So hatte ich mir den Abend nicht vorgestellt.«

»Ach was. Das war doch nicht deine Schuld. Bei manchen Leuten ecke ich einfach an.«

Laurens Augen füllten sich mit Tränen.

Jac zog sie in eine Umarmung. Sie hielt sie für einen Moment, bis Lauren sich versteifte. »Hey, stell dir nur vor, wie sie sich aufgeführt hätten, wenn ich auch noch eine Frau als Begleitung mitgebracht hätte!«

Lauren lachte kurz auf und wand sich aus Jacs Armen.

Jac strich ihr mit einem Finger über die feuchten Wangen und freute sich, dass die Geste ein kleines Lächeln hervorlockte. »Es ist doch gar nichts passiert. Jetzt machst du dir einen ruhigen Abend, und ich rufe dich im Lauf der Woche an, ja? Wir haben so geschuftet, dass wir demnächst wieder einmal etwas Entspanntes unternehmen sollten.«

Die Tür zum Fahrstuhl öffnete sich, Jac trat ein. Sie drehte sich um und ihr Blick hielt Laurens fest, bis sich die Tür schloss.

Arme Kleine. Ich fühle mich, als würde ich sie in einer Schlangengrube zurücklassen. Jac widerstand dem Impuls, den Halteknopf zu drücken und umzukehren. *Ja, klar. Eine Rettungsmission. Das ist genau das, was sie jetzt braucht.*

Bedrückt verließ Jac das Gebäude und ging zum Taxistand, dankbar, der beklemmenden Situation entkommen zu sein.

Phils Eltern waren schon längst gegangen und Lauren war noch immer damit beschäftigt, die Küche aufzuräumen, als Phil hereinkam und sie von hinten umarmte. Sie schob ihn von sich und fuhr fort, die Spülmaschine einzuräumen.

»Komm schon, Schatz, das kann doch bis morgen warten. Ich wüsste etwas viel Besseres, das wir tun könnten.« Er versuchte wieder, sie zu umarmen.

Sie drehte sich verärgert herum. »Glaubst du ernsthaft, dass ich mit dir schlafen möchte, nachdem du dich heute Abend so aufgeführt hast?«

»Wie bitte? Was habe ich denn gemacht?«

Sie starrte ihn ungläubig an. »Du hast dich meiner Freundin gegenüber wie der letzte Idiot benommen. Ich hatte Jac eingeladen, damit ihr beide euch kennenlernt. Jetzt könnte ich es ihr nicht verübeln, wenn sie nie wieder einen Fuß in diese Wohnung setzen wollte.«

»Oh, bestens. Ich will sie auch gar nicht hier haben.«

»Was zur Hölle ist dein Problem? Du hast sie vor diesem Abend noch nie gesehen und führst dich auf, als wäre sie dein Todfeind!«

»Du weißt doch gar nicht richtig über sie Bescheid!«

»Ich weiß, dass sie eine wunderbare Freundin ist. Sie ist rücksichtsvoll und liebenswert und witzig.«

»Sie ist eine Lesbe.«

Lauren zuckte mit den Schultern. »Ich weiß, dass sie lesbisch ist. Na und?«

Phils Kinnlade klappte herunter, seine Augen wurden kugelrund und quollen vor, aber sie war zu wütend, um sich darüber zu amüsieren.

»Du weißt davon?«

»Ja. Sie hat es mir gleich an unserem ersten gemeinsamen Abend beim Konzert gesagt. Sie wollte nicht, dass ich mich unwohl fühle. Ich frage mich nur, woher du es weißt?«

Phil vermied den Blickkontakt. »Tja. Man sieht es ihr doch direkt an.«

»Nein, das tut man nicht. Also sag mir, woher du weißt, dass Jac lesbisch ist.«

Phil vergrub die Hände in den Taschen und wand sich. »Ich habe auf Facebook nachgeschaut. Und meine Mutter hat meinen Verdacht bestätigt.«

»Wie bitte? Wie zur Hölle hat deine Mutter das angestellt?«

Phil starrte auf den Kühlschrank und vermied es so, Laurens wütendem Blick zu begegnen. »Weiß ich doch nicht. Mutter hat eine Menge Kontakte in der Stadt. Sie wird sich umgehört haben.« Sein Tonfall wurde besänftigend. »Sie macht sich nur Sorgen um dich, genau wie ich. Ich fürchte, deine Freundin verpasst dir eine Gehirnwäsche. Du bist nicht mehr du selbst, seitdem du dich mit ihr triffst.«

Lauren bemühte sich nicht, ihre Wut zu unterdrücken. »Ich bin nirgends so sehr ich selbst wie in ihrer Nähe. Sie versucht nicht, mich in eine Schublade zu stecken, so wie andere Leute. Und wie zum Geier kommst du eigentlich auf die Idee, meinen Freunden nachzuspionieren?«

»Herrgott, genau das meine ich. Sie hat dich ganz durcheinandergebracht. Ich meine es ernst, Lauren. Ich will nicht, dass du dich länger mit ihr triffst.«

»Habe ich gerade richtig gehört? Du willst mir verbieten, meine Freundin zu treffen?«

Phil reckte das Kinn vor. »Ja, das will ich. Du wirst demnächst meine Frau sein, Lauren.«

Sie betrachtete ihn kühl. »Deine Frau, nicht dein Eigentum. Und ehrlich gesagt weiß ich nicht einmal mehr, ob ich dich überhaupt noch heiraten will.«

Er starrte sie entgeistert an.

»Oh, und noch etwas. Wenn du ernsthaft glaubst, dass ich in ein Haus ziehe, das nur einen Steinwurf weit von dem deiner Eltern entfernt liegt, dann hast du dich geschnitten. Ich würde eher unter der Brücke leben als im Haus der Carltons.«

Er schlug mit der Faust auf die Arbeitsfläche. »Jetzt reicht es aber! Und falls du glaubst, wir würden am nächsten Samstag zu deiner Familie statt zu den Marquettes fahren, dann hast du dich in den Finger geschnitten!«

Lauren stellte eine schmutzige Schale, die in den Spüler sollte, auf der Arbeitsfläche ab. »Ich gehe ins Bett. Denk ja nicht daran, mir nachzukommen.«

»Dies ist auch mein Zuhause. Ich werde gottverdammt noch einmal schlafen, wo ich will!«

Sie ignorierte sein Gebrüll und ging hoch erhobenen Hauptes aus der Küche, doch sie hatte seine Worte deutlich im Ohr. In diesem Moment war es ihr gleichgültig, ob es jemals wieder ihr *gemeinsames* Zuhause sein würde.

Eine Stunde später starrte Lauren noch immer die Zimmerdecke an. Das dumpfe Dröhnen des Fernsehers dröhnte aus dem Wohnzimmer. *Wie lange wird es wohl dauern, bis die Nachbarn den Hausmeister rufen?*

Sie rieb sich mit einer Hand über die Augen und fragte sich, ob es ein Fehler gewesen war, seinen Antrag anzunehmen. Er war sehr liebenswürdig und ausdauernd gewesen, doch schon damals hatte sie das Gefühl nicht losgelassen, dass es viel zu schnell ging; sie kannten sich kaum. Nicht zum ersten Mal hatte sie Zweifel an ihrer Entscheidung. An diesem Abend erlaubte sie es sich jedoch, ihre Überlegungen zu Ende zu führen. Phil war überglücklich gewesen, als sie schließlich Ja gesagt hatte. Seine Worte hallten in ihrem Kopf wieder. »Ich bin so glücklich, Lauren. Dad hat gesagt, du würdest das Beste aus mir herausholen. Und das stimmt.«

Die Erinnerung an diese Worte jagte ihr einen Schauder über den Rücken. Hatte er ihr den Antrag gemacht, weil Frank und Phyllis nicht länger zusehen wollten, wie er sich einem Teenager gleich besoff und mit seinen Freunden herumrandalierte? Ihr Herz zog sich zusammen. Erst, nachdem sie ihre Verlobung bekannt gegeben hatten, beförderte Frank Phil ins Management. Hatte ihr Verlobter so hartnäckig um sie geworben, weil er um jeden Preis das Verkäuferdasein hinter sich lassen wollte?

Sie rollte sich auf die Seite, zog ein Kissen über die Ohren und versuchte, Ruhe zu finden. An Schlaf war nicht zu denken. In ihr brodelte es. *Du willst meine Familie dieses Wochenende also nicht besuchen? Du kannst mich mal. Ich gehe trotzdem.* Sie boxte ins Kissen und starrte zornig zur Tür. *Jac würde mich begleiten.*

Sie erstarrte. *Würde sie?* Lauren stellte sich Jac vor, wie sie am belebten Esstisch zwischen ihren Geschwistern saß. *Ich wette, Jason würde sie zum Armdrücken herausfordern.* Sie kicherte bei dem Gedanken. *Jac würde sich bestimmt nicht zieren.*

Ihre Familie würde sich keinen Deut um Jacs sexuelle Orientierung scheren. Sie waren so oder so schon ein verrückter Haufen. Auf einen komischen Vogel mehr oder weniger kam es da nicht an.

In Gedanken führte sie Jac auf der Farm herum. Sah vor sich, wie sie ihr Topsy vorstellte, das betagte Pony, dass ihr Vater einfach nicht einschläfern lassen konnte. Wie sie ihr zeigte, wo im Heu die Hennen ihre Eier versteckten.

Sie schnappte sich ihr Handy vom Nachttisch.

Willst du mich zum Thanksgiving bei meiner Familie begleiten?

Die Antwort folgte prompt.

Liebend gern.

Lauren lächelte und tippte.

Klasse! Melde mich später mit den Details. Bis dann.

Freue mich drauf. Schlaf gut.

Lauren legte ihr Handy beiseite und atmete tief durch, um etwas von der Anspannung des Abends loszuwerden. Sie würde in nächster Zeit einige weitreichende Entscheidungen treffen müssen, aber nicht heute Abend. Damit würde sie warten, bis sie wieder klar denken konnte.

Angesichts des Lärms aus dem Wohnzimmer war Schlaf einfach keine Option, Lauren griff nach ihrem Handy. Sie warf einen Blick zur Tür. Phil tröstete sich ohne Frage mit einem Sixpack Bier und würde wahrscheinlich auf der Couch einschlafen.

Mit einem tiefen Atemzug ging sie online und setzte ihre heimliche Recherche fort. Seit Lauren erfahren hatte, dass Jac Mitglied im *Sousterre* war, hatte sie im Internet nach Informationen gesucht. Nachdem sie sich durch zahlreiche Links zu Pornoseiten gewühlt hatte, die bei ihren Suchbegriffen auftauchten, hatte sie ein paar faszinierende Webseiten gefunden, die von der Geschichte, über die Psychologie, bis hin zu den Praktiken von BDSM alles diskutierten.

Im Lauf der vergangenen Woche hatte sie dort einige Antworten auf ihre Fragen finden können. Jetzt aber, während sie eine der sachlicheren Seiten aufrief, ignorierte sie weiterhin die eine Frage, die sie sich und Google zu stellen weigerte: Was reizte sie so sehr an Jacs sexueller Vorliebe?

Kapitel 10

Becca klopfte an Jacs offene Bürotür. »Draußen wartet jemand auf Sie. Ohne Termin, hat sich auch nicht vorgestellt. Ich soll Ihnen ausrichten, dass die Chefin Sie zum Essen ausführen möchte. Haben Sie Zeit, oder …«

Jac grinste. »Das geht in Ordnung, schicken Sie meine Freundin ruhig herein.« *Was für ein hervorragender Abschluss an einem miesen Tag!* Sie erhob sich und ging um ihren Schreibtisch, als Lauren den Kopf um den Türpfosten reckte. »Wenn das mal kein erfreulicher Anblick für meine müden Augen ist. Was führt dich in meinen Bau?«

»Ich finde, heute ist der perfekte Tag, um mich für all deine Einladungen zu revanchieren.« Lauren sah sich in dem stilvoll eingerichteten Büro um. »Eine nette Höhle hast du hier, Malergehilfin.«

Jac zog einen Stuhl für ihren Gast heran. »Danke, Boss. Ich will mich nicht beklagen, aber hast du mir nicht erst gestern ein hervorragendes Essen aufgetischt?«

Lauren seufzte. »Das Essen mag ja annehmbar gewesen sein. Aber die Gesellschaft war doch ungenießbar.«

Jac setzte sich neben Lauren und berührte ihre Hand. »Du warst da, und deine Gesellschaft war meiner Meinung nach genauso wunderbar wie die Mahlzeit.«

»Schmeichlerin.«

»Ich sage nur, was ich denke. Aber sag mal, wie hast du mein zweites Zuhause gefunden? Hast du einen Spion auf mich angesetzt?«

Lauren schüttelte den Kopf. »Da gab es nichts auszuspionieren. Victoria hat mir schlicht erklärt, wie ich hierherkomme. Dabei fällt mir ein, weißt du vielleicht, was mit ihr los ist? Sie war heute Nachmittag kreidebleich, als wäre ihr übel. Das geht schon eine ganze Weile so. An manchen Tagen sah sie richtig elend aus. Sie ist doch nicht krank, oder?«

»Nicht, dass ich wüsste. Wir haben uns ziemlich lange nicht mehr getroffen, sondern nur telefoniert und geschrieben. Dabei hat sie keine Krankheit erwähnt.« Betroffenheit machte sich in Jac breit. *Das ist nicht richtig, für keine von uns. Aber wie zur Hölle komme ich aus dieser Nummer heraus? Ich muss einen Weg finden, um sie davon zu überzeugen, die ganze Sache aufzugeben.*

»Bist du denn in Ordnung? Du siehst gerade auch nicht aus wie das blühende Leben.«

Jac zwang sich ein Lächeln ins Gesicht. »Mir geht es gut. Es ist Montag, du weißt schon.«

»Gott, ja. Aus diesem Grund will ich dich doch hier weglocken.«

»Gib mir fünf Minuten, ich muss nur noch ein paar Dinge erledigen. Dann gehöre ich ganz dir.« Jac kehrte zu ihrem Schreibtisch zurück, schloss einige Excel-Tabellen und warf einen Blick auf die Termine des nächsten Tages. »Alles fertig, lass uns gehen.«

Als sie das Büro verließen, winkte Jac Becca zu. »Wir sehen uns morgen.«

Becca nickte. »Schönen Feierabend.«

Während sie mit dem Fahrstuhl nach unten fuhren, sagte Lauren: »Deine Assistentin nimmt ihren Job sehr ernst, oder? Ich war mir nicht sicher, ob sie meine Nachricht weitergeben würde, ohne mich einem DNA-Test zu unterziehen.«

»Becca ist wirklich eine großartige Mitarbeiterin. Nachdem sie jetzt weiß, dass du eine Freundin bist, hast du freien Zutritt – ganz ohne Personalausweis.«

»Gut, denn ich glaube, ich mache das zur Gewohnheit.«

Jac lächelte. »Von mir aus gern. Einladen darfst du mich aber nur dieses eine Mal.«

Lauren beugte sich näher zu Jac. »Was das betrifft, ist das letzte Wort noch nicht gesprochen.«

Der Aufzug stoppte, lachend stiegen sie aus.

»Hast du schon eine Idee, wohin du willst?«, fragte Jac.

»Ja. Ich habe diesen kleinen Stehimbiss entdeckt, als ich noch ganz neu in der Stadt …«

»*Dingle's Diner*?«

Lauren blinzelte verdutzt. »Du kennst es?«

»Ob ich es kenne? Ich habe in meinem ersten Arbeitsjahr praktisch dort gewohnt.« Jac legte einen Arm um Laurens Schultern und drückte sie kurz an sich. »Perfekte Wahl. Ich bin schon ewig nicht mehr im *Dingle's* gewesen.«

»Freut mich zu hören.«

Ein paar Minuten später erreichten sie das Diner und ergatterten den letzten freien Tisch. Jac war entzückt, weil die Speisekarte sich kaum verändert hatte. Sie bestellte ihr altes Lieblingsgericht. »Ich werde morgen ein paar Extrarunden laufen müssen, um das wiedergutzumachen. Aber das ist es wert.«

Lauren bestellte dasselbe. »Ich weiß. Nichts schlägt den hausgemachten Burger mit Fritten und einem Milchshake. Apropos Hausmannskost, ich hoffe, deine Geschmacksnerven sind für das kommende Wochenende gewappnet. Mom wird sich mit dem Festessen zu Thanksgiving bestimmt wieder selbst übertreffen.«

»Ich bin schon gespannt. Sag mal, warum feiert deine Familie eigentlich schon an diesem Wochenende?«

»Weil es schwierig ist, alle acht Kinder zum gleichen Termin an einen Tisch zu bekommen. Nachdem Brian geheiratet hat und Anjali, Courtney und Adam nach Edmonton gezogen sind, hat meine Mutter das vorgezogene Thanksgiving eingeführt. So kann jeder an der Familienfeier teilhaben, ohne andere Verpflichtungen am eigentlichen Feiertag vernachlässigen zu müssen. Brian fährt dann nämlich zu seinen

Schwiegereltern, und meine Schwestern in Edmonton können auch Zeit mit ihren Lieben verbringen. So funktioniert es für uns am besten«

»Wird es auch nicht zu viel, wenn ich mitkomme?«

»Keine Sorge. Es war ja auch ein Platz für Phil eingeplant, und da er mich nicht begleitet …«

»Das tut mir leid.«

Lauren schüttelte den Kopf. »Ach was, das muss es nicht. Wir streiten uns im Moment etwas häufiger, das ist eben so ein Pärchending. Das wird sich schon wieder einrenken.«

»Bist du sicher? Ich will keinen Ärger verursachen.«

Lauren richtete sich ganz gerade auf und sah Jac ernst an. »Das tust du nicht. Wie gesagt, wir müssen ein paar Dinge klären. Aber die betreffen uns und niemanden sonst.«

Jac starrte auf die Tischplatte und spielte mit ihrem Besteck. Sie fühlte sich wie die größte Heuchlerin der Welt.

Lauren legte ihre Hand über Jacs und hielt sie fest. »Hey. Es ist alles gut.«

Jac sah Lauren in die Augen. »Ist es das? Tatsächlich?«

Sie zögerte. »Ja und Nein. Letzte Nacht hatten wir einen großen Krach – und heute Morgen haben wir da weitergemacht, wo wir aufgehört hatten.«

»Wolltest du deshalb mit mir ausgehen?«

»Auch. Aber vor allem, weil ich gern mit dir zusammen bin. Trotzdem werde ich erst nach Hause gehen, wenn es unbedingt sein muss.« Lauren schnaubte. »Ich weiß nicht einmal, warum ich das überhaupt tun sollte. Er hat mir geschrieben, dass er heute Abend mit ein paar Freunden irgendeine Sportbar besucht. Vor Mitternacht wird er nicht zu Hause sein. Daher habe ich beschlossen, mir mit dir einen schönen Abend zu machen, statt daheim Trübsal zu blasen.«

»Das freut mich. Wenn du nach dem Essen noch mit zu mir kommen möchtest, dann bist du herzlich willkommen.«

»Danke. Das Angebot nehme ich gerne an.«

Jac kam der Gedanke, dass dies unter Umständen die Nacht werden könnte, in der sie ihre Wette gewann. Schnell würgte sie ihn ab. *Nein, nicht so.* »Na dann erzähl mir doch von deiner Familie. Wenn ich sie an diesem Wochenende kennenlernen soll, brauche ich vorher ein gründliches Briefing.«

Lauren lächelte. »Sehr gerne, aber denk dran, dir Notizen zu machen. Es gibt eine Menge wichtiger Informationen. Also, meine Eltern heißen Cynthia und Steven. Ich habe dir schon erzählt, dass meine Mom eine Handwerkerin der Extraklasse ist. Von meinem Dad habe ich wahrscheinlich noch nicht so oft gesprochen. Er arbeitet genauso hart wie meine Mutter und ist der sanftmütigste Kerl, dem du je begegnen wirst …«

Jac blickte aus dem Fenster, während sie die Seitenstraße entlangfuhren. »Das ist eine wunderschöne Gegend. Besonders zu dieser Jahreszeit.«

Lauren grinste. »Nicht wahr? Ich habe es geliebt, als Dorfkind aufzuwachsen.«

»Ging es deinen Geschwistern auch so?«

»Jason schon. Er lebt nach wie vor hier. Er und Dad arbeiten zusammen und ich nehme an, dass er die Farm eines Tages übernehmen wird.«

»Und die anderen?«

»Na ja, für Zac und Sara ist es das einzige Zuhause, das sie je gekannt haben. Sie sind als Babys zu uns gekommen.« Als sie am Briefkasten der Andersons vorbeifuhren, drosselte Lauren das Tempo. Sie freute sich darauf, ihre Familie wiederzusehen. Aber es gab keinen Grund zur Eile. »Ich weiß, dass Mom und Dad sich Sorgen machen, was aus den beiden wird, wenn sie mal nicht mehr sind. Aber wir alle werden ein Auge auf sie haben.« *Auch wenn ich Phil übergehen muss, um meinen Teil beizutragen.*

»Und die Geschwister aus Edmonton?«

»Ich glaube nicht, dass sie je zurückkommen würden, um auf dem Land zu leben. Darin sind sie mir ähnlich. Für die Dauer eines Besuches mögen sie das Landleben, aber mittlerweile sind sie Stadtmenschen.«

»Du willst also nicht mehr außerhalb der Stadt wohnen?«

Lauren warf Jac einen gequälten Blick zu. »Hast du eine Idee, wie lange ich Phil bearbeiten musste, um ihn zu einem einzigen Besuch auf der Farm zu bewegen? Er würde einen Herzinfarkt bekommen, wenn ich ihm den Vorschlag machen würde, aus der Stadt wegzuziehen.«

»Hat sich die Lage zwischen euch beruhigt? Du warst am Montagabend ganz schön aufgebracht.«

Hitze kroch Laurens Nacken hinauf. »Das tut mir wirklich leid. Ich hatte nicht vor, mich wortwörtlich an deiner Schulter auszuweinen. Wahrscheinlich musstest du dein Shirt auswringen und die Böden wischen, nachdem ich nach Hause gegangen war.«

Jac berührte Lauren am Arm. »Bitte, entschuldige dich doch nicht. Das habe ich überhaupt nicht gemeint. Ich dachte nur … Nun, ich war darauf eingestellt, dass du mir heute Morgen schreibst, Phil hätte seine Meinung geändert und würde dich an meiner Stelle begleiten. Nicht, dass ich es nicht genieße, mit dir unterwegs zu sein.«

Lauren seufzte und schüttelte den Kopf. »Nicht wirklich, nein. Er ist keinen Millimeter von seinem Standpunkt abgewichen, und dieses eine Mal habe ich mich ebenfalls geweigert, nachzugeben. Die Stimmung zu Hause war so eisig wie die Temperaturen in Sibirien. Wobei, zwischendrin dachte ich, dass die Nachbarn die Polizei rufen würden.«

»Ist es denn daheim noch sicher für dich?« Jac behielt sie fest im Blick. »Ich meine es ernst.«

»Oh, ganz so schlimm ist es dann doch nicht. Nur ein bisschen Geschrei.« *Aus vollem Halse.* »Phil würde nie die Hand gegen mich erheben.« Lauren sah zu Jac, die die Stirn in Falten gelegt hatte. »Glaub mir, es ist okay. Meine Beziehung ist im Moment vielleicht ein bisschen angeschlagen. Und der letzte Mittwoch war nicht gerade witzig. Ich habe es abgelehnt, mit ihm und seiner Mutter das Haus der Carltons zu besichtigen. Er ist völlig ausgeflippt und aus der Wohnung gestürmt. Hat sich bis Freitagmorgen nicht mehr blicken lassen. Egal, damit will ich mich heute nicht beschäftigen. Ich bin froh, meine ganze Familie wiederzusehen, dich auf der Farm herumführen zu können und eines von Moms großartigen Festessen zu bekommen. Morgen ist auch noch ein Tag.«

Jac lächelte. »Du bist eine echte kleine Emanze, ganz wie Scarlett O'Hara.«

»Glaub ja nicht, dass ich anfange, Vorhänge zu tragen.« Lauren bog in die Auffahrt zum Anwesen ihrer Eltern ein. »Oh, sieht ganz so aus, als wären alle schon da.«

»Gut. Ich freue mich schon darauf, sie kennenzulernen. Ich habe etwas für deine Neffen mitgebracht. Ist das okay?«

Das ganze Beziehungselend der Woche war für Lauren mit einem Mal Schnee von gestern. »Vollkommen. Wenn es etwas Süßes ist, dann werdet ihr die besten Freunde.«

Schon während Lauren einparkte, drängte sich der Großteil ihrer Familie durch die offene Haustür. Jacob und Nick führten die Truppe an. Sie stürmten auf Lauren zu, als sie ausstieg. Lachend beugte sie sich zu ihnen hinunter und schlang die Arme um die beiden Jungen.

»Geschenk, Geschenk!«, krähte Nick.

»Hast du, Tante Lauren? Hast du uns was mitgebracht?«, fragte Jacob.

»Also, eigentlich hat meine Freundin Jac euch etwas mitgebracht.« Lauren schaute mit einem Lächeln zu Jac auf.

Die Jungs umklammerten noch immer Laurens Knie, als Jac in die Hocke ging und zwei riesige Lollis aus ihrer Tasche zauberte. Die Augen der Jungen begannen zu strahlen, und Nick schnappte sich blitzschnell einen.

»Wow!« Auch Jacob nahm seinen entgegen. »So einen großen habe ich noch nie gesehen!«

Sie huschten zurück zu ihren Eltern, um ihnen die Beute zu zeigen, während Lauren bereits von den anderen umschwärmt wurde.

Inmitten von Gelächter, stürmischen Umarmungen und Küssen schaffte sie es, jeden von ihnen einzeln zu begrüßen.

Dann wandte sie sich zu Jac um und zog sie zu sich. »Leute, ich will euch meine Freundin vorstellen, Jac Lanier.« Sie nannte reihum die Namen aller Anwesenden, dann erwiderte Jac Saras Umarmung und reichte den anderen die Hand.

Sara zupfte an Jacs Ärmel. »Tippy hat Junge bekommen. Willst du sie sehen?«

»Sehr gern.« Jac folgte Sara, die ums Haus herum in Richtung Stall ging. Jacob und Nick folgten ihnen auf dem Fuß.

»Kommt deine Freundin mit ihnen zurecht?«, fragte Cynthia, während sie sich bei ihrer Tochter unterhakte. »Oder möchtest du ihnen nachgehen?«

»Ich werde mich ihnen anschließen, sobald ich Zac begrüßt habe. Bis dahin wird sie es wohl schaffen. Sie ist geschickt im Umgang mit Menschen.«

»Ich war ein wenig überrascht, als du gesagt hast, du würdest statt Phillip eine Freundin mitbringen. Aber natürlich ist auch sie herzlich willkommen.«

»Glaub mir, im Moment ist ihre Gesellschaft deutlich angenehmer als Phils.« Lauren seufzte und lehnte sich an ihre Mutter.

»Ärger?«

»Kann man so sagen. Aber lass uns später darüber reden, ja?«

»Wie du willst. Ah, da kommen deine Brüder.«

Jason schob Zacs Rollstuhl durch die Tür und die Rampe hinab. Lauren lief ihnen entgegen und umarmte sie.

Zwanzig Minuten später, nachdem sie ein wenig mit Anjali, Courtney und Adam geplaudert und ihre Fragen über Phil abgewehrt hatte, entschuldigte sich Lauren und ging zum Stall. Von drinnen waren gedämpfte Stimmen zu hören. Nach einem verstohlenen Blick durch den Türspalt zückte Lauren ihr Handy, um den Augenblick zu verewigen.

Nick saß auf Jacs Schoß, den Lutscher in einer Hand, mit der anderen streichelte er einen Welpen. Sara und Jacob hielten je ein Junges aus Tippys Wurf. Alle vier schienen ganz in den Moment versunken, während Tippy sie genau im Auge behielt. *Na klar, du eckst ständig an, ist nicht zu übersehen. Erwischt, du Softie. Du bist genau vom gleichen Schlag wie Dad.*

Jacob sah auf. »Tante Lauren, guck mal! Sie machen die Augen auf.«

Lauren ging zu ihnen, setzte sich neben Jac und nahm behutsam ein Hündchen an sich, das Sara ihr hinhielt.

Jac grinste sie verlegen an. »Sorry, ich wollte dich vorhin nicht stehenlassen.«

»Macht gar nichts. Ich freue mich, dass du dir die Welpen anschauen kannst.«

»Tippy ist eine tolle Mama«, sagte Sara.

»Das glaube ich dir gern, Schatz. Ihre Kinder sind aber auch bezaubernd.« Lauren hob den winzigen Bordercollie auf Augenhöhe. »Du bist ein glücklicher Hund, nicht wahr?« Sie wandte sich zu Jac um. »Tippy wurde auf unserer Straße ausgesetzt. Dad hat sie aufgenommen, sie war schließlich trächtig.«

»So was macht Opa ständig«, sagte Jacob. »Tante Lauren, glaubst du, er behält die Kleinen?«

Lauren schüttelte den Kopf. »Ich glaube nicht, dass wir Platz für noch mehr Hunde haben. Aber wenn ihr eure Eltern fragt, dann dürft ihr vielleicht einen der Welpen mitnehmen, sobald sie alt genug sind.«

Jacob setzte den jungen Hund ab und rappelte sich auf, Nick tat es ihm gleich. Beide stürmten aus dem Stall, so schnell ihre kurzen Beine sie trugen.

Jac lachte. »Warum nur habe ich das Gefühl, dass Brian und Andrea nicht begeistert sein werden?«

Lauren zwinkerte ihr zu. »Jakie wird sie mit seinen Kulleraugen ansehen und Nicky wird einen Freudentanz aufführen. Ihre Eltern werden binnen weniger Minuten nachgeben. Und selbst wenn nicht – Dad wird ein gutes Zuhause für die Welpen finden. Er findet immer eines für die Hunde, die uns zulaufen. Klappt es einmal nicht, dann bleiben sie eben hier.« Sie erhob sich. »Komm, ich stelle dir die älteste tierische Bewohnerin der Farm vor.«

»Okay.« Jac klopfte sich das Heu von der Kleidung und stand auf. »Sara, möchtest du mitkommen?«

Sara schüttelte den Kopf und zog noch ein Hündchen auf ihren Schoß. »Ich möchte mit Tippys Babys spielen.«

»In Ordnung, Liebling. Wir sehen dich dann nachher im Haus, ja?«, fragte Lauren.

»Geht klar.«

Sie hatten das Stalltor schon erreicht, als Sara sagte: »Ich mag dich, Jac.«

»Ich mag dich auch, Sara.«

Meine Schwester hat ein gutes Auge für Menschen. Lauren stupste Jac schmunzelnd mit dem Ellbogen an. »Sieht aus, als hättest du einen guten ersten Eindruck gemacht.«

»Süßigkeiten und Hundebabys – was hätte da schieflaufen können?«

»Stimmt. Wo wir gerade dabei sind – wo hast du denn diese Riesenlutscher gefunden? Solche habe ich seit meinen Kindertagen nicht mehr gesehen.«

»Donnerstagabend ist mir die Decke auf den Kopf gefallen, also bin ich einfach losgefahren und schließlich in Nanton gestrandet. Und da musste ich einfach in den Süßwarenladen. Ich bin süchtig nach diesem Kaffeekonfekt, das sie dort verkaufen. Und als ich die Lollis gesehen habe, musste ich an deine Neffen denken.«

»Ein Süßwarenladen?«

»Ja. Bist du noch nie dort gewesen?«

Lauren schüttelte den Kopf.

»Irgendwann muss ich dich mit dorthin nehmen. Es ist nur etwa eine Stunde Fahrt Richtung Süden. Der Laden ist herrlich altmodisch. Ein Antiquitätenladen und ein Eissalon gehören auch noch dazu. Ich könnte Stunden damit verbringen, dort herumzustöbern und zu naschen.«

»Das klingt ja verlockend. Du hättest mich vor deinem Ausflug anrufen sollen.«

Jac hielt inne und sah Lauren an. »Ich wollte ja. Liebend gern hätte ich dich dabeigehabt, aber ich wollte nicht noch mehr Ärger zwischen dir und Phil verursachen.«

Lauren verzog das Gesicht. »Phil und ich sind keine siamesischen Zwillinge, weißt du. Er hat seinen Freundeskreis und ich habe …« *Dich.* »Außerdem habe auch ich ein Recht darauf, mich mit anderen Leuten zu verabreden. Das nächste Mal schreib mich bitte wenigstens an, ja? Falls ich andere Pläne habe, lasse ich es dich schon wissen. Aber Fragen kostet nichts.«

»Schon gut, Chefin. Das nächste Mal, wenn mich meine Naschsucht oder die Reiselust umtreibt, sage ich dir Bescheid.«

»Gut. Freut mich, dass wir das geklärt haben.« Lauren hielt vor einem Gehege, in dem eine betagte, weiße Stute graste. »Jetzt möchte ich dir Topsy vorstellen. Ich kenne sie schon mein ganzes Leben lang. Alle von uns haben auf ihr Reiten gelernt. Sogar Zac ist geritten, natürlich zusammen mit Dad.«

»Wie alt ist sie denn?«

»Im nächsten Frühjahr wird sie dreißig.«

Lauren stützte sich auf den Zaun und pfiff. Topsy hob den Kopf und kam über die Weide zum Zaun gezockelt, wo sie sich die Nase tätscheln ließ. »Hey, altes Mädchen. Ich habe eine Freundin mitgebracht. Tut mir leid, heute habe ich nichts für dich dabei.«

Jac griff in ihre Jackentasche und zog einen Apfel heraus. »Ist es okay, wenn ich ihr den gebe?«

Lauren hob die Augenbrauen. »Meine Güte, dein Mantel ist ja wie Mary Poppins' Tasche. Was findet man da drin denn sonst noch?«

Jac lachte und schüttelte den Kopf. »Ich hatte mir schon gedacht, dass wir Topsy früher oder später besuchen würden. Also habe ich den Apfel im Hinterhof vom Boden aufgehoben, als ich mit Sara losgezogen bin.«

»Lieber Himmel, gibt es eigentlich etwas, woran du nicht denkst?« Lauren beobachtete hingerissen wie Jacs Wangen erröteten. »Nur zu, sie wird ihn nicht verschmähen. Bis zu unserer Abreise werden dir wohl alle aus der Hand fressen, wortwörtlich.«

Jac hielt den Apfel in der ausgestreckten Hand.

Topsy nahm ihn und verschlang ihn mit wenigen Bissen. Sie wandte ihnen die Seite zu, und durch das Gatter hindurch tätschelten sie ihre Flanke. Als Topsy davontrottete, schwangen sie sich aufs Geländer und beobachteten sie.

»Sie ist ziemlich kräftig. Oder ist das normal? Ich habe wirklich keine Ahnung von Pferden. Am nächsten bin ich welchen gekommen, als ich einmal ein Date auf eine Kutschfahrt in Montreal eingeladen habe.«

Lauren zappelte unbehaglich. *Na und wenn schon. Dann hat sie eben ein Date zu einer romantischen Kutschfahrt eingeladen. Was geht es dich an?*

»Topsy war schon immer breit wie ein Scheunentor. Wenn ich sie als Kind geritten habe, dann standen meine Beine immer vom Sattel ab, weil sie zu kurz waren, um an ihrem Bauch anzuliegen.«

Jac grinste. »Als Kind, hm? Wann war das – vor zwei Jahren?«

Lauren stieß Jac mit dem Ellbogen an. »Sehr, sehr witzig, meine Liebe.«

Die Sonne wärmte ihre Rücken, während sie still dasaßen. Ihre Arme berührten sich, ihre Hände ruhten auf dem Geländer. Lauren schloss die Augen und erlaubte sich, die letzten Erinnerungen an die vergangene, nervenaufreibende Woche verblassen zu lassen. *Hier und jetzt ist alles in Ordnung. Tippy und ihre Welpen, Topsy, Jakie, Nick … Sie alle haben ihre Wunder gewirkt, ganz so, wie ich es erwartet habe. Und du, meine Freundin … Du hast auch Magie in deinen Taschen.*

Kapitel 11

Lauren erhob sich, um ihrer Mutter und ihren Schwestern beim Abräumen zu helfen. Jac war im Begriff, es ihr gleichzutun, doch Lauren legte ihr eine Hand auf die Schulter. »Nein, du bleibst sitzen. Als Gast ist es deine Aufgabe, Calgarys Ehre zu verteidigen.«

Jason schnaubte. »Welche Ehre? Calgary ist die Stadt der Versager. Die Champions wohnen in Edmonton.«

Jac beugte sich grinsend vor. »Champions? Wann haben die Eskimos denn das letzte Mal die Footballliga gewonnen?«

Jason, Brian und Adam sahen sie empört an.

»In den achtziger und neunziger Jahren waren wir quasi immer im Pokalbesitz«, erklärte Jason. »Und das letzte Mal, das wir gewonnen haben, ist auch nur neun Jahre her.«

»Na also! Wir haben den Titel vor sechs Jahren geholt, es dürfte also klar sein, wer das bessere Team hat.«

Adam deutete mit einem Finger auf Jac. »Ha! Ihr habt das große Spiel von 2012 verloren. Letztes Jahr habt ihr so dermaßen versagt, ihr konntet noch nicht einmal das Halbfinale gewinnen.«

»Wenigstens haben *wir* es ins Halbfinale geschafft«, feuerte Jac zurück.

Lauren brachte ein Tablett voller Teller in die Küche. Im ewigen Krieg zwischen Calgary gegen Edmonton befand sich Jac in diesem Haus auf feindlichem Gebiet. Trotzdem hatte sie sich während der gesamten Mahlzeit wacker geschlagen. Und das entgegen der vereinten Bemühungen von Laurens Brüdern, ihr das Eingeständnis über Edmontons Überlegenheit abzuringen. Und zwar in jeder denkbaren

Kategorie, von Kultur zu Universitäten, Wirtschaft zu Politik und auf ihrem liebsten Schlachtfeld: Sport.

»Deine Freundin lässt sich nicht leicht unterkriegen, nicht wahr?«, fragte Anjali.

»Sie lässt es sich zumindest nicht anmerken.« Lauren stellte das Geschirr auf der Anrichte ab.

»Ich glaube, Adam hat sich ein bisschen in sie verguckt«, sagte Courtney. »Er konnte gar nicht die Augen von ihr lassen.«

Wie bitte? Lauren zog die Stirn kraus. »Er spielt wohl kaum in ihrer Liga. Außerdem ist sie lesbisch. Sie wird den alten Don Juan keines Blickes würdigen.«

»Ist sie das?«, kicherte Courtney. »Hervorragend. Damit werde ich ihn auf der Rückfahrt die ganze Zeit aufziehen.«

Gut so. Hat er sich verdient, auch wenn ich es ihm nicht verdenken kann. »Fahrt ihr heute Abend schon zurück, oder bleibt ihr über Nacht?«

Courtney stieß Anjali mit dem Ellbogen an. »Machst du Witze? Glaubst du, sie hier könnte länger als ein paar Stunden von *Jeffy* getrennt sein?«

»Er heißt Jeffrey! Das habe ich dir schon tausendmal gesagt.« Anjali strahlte, während sie versonnen ihren Verlobungsring betrachtete. »Aber ich bin wohl schuldig im Sinne der Anklage. Ich vermisse ihn so sehr, wenn er nicht da ist. Ich wünschte, er hätte heute nicht arbeiten müssen. Aber Assistenzärzte sind die Sklaven der Krankenhäuser. Wenigstens bekommt er zu Thanksgiving frei, dann können wir seine Familie besuchen.«

Laurens Lächeln verebbte. Bevor sich ihr Gedanken an ihre eigene Beziehung aufdrängen konnten, räumte sie höchst konzentriert das Geschirr in die Maschine.

»Könnt ihr Mädels das hier allein zu Ende bringen?«, fragte Cynthia. »Ich würde mich gern mit eurer Schwester unterhalten.«

Lauren sah auf und beobachtete einen stummen Blickwechsel zwischen ihrer Mutter, Courtney und Anjali. »Mom?«

»Komm, wir setzten uns ein Weilchen auf die Veranda, Liebes.«

Lauren warf einen Blick ins Esszimmer.

»Mach dir keine Gedanken um Jac, sie kommt zurecht.«

Sie nahmen auf einer Treppenstufe Platz und verscheuchten die Hunde, die in Erwartung von Leckerlies angerannt kamen. »Platz, Maxie. Gutes Mädchen.« Cynthia schob die Schnauze des schokobraunen Labradors zur Seite, als der dreibeinige Spaniel versuchte, sich in den Vordergrund zu drängeln, und der Chihuahua sich unter den beiden größeren Hunden hindurchschlängelte. »Ab mit dir, Farley. Bilbo, versuch es gar nicht erst.« Sie wies in Richtung Stall. »Ihr wisst genau, wo eure Futterschüsseln stehen, und zufällig weiß ich, dass Sara sie aufgefüllt hat, bevor wir mit dem Essen angefangen haben.«

Die Hunde trollten sich, Maxie allen voran.

Cynthia nahm Laurens Hand. »Und nun zu dir. Was ist eigentlich los?«

Lauren mied den Blick ihrer Mutter. »Wie meinst du das?«

»Dein Gesicht ist dir komplett entgleist, als Anjali von Jeffrey gesprochen hat. Ganz zu schweigen davon, dass Phil nicht hier ist, obwohl ich mich genau erinnere, dass du vor ein paar Wochen gesagt hast, er würde dich begleiten.«

Lauren ließ den Kopf hängen. »Die Dinge stehen zurzeit nicht gut bei uns, Mom. Und ich weiß nicht, was ich dagegen tun kann.«

»Was bedeutet denn ›nicht gut‹? Hat er dich in irgendeiner Weise verletzt?«

»Das hat Jac mich auch schon gefragt. Nein, Mom, Phil hebt nur die Stimme, nicht die Hand.«

»Das klingt in meinen Ohren nicht unbedingt besser.«

»Du und Dad streitet auch manchmal.«

»Sicher. Wir sind seit fast vierzig Jahren verheiratet. Wir müssten Heilige sein, wenn wir nie aneinandergeraten würden, und keiner von uns ist besonders unschuldig. Aber Schatz, ich werde das Gefühl nicht los, dass es hier nicht um alltägliche Streitereien geht. Irgendetwas fühlt sich wirklich falsch an. Ich habe nicht den Eindruck, dass du glücklich bist. Schon lange nicht mehr.«

»Ich bin auch nicht glücklich.« *Außer, wenn ich Zeit mit Jac verbringe.* Laurens Augen füllten sich mit Tränen, die sie eilig wegwischte. »Ich habe Mist gebaut, Mom. Ich glaube, es war verkehrt, Phils Antrag anzunehmen.«

Ihre Mutter schwieg.

»Bitte sag mir, was du denkst. Glaubst du, ich habe einen Fehler gemacht?«

Cynthia seufzte. »Du weißt, dass ich mich nicht in euer Leben einmischen will. Ihr habt ein Recht darauf, eure eigenen Entscheidungen zu treffen, auch wenn diese Entscheidungen nicht klug sind.«

»Also glaubst du, dass ich mich falsch entschieden habe.«

»Das habe ich nicht gesagt.«

Lauren unterdrückte den Impuls, ihre Mutter zu schütteln. »Doch, das hast du. Du hast gesagt, ich hätte das Recht auf Fehler. Du hältst meine Beziehung zu Phil für einen solchen Fehler, nicht wahr? Denken die anderen auch so?«

»Ich werde nicht für deine Geschwister sprechen, Liebling. Aber deine Schwestern sind tatsächlich besorgt. Sie meinten, dass du in letzter Zeit gestresst wirkst, wenn ihr miteinander telefoniert.«

»Also glauben sie auch, ich hätte es vergeigt.«

»Davon war nie die Rede. Vielleicht habt ihr es mit der Verlobung ein bisschen zu eilig gehabt. Du kanntest Phil nur ein paar Monate, als er dir den Antrag gemacht hat.«

»Du hast immer gesagt, du hättest genau gewusst, dass Dad der Eine ist, als er dich zum Schulball gebeten hat.«

»Das stimmt auch. Aber er hat mir erst vier Jahre später einen Antrag gemacht. Ich hatte also genug Zeit, ihn wirklich kennenzulernen und mich so sehr in ihn zu verlieben, dass ich mir selbst nach all diesen Jahren, nach guten und schlechten Zeiten, mein Leben ohne ihn nicht vorstellen kann. Kannst du dir dein Leben ohne Phil vorstellen?«

Lauren drehte ihren Verlobungsring am Finger. »Ich weiß es nicht. Wenn Anjali von Jeffrey spricht, dann strahlt sie übers ganze Gesicht. Es ist nicht zu übersehen, dass sie ganz verrückt nach ihm ist. Ich weiß es einfach nicht, Mom. Ich weiß nicht, ob ich dasselbe für Phil empfinde.«

Cynthia legte einen Arm um Lauren. »Dann wirst du es herausfinden müssen. Vergiss nicht, dass du nichts getan hast, was du nicht widerrufen könntest. Wenn du zu dem Schluss kommst, dass diese Verlobung ein Fehler war, dann ist das kein Weltuntergang. Deine Familie wird dich immer lieben, und deine Freunde werden es verstehen.«

»Abgesehen von Victoria habe ich nur eine Freundin, und die sitzt da drin und diskutiert mit meinen Brüdern über Sportkram.«

Cynthia legte den Kopf schief. »Was soll das heißen? Ich dachte, du hättest scharenweise Freunde in der Stadt. Als du noch hier gewohnt hast, war das zumindest so.«

»Es gibt eine Menge Leute, mit denen ich mich in der Freizeit treffen kann, aber die gehören alle zu Phils Freundeskreis. Für mich sind das eher Bekannte. Ein Freund ist für mich jemand, mit dem man Tag und Nacht reden kann, ohne dass der Gesprächsstoff knapp wird. Mit dem man durch dick und dünn geht, der einem immer den Rücken freihält, komme, was da wolle.«

»Ist Jac so eine Freundin?«

Ich kann mich zumindest an ihrer Schulter ausweinen. Das hat sie in der letzten Woche bewiesen. »Das ist sie. Weißt du, wir kennen uns erst seit ein paar Wochen. Aber für mich fühlt es sich so an, als wäre sie schon viel länger ein Teil meines Lebens.«

Cynthia lachte. »Ihr scheint ja auch wirklich auf einer Wellenlänge zu liegen. Ich glaube, Adam hat euch darum beneidet, dass ihr gegenseitig eure Sätze beendet.«

Lauren verdrehte die Augen. »Ich würde liebend gern sein Gesicht sehen, wenn Courtney ihn während der Heimfahrt einweiht.«

»Deine Schwester hat wirklich unanständig viel Freude daran, den armen Jungen zu ärgern.«

»Armer Junge? Reden wir über denselben Kerl, der Frösche in die Betten von mir und Anjali gesteckt hat, als wir zehn waren? Der Brians Hockeyschläger zusammengeklebt hat? Der das Backpulver mit reinem Natron vertauscht hat, als du den Kuchen für den Herbstmarkt gebacken hast? Meinst du diesen Adam?«

»Er hat sich gut entwickelt, oder nicht?«

»Doch, schon.« *Ich will heute Nacht nicht nach Hause.* »Mom?«

»Ja, Liebes?«

»Wäre es in Ordnung, wenn wir über Nacht bleiben? Ich habe Jac noch nicht gefragt, und wir haben nicht einmal eine Zahnbürste dabei. Aber wenn sie nichts dagegen hat, ließe es sich einrichten?«

»Natürlich, jederzeit. Du bist hier nach wie vor zu Hause. Ihr könnt in deinem alten Zimmer schlafen. Ich kann bestimmt zwei Zahnbürsten für euch auftreiben. Du kennst mich, ich kann gar nicht anders, als Vorräte anzulegen.«

Lauren stand auf. »Du bist die Beste. Ich werde Jac gleich fragen. Danke, Mom. Heute Nacht werde ich noch nichts entscheiden, aber ich muss über einiges in Ruhe nachdenken.«

»Das finde ich gut. Denk einfach daran, dass wir dich lieb haben, egal, was kommt.«

»Immer.«

Lauren kehrte in die Küche zurück, wo Anjali, Courtney und Sara gerade die Kristallgläser polierten. Anjali warf ihr einen mitfühlenden Blick zu.

»Alles okay?«, fragte Courtney.

Lauren nickte. »Es kommt alles in Ordnung. Vielleicht nicht heute, aber … Danke.«

Johlendes Gelächter drang aus dem Esszimmer. Männerstimmen riefen im Chor: »Jac, Jac, Jac!«

Die Schwestern stürmten zur Tür, um zu sehen, was los war.

Jac und Adam hatten je eine Flasche Bier am Mund und tranken auf Ex. Jac knallte ihre Flasche zuerst auf den Tisch und wischte sich die Lippen ab.

Steven betätigte eine Stoppuhr und hielt sie hoch, damit alle sie sehen konnten.

Jason packte Jacs Arm und riss sie nach oben. »Wir haben eine Gewinnerin! Genau achtundzwanzig Sekunden. Adam, du Weichei, du hast deinen Meister gefunden.«

Brian stieß Adam den Ellbogen in die Rippen. »Sogar Nicky könnte schneller kippen als du.«

Anjali rollte mit den Augen. »Es wird Zeit, Adam loszueisen. Wir sollten uns bald auf den Weg machen, bevor er eine Revanche will und wir ihn später zum Auto tragen müssen.«

Protestrufe wurden laut, als Anjali und Courtney Adam zum Aufbruch nötigten.

Lauren trat zu Jac, legte ihr die Hände auf die Schultern und beugte sich an ihr Ohr.

»Hast du mal eine Minute?«

Jac unterdrückte nur mühsam ein Aufstoßen. »Ups, 'tschuldigung. Das ist alles Adams Schuld. Er hat mich herausgefordert und ich konnte einfach nicht Nein sagen.«

Lauren lächelte. »Natürlich nicht.«

Jac sah sie verlegen an.

Lauren zog sie mit sich den Flur hinab. Das Kinderzimmer hatte sich kaum verändert, seit sie und Anjali es bewohnt hatten. Ihre Betten standen noch immer an den zwei entgegengesetzten Enden des Raumes, der Kleiderschrank noch immer in der Nähe des Fensters. Allerdings war es sehr viel ordentlicher als damals.

»Also, ich habe mich gefragt … Ich weiß, das kommt unerwartet und ich verstehe vollkommen, wenn du Nein sagst …«

Jac schenkte ihr ein schiefes Grinsen. »Zu dir? Niemals. Zu was für einem Dingsda sollte ich denn Nein sagen?«

Lauren hob eine Augenbraue. »Wie viele Flaschen Bier hast du intus?«

»Drei. Und ich habe Adam total abgezockt. Aber ich hatte einen unfairen Vorteil.« Jac kicherte.

»Der da wäre? Hast du das Bier heimlich in den Blumenkübel gegossen?«

»Nicht doch. Egal. Was wolltest du sagen?«

»Ach ja. Würde es dir etwas ausmachen, heute Nacht hierzubleiben, anstatt zurückzufahren?«

Jac rieb sich den Bauch. »Kein Problem, solange mich niemand mehr zum Wettsaufen herausfordert. Drei sind mein Limit, und das auch nur, wenn ich in Hochform bin. Und gerade bin ich so voll, dass ich nicht einmal ein Glas Wasser runterbekommen würde.«

»Na ja, das Edmonton-Trio bricht in ein paar Minuten auf, du bist also außer Gefahr. Mom meinte, sie könne uns mit zwei Zahnbürsten aushelfen. Ich habe ein paar Wechselsachen hier, vielleicht kann ich zum Schlafen eines von Dads T-Shirts für dich borgen.«

»Mach dir darum keine Gedanken. Ich schlafe nackt.« Jac sah sie von der Seite an. »Wenn dich das nicht stört, heißt das.«

Lauren biss sich auf die Lippe. »Natürlich nicht.«

Jac folgte ihr zurück in den Flur. »Deine Mutter ist so nett. Überhaupt, deine ganze Familie ist großartig. Ich finde es ganz wunderbar hier.«

»Das höre ich gern. Ich dachte, morgen könnten wir ein wenig auf der Farm herumspazieren und vielleicht noch zum Mittagessen bleiben.«

»Klingt gut. Ich habe es nicht eilig, nach Hause zu fahren. Auf mich wartet niemand.«

Auf mich doch auch nicht. Lauren schüttelte den Kopf. *Nein, jetzt reicht es aber. Natürlich wird Phil auf dich warten. Apropos. Ich sollte ihm Bescheid sagen, dass ich erst morgen zurückkomme.*

»Lauren, ist alles in Ordnung?«

»Natürlich. Warum fragst du?«

»Wegen deiner grimmigen Miene. Du siehst aus, als würdest du in eine Schlacht ziehen.«

Nur im übertragenen Sinne. »Nein, alles bestens. Ich muss nur schnell Phil anrufen. Ich komme gleich nach, okay?«

»Klar.« Jac schlenderte den Flur hinab.

Lauren kehrte ins Schlafzimmer zurück und kramte ihr Handy aus der Tasche. Sie hatte es abgeschaltet, als sie die Wohnung verlassen hatten. Nun erwartete sie fast, dass es vor Nachrichten überquoll, aber es kam nichts. Sie nagte einen Moment lang auf ihrer Unterlippe herum, dann schickte sie Phil eine knappe Nachricht.

Bleibe heute Nacht bei meinen Leuten. Sehen uns morgen.

Sie stellte das Handy wieder ab.

Während Jac im Bad war, saß Lauren auf ihrem Bett und prüfte ihre Mailbox. Sie hatte immer noch keine Nachricht von Phil, aber Anjali hatte eine gesendet.

Sag Mom, dass wir sicher angekommen sind. Adam hat sich fast an seiner Zunge verschluckt. Konnte nicht glauben, dass Jac lesbisch ist. Lol.

Lauren grinste.

Sag Adam, wir schicken ihm seine Augen später per Post nach.

Anjalis Antwort folgte nur Augenblicke später.

Zu spät. Braucht keine Augen mehr, sein Herz ist gebrochen.

Jac betrat den Raum. »Was ist so witzig?«

»Meine Geschwister. Anjali hat mir gerade Bescheid gesagt, dass sie zu Hause angekommen sind.« Lauren schaltete das Handy wieder aus. *Keine mitternächtlichen Anrufe, danke sehr.* »Bin gleich wieder da.«

Als Lauren aus dem Bad zurückkam, hing Jacs Kleidung auf einem Stuhl. Sie selbst lag zugedeckt in Anjalis früherem Bett, die Arme hinter ihrem Kopf verschränkt, den Blick zum Fenster gerichtet.

Lauren löschte das Deckenlicht, ließ aber die Nachttischlampe an, während sie unter ihre Decke glitt.

»Ich muss mich bei dir bedanken. Ich weiß nicht, wann ich zuletzt so viel Spaß hatte. Deine Familie ist großartig.«

»Sie mögen dich auch sehr. Du weißt, dass Adam sich ein bisschen in dich verguckt hat, oder?«

»Es ist mir nicht entgangen. Muss ich mir Sorgen machen?«

»Überhaupt nicht. Courtney und Anjali haben ihn auf der Heimfahrt ins Bild gesetzt und hatten einen Heidenspaß dabei.«

Jac lachte.

»Sag mal, was hast du vorhin gemeint, als du gesagt hast, du hättest beim Trinkwettbewerb einen unfairen Vorteil gehabt?«

Jacs Gelächter verklang. »Eine weitere Anekdote aus meiner wilden Vergangenheit, fürchte ich.«

Lauren rollte sich auf die Seite, um Jac anzusehen. »Wie wild?«

»Nicht zu sehr, aber zu Unizeiten habe ich ziemlich viel getrunken, zumindest in den ersten Jahren, bis ich ein bisschen klüger geworden bin. Dabei habe ich gelernt, das Glas zu leeren, ohne zu schlucken. Habe es einfach in den Hals laufen lassen. Das ist schon ein paar Jahre her, aber so etwas verlernt man nicht.«

»Wie beeindruckend. Adam ist nicht gerade abstinent.«

»Es war ganz schön kindisch, aber ich habe mich gefühlt, als wäre ich …«

»Teil der Familie.«

»Ich wollte eigentlich ›eine von euch‹ sagen, aber es stimmt schon. Ich habe mich gefühlt, als wäre ich zu Hause.« Jac gähnte laut. »Ach, die gute Landluft. Heute Nacht werde ich schlafen wie ein Stein.«

»Wirklich? Du bist an dein riesiges Bett gewöhnt. Ich könnte mir vorstellen, dass das Einzelbett für dich zur Folter wird.«

»Nichts kann diesen Tag noch ruinieren, nicht einmal diese Zwergenliege.«

»Hey!«

Jac kicherte. »Entschuldige. Ist das etwa nicht der zeitgemäße Begriff für euch Kleinwüchsige?«

Lauren schleuderte ein Kissen durchs Zimmer.

Jac drehte sich zur Wand, um auszuweichen. Ihr Rücken blitzte im Mondlicht hell auf.

Lauren stockte der Atem, schnell wandte sie sich ab. Dass das Kissen in ihre Richtung zurücksegelte, merkte sie kaum.

Bald kehrte Ruhe ein.

In die Stille hinein flüsterte Lauren: »Jac? Bist du wach?«

»Hm.«

Lauren zögerte.

Jac drehte sich herum. »Was ist denn?«

»Hast du … Nein, vergiss es. Tut mir leid, dass ich dich gestört habe. Gute Nacht.«

»Wir hatten doch schon besprochen, dass du mich alles fragen kannst. Was geht dir denn schon wieder durch den Kopf?« Ihr Grinsen war förmlich zu hören.

Laurens Herz schlug heftig. »Es geht mich wirklich nichts an.«

»Schon okay. Jetzt spuck's schon aus.«

»Ich habe mich nur gefragt … bist du in letzter Zeit mal wieder im *Sous-terre* gewesen?«

Jac zögerte nicht. »Ich habe gestern Abend für eine Stunde oder so vorbeigeschaut.«

»Oh.«

»Macht dir das zu schaffen?«

»Nein, natürlich nicht.« *Es macht mich höchstens heiß.* »Ich war nur neugierig, wie oft du hingehst.«

»Ich habe keine festen Termine. Man schaut vorbei, wenn einem danach ist. Normalerweise bin ich ein paar Mal im Monat dort.«

»Also hast du keine Ahnung, wer gerade im Klub ist, um zu …«

»Nicht, wenn ich im Vorfeld keine Verabredungen getroffen habe.«

Lauren schloss ihre Augen. »Machst du das meistens so? Ich meine, gibt es da jemanden, mit dem du am liebsten dort bist?«

»Ich habe meine Favoritinnen, ja. Aber wenn du damit irgendetwas Verbindliches meinst, dann lautet meine Antwort Nein. Die Idee des Klubs ist es ja gerade, verpflichtungsfreien Sex zu haben.«

»Hm.«

Jac gähnte noch einmal. »Wieso willst du das alles wissen?«

»Bin nur neugierig.«

»Verstehe. Dann schlaf gut.«

»Gute Nacht, Jac.«

Jac wälzte sich herum, bis sie mit dem Gesicht zur Wand lag. Fast augenblicklich wurde ihr Atem tiefer. Lauren brauchte länger, um einzuschlafen. Ihre Fantasie machte Überstunden. Sie wollte masturbieren, hatte aber Angst, Jac zu wecken. *Gott, das wäre peinlich.*

Als Lauren ihre Gedanken endlich so weit im Griff hatte, um in den Schlaf finden zu können, war sie völlig erschöpft.

Kapitel 12

Als Lauren erwachte, wurde das Zimmer von Tageslicht durchflutet. Sie gähnte, streckte sich und öffnete die Augen.

Jac blinzelte sie von ihrem Bett aus an. »Guten Morgen, Sonnenschein. Hast du gut geschlafen?«

»Nachdem mir irgendwann die Augen zugefallen sind, schon.« Lauren verrenkte sich, um auf die Uhr zu sehen. »Halb zehn? Wow, ich schlafe sonst nie länger als halb neun.«

»Muss die gute Landluft sein. Ich liege um diese Uhrzeit normalerweise auch nicht mehr in den Federn.«

»Bist du schon lange wach?«

Jac schnüffelte. »Lang genug, um frisch gebrühten Kaffee zu riechen. Es scheint, als wären zumindest deine Eltern wach.«

Lauren setzte sich auf und schwang die Beine über die Bettkante. »Es ist Sonntag. Sie werden in einer Stunde mit Sara und Zac in die Kirche gehen. Meistens essen sie nach dem Gottesdienst außerhalb. Ich will mich schnell verabschieden, falls wir aufbrechen, bevor sie zurückkommen.«

»Du hast mir einen Spaziergang auf eurer Farm versprochen.«

»Was hältst du davon: Wir duschen, frühstücken, gehen spazieren und dann fahren wir zurück in die Stadt.«

Jac setzte sich auf, die Decke rutschte von ihrem Körper. »Klingt gut. Kann ich als Erste ins Bad? Ich beeile mich auch.«

Lauren kam auf die Füße. »Sicher. Nur keine Hektik.« Sie trat hinaus in den Flur und griff nach dem Türknauf.

Jac beugte sich gerade über das Bett, um das Laken hochzuziehen und glatt zu streichen.

Lauren schloss die Tür und atmete tief durch. *Okay, das reicht, du Voyeurin.*

Als sie aus der Küche zurückkehrte, zog Jac sich gerade an. Ihr langes, feuchtes Haar wellte sich.

»Hast du alles gefunden, was du brauchst?« Lauren hob ihre Kleidung auf.

»Habt ihr einen Föhn? Es ist vermutlich keine gute Idee, bei diesem Wetter mit nassen Haaren draußen herumzuwandern.«

Lauren nickte. »Im Schrank mit den Laken ist einer. Ich hole ihn dir.«

»Ich mache das schon. Du kannst inzwischen duschen.«

»Er liegt im unteren Fach auf der rechten Seite. Bis gleich.« Lauren ging ins Bad, zog sich aus und betrat die von einer Glaswand begrenzte Duschwanne.

Einen Moment später klopfte es an der Tür, dann wurde sie einen Spalt weit geöffnet. »Stört es dich, wenn ich zum Föhnen hereinkomme? Beim Schlafzimmerspiegel gibt es keine Steckdose.«

»Kein bisschen, mach nur.« Lauren wusch sich die Haare, während sie beobachtete, wie Jac ihre Locken zu zähmen versuchte. *Es fühlt sich so vertraut an.* Sie beendete ihre Dusche just in dem Moment, als Jac den Stecker zog. Jac beeilte sich, ihr ein Handtuch zu reichen. »Wow. Ich werde öfter in dieses Hotel kommen müssen. Der Service ist einmalig.«

Jac zwinkerte. »Vergiss nur nicht, dem Zimmermädchen ein Trinkgeld zu geben, sonst liegt heute Abend keine Schokolade auf dem Kopfkissen. Brauchst du den Föhn, oder soll ich ihn wieder wegräumen?«

Lauren trat, mit dem Handtuch umwickelt, näher. »Lass ihn ruhig da, danke. In der Küche gibt es frischen Kaffee, im Ofen sind ein paar arme Ritter. Bediene dich.«

»Hm, klingt lecker. Heute Abend werde ich eine extralange Joggingtour einlegen, um das ganze gute Essen deiner Mom von den Hüften zu bekommen.«

»Eigentlich ist es Dad, der das Sonntagsfrühstück zubereitet. Ich werde ihn bitten, uns seine spanischen Omeletts zu machen, wenn du wieder einmal hier bist. Sie sind fantastisch.«

»Das wäre klasse. Wir sehen uns gleich in der Küche.« Jac schlüpfte aus dem Badezimmer.

Lauren trocknete sich ab und zog sich an, dann betrachtete sie ihr Spiegelbild mit ernster Miene. »Was sagt es mir, wenn ich mich mehr darüber freue, meine Familie gemeinsam mit meiner besten Freundin zu besuchen, als mit meinem Verlobten?«

Es bedeutet, dass etwas furchtbar, furchtbar schiefläuft. Es ist Phil gegenüber nicht fair. Du musst eine Entscheidung treffen. Und zwar bald.

Das reifbedeckte Gras knisterte unter ihren Füßen, während Lauren und Jac über das Feld liefen. Lauren sog die frische Luft tief ein. Ihre Ängste waren vom Sonnenlicht vertrieben worden. Sie wies auf eine Stelle rechts von ihnen. »Du erinnerst dich an den kleinen Bach, den wir überquert haben, als wir aus dem Haus gekommen sind?«

»Ja?«

»Dort hinter den Bäumen wird er breiter. Im Sommer konnten wir dort schwimmen, im Winter Schlittschuh laufen. Ich kann dir gar nicht sagen, wie viele Pucks wir in den Schneewehen verloren haben.«

»Im Frühjahr habt ihr sie doch wiedergefunden, oder?«

»Die meisten, aber zu Weihnachten haben Mom und Dad uns immer einen Korb voller Pucks als Geschenk unter den Baum gestellt. Bis zum Frühling war davon nur eine Handvoll übrig.«

Jac hob den Blick und folgte dem Flug einer Schar Gänse über ihnen. »Vielleicht hat ein Kanadagänserich seiner Braut eine Gummivilla aus all den verlorenen Pucks gebaut.«

»Es könnte ihre Sommerresidenz sein, wo sie ihre Küken aufziehen, bevor sie wieder gen Süden ziehen.«

»Und rundherum steht ein Lattenzaun aus kaputten Hockeyschlägern.« Jac grinste. »Ich nehme an, auch von denen gab es einige.«

Lauren lachte. »Oh ja! Die Jungs haben sich ihre guten Schläger für Wettkämpfe aufgehoben. Unsere spontanen Spiele haben wir meistens mit Schlägern bestritten, die von Klebeband und Kaugummi zusammengehalten wurden. Adam war der Schlimmste. Er musste immer eine Show abziehen und hat Schlagschüsse auf jede arme Seele abgefeuert, die im Tor stand. Seine Schläger sind oft mitten im Spiel auseinandergefallen. Einmal hat sich Sara die Nase gebrochen, weil sie mit ihren Schlittschuhen über ein Holzstück gestolpert ist, das er verloren hatte.«

»Du hattest eine wirklich idyllische Kindheit, oder?«

»Wir hatten auch unsere Probleme, wie jede Familie.« Lauren sah zu Boden. »Alex, eines der Pflegekinder, ist nach einem Schulball gestorben. Er ist mit ein paar Freunden auf der Ladefläche eines Trucks mitgefahren. Sie waren betrunken, er fiel herunter und schlug mit dem Kopf auf einen Stein. Es war eine schlimme Zeit.«

Jac legte einen Arm um Laurens Schultern und drückte sie. »Das tut mir leid.«

Lauren schaute Jac an. Mitgefühl und Anteilnahme verliehen Jacs Gesichtszügen Wärme. »Er war nicht lange bei uns, und um ganz ehrlich zu sein hatten Anjali und ich manchmal Angst vor ihm. Wir haben damals angefangen, nachts unsere Tür abzuschließen.«

»Haben deine Eltern davon gewusst?«

Lauren schüttelte den Kopf. »Nein. Aber natürlich haben wir uns nach seinem Tod schuldig gefühlt, weil wir uns gewünscht hatten, er würde verschwinden.«

Jac nahm den Arm von ihren Schultern. »Du weißt aber, dass dein Wunsch nichts mit seinem Tod zu tun hat, oder?«

Lauren zuckte mit den Schultern. »Heute weiß ich das, aber wenn du acht bist, dann ist das mit der Logik so eine Sache.«

Sie wanderten weiter und erklommen bald darauf eine kleine Anhöhe. Vor ihnen stand ein altes, zweistöckiges Haus. Seine Holzverkleidung war grau und windschief, die Fenster nicht verglast und das Dach löcherig. Hohes Gras umwucherte das Haus, durch die Spalten im Mauerwerk konnte man die Grasebene hinter dem Gebäude erkennen.

»Das war das Zuhause meiner Großeltern. Sie haben gegen Ende des vorigen Jahrhunderts hier gelebt. Diese Ländereien sind schon über vier Generationen hinweg im Familienbesitz.«

Jac betrachtete das Haus. »Es ist irgendwie traurig, oder? Ohne Bewohner hat es keine Funktion mehr. Es erzählt von zerbrochenen Träumen und getrennten Familien.«

»Wirklich? Ich sehe es ganz anders.«

»Wie siehst du es denn, Miss Unheilbare Optimistin?« Jacs Augen funkelten heiter.

»Ha, ha. Sehr witzig. Steckst du mit dem Kopf in einer Gewitterwolke oder weshalb kannst du keinen Regenbogen sehen? Ich denke, der Nachhall von Liebe und Gelächter lebt immer noch zwischen diesen Mauern. Ihre Zeit ist vorbei, sicher, aber das ist in Ordnung. Dieses Haus hat seine Familie durch viele Stürme hindurch beherbergt und es hat seine Aufgabe voller Stolz erfüllt. Das vergeht nicht, auch wenn das Haus seine besten Tage hinter sich hat.«

»Du weißt schon, dass es nicht lebendig ist, oder?«

»Natürlich. Aber ich glaube wirklich, dass Häuser die Schwingungen der Familien bewahren, die in ihnen gelebt haben. Phil und ich haben uns ein Haus angesehen. Ich hatte ein schlechtes Gefühl bei der Sache, sobald wir die Schwelle betraten. Ich konnte es gar nicht erwarten, da wieder herauszukommen, obwohl es Phil gefallen hat. Später habe ich dann herausgefunden, dass in diesem Haus viele Jahre zuvor ein Mord verübt worden war.«

»Du glaubst nicht ernsthaft, das Haus hätte die Gewalttat in sich aufgenommen?«

»Doch, das tue ich.« Lauren hielt inne und sah Jac an. »Was hast du denn gefühlt, als du das Haus meiner Eltern betreten hast?«

Jac sah in Richtung des Farmhauses. »Wärme, denke ich. Es ist ein wirklich angenehmer Ort, sehr einladend.«

»Und genauso habe ich empfunden, als ich in dein Loft kam, trotz der heruntergekommenen Möbel und allem anderen.« *Und es ist das, was ich nicht fühle, sobald ich meine Wohnung betrete.*

Jac ließ die Schultern hängen. »Ich glaube nicht, dass es viel Positives gab, was meine Wände bisher hätten aufnehmen können.«

»Sag doch so etwas nicht.«

»Es stimmt aber. Keine Familie, nicht besonders viele Freunde. Eine Menge Sex, viel zu wenig Liebe. Gott, was für ein Armutszeugnis für mein Leben.«

Lauren nahm Jacs Hand in ihre und drückte sie. »Hör auf damit. In diesen Wänden lebt deine Herzlichkeit.«

Jac sah zur Seite. »Ich weiß gar nicht, ob du mein wahres Selbst kennst.«

»Ich glaube schon. Aber selbst wenn nicht, dann werde ich es eben kennenlernen. Was ich schon gesehen habe, mag ich jedenfalls.«

Lauren zog Jac in Richtung des Hauses. »Komm schon. Lass es uns erkunden.«

»Glaubst du, es ist sicher?«

»Zur damaligen Zeit hat man Häuser für die Ewigkeit gebaut. Wir haben ständig hier drin gespielt, als wir klein waren.«

Sie hielten am Vordereingang, wo eine Tür schief in rostigen Angeln hing. Lauren ließ Jacs Hand los, um die Tür aufzuschieben. Sie krächzte, öffnete sich aber ohne Widerstand. Es fiel genug Sonnenlicht durch die Fenster und Löcher in den Wänden, um den Raum auszuleuchten.

Jac ging an Lauren vorbei zu einer Stelle, wo etwas hinter zersplitterten Brettern hervorlugte. Vorsichtig zog sie eine vergilbte Zeitung hervor. »Wow, schau dir das Datum an. Mai 1915.« Sie trat damit an eines der Fenster, betrachtete sie mit zugekniffenen Augen und pfiff leise.

»›Dampfschiff Lusitania torpediert und an der irischen Küste gesunken. 2000 Menschen an Bord. Nur 650 gerettet.‹ Wahnsinn, ich halte ein echtes Stück Geschichte in Händen.«

Sie drehte das Papier herum und lachte. »Diese Anzeige ist wirklich cool. ›Palmolive-Seife. Für die anspruchsvolle Frau.‹« Sie zeigte Lauren die Abbildung zweier Frauen, die in Schlafbekleidung auf einem Bett saßen. Eine von ihnen hielt der anderen ein Buch entgegen. »Wer hätte gedacht, dass es damals lesbenfreundliche Werbung gab? Sieht aus, als müsste ich die Seifenmarke wechseln.«

Sie wollte die Zeitung wieder zurück an ihren Platz stecken, doch Lauren hielt sie davon ab. »Du kannst sie behalten, wenn du willst. Wahrscheinlich wurde sie nur als Isoliermaterial benutzt.«

»Wirklich? Vielleicht ist sie wertvoll, und sie gehört deiner Familie.«

Lauren zuckte mit den Achseln. »Aber du hast sie gefunden. Ich bezweifle, dass noch irgendjemand hierherkommt. Schwer vorstellbar, dass Brian und Andrea den Kindern erlauben, hier herumzustreifen. Behalte sie.«

Jac klemmte sich die Zeitung unter den Arm. »Danke. Und, was gibt es oben zu sehen?«

»Vier Schlafzimmer. Du kannst dir nicht vorstellen, wie winzig die Schränke sind. Ich würde nicht einmal einen Bruchteil meiner Kleidung darin unterbekommen, und vermutlich haben sich damals zwei oder drei Leute ein Zimmer geteilt.«

»Ist es nicht gefährlich, hochzusteigen?«

»Schon. Aber solange du die Augen offen hältst, dürfte nichts passieren. Ich werde mir mal die Küche ansehen. Da gab es früher einen alten Wasserkessel, mit dem wir gespielt haben. Wenn er immer noch da ist, dann werde ich ihn wohl mit nach Hause nehmen.«

Der alte Eisenkessel stand tatsächlich noch an seinem alten Platz in der Ecke. Entzückt nahm sie ihn in die Hände. »Hey Jac, ich habe ihn gefun…«

Aus dem Obergeschoss ertönte ein schriller Schrei, gleich darauf das Gepolter eiliger Schritte auf den Stufen. Jac stürmte aus der Haustür, Lauren folgte ihr dicht auf den Fersen. Rund zwanzig Meter vom Haus entfernt blieben sie stehen und schnappten nach Luft.

»Was zur Hölle war denn?« Lauren rang um Atem. »Das klang, als wäre der Leibhaftige hinter dir her gewesen.«

»Fledermäuse.«

»Fledermäuse?«

Jac nickte, ihre Brust hob und senkte sich. »Fledermäuse. Ich hasse Fledermäuse. Als ich ins hintere Schlafzimmer gegangen bin, habe ich sie aufgescheucht.«

Lauren starrte Jac an. »Du hast Angst vor Fledermäusen?«

»Und was für eine.«

»Du weißt, dass sie dir nichts tun, oder?«

»Kannst du dafür garantieren? Sie sind eklig und könnten sich in meinen Haaren verfangen.«

Lauren begann zu prusten. *Fledermäuse. Sie hat Angst vor Fledermäusen.*

»Das ist nicht witzig.«

»Doch, das ist es. Das ist es wirklich.« Lauren bog sich vor Lachen.

Jac verpasste ihr einen Klaps auf den Hintern. »Hey, hör auf, dich über das Stadtmädchen lustig zu machen! Außerdem war es nicht nur eine Fledermaus. Das ganze Zimmer war voll von ihnen.«

»Na, dann komm. Retten wir dich vor den Kreaturen der Nacht.«

Jac setzte sich in Bewegung, warf aber einen letzten Blick über die Schulter. »Es könnten Vampirfledermäuse sein.«

»Die gibt es hier nicht. Unsere Fledermäuse fressen vorzugsweise Insekten. Waren sie braun oder grau?«

»Woher bitteschön soll ich das wissen? Ich habe mir nicht die Zeit genommen, sie zu untersuchen.«

»Wahrscheinlich überwintern sie im Dachstuhl. Da muss ein Loch in der Decke sein, durch das sie hereingekommen sind. Wahrscheinlich hast du sie beim Schlafen gestört.«

»Soll ich ihnen vielleicht eine förmliche Entschuldigung schicken?«

»Wäre eine Überlegung wert. Sprichst du fledermäusisch?«

»Ich habe nicht den Eindruck, dass du genug Verständnis für das Trauma aufbringst, das ich gerade erst erlitten habe.«

Lauren hob eine Augenbraue. »Das Trauma, das *du* gerade erlitten hast? Du hast mich mit deinem Geschrei zu Tode erschreckt. Du hast gekreischt wie ein kleines Mädchen.«

»Habe ich nicht.«

»Und ob.«

Jac wedelte mit der Zeitung. »Zum Glück habe ich das auf meiner Flucht nicht verloren.« Mit einem Kopfnicken deutete sie auf den Kessel in Laurens Hand. »Sieht aus, als hättest du deinen Schatz geborgen.«

»Er stand vermutlich in den letzten zehn Jahren auf ein und demselben Fleck.« Lauren beäugte ihn. »Ich weiß gar nicht, ob man ihn noch retten kann, aber ich würde es gern versuchen. Er erzählt seine ganz eigene Geschichte.«

»Mal ganz davon abgesehen, dass er ein Erbstück ist. Vielleicht hat ihn sogar deine Urgroßmutter benutzt.«

»Ein schöner Gedanke.«

Jac nickte. »Stimmt. Und vielleicht kannst du ihn eines Tages an deine eigene Enkelin weitergeben.«

»Ich glaube, das ist eine sehr vage Spekulation. Vorher müsste ich erst einmal Kinder bekommen.«

»Ich dachte, das wäre Teil des Plans. Nach dem zu urteilen, was deine Schwiegermutter gesagt hat …«

Lauren wurde ernst. »Inzwischen habe ich in dieser Hinsicht meine Zweifel.«

Jac blieb stehen und sah sie prüfend an. »Wegen der Kinder?«

»Wegen allem.«

»Willst du darüber reden?«

Lauren ging weiter. »Ja, vielleicht.« Ein paar Schritte lang schwieg sie. »Letzten Abend, als Anjali von Jeffrey gesprochen hat …«

»Sie ist ganz verrückt nach ihm. Kaum zu übersehen.«

»Stimmt. Und ihm geht es umgekehrt ganz genauso. Sie sind beste Freunde. Sie sind nie glücklicher als in den Momenten, in denen sie zusammen sind, und sei es im Waschsalon.« Lauren seufzte. »Und so sollte es doch auch sein, meinst du nicht?«

»Hm. Vergleichst du deine Beziehung zu Phil mit der Beziehung, die deine Schwester führt?«

»Wie könnte ich nicht?«

»Ist Phil nicht dein bester Freund?«

»Eine Zeit lang habe ich gedacht, es wäre so. Aber … Jac, ist es mit Frauen anders?«

»Was meinst du?«

»Na ja, ich habe fast nur Freundinnen und einen Verlobten. Du hast Freundinnen und Liebhaberinnen. Hast du manchmal Probleme, zu unterscheiden, was du für wen fühlst? Ist es noch verwirrender, weil eine Frau beides sein kann? Freundin und Geliebte?«

Jac ließ sich mit ihrer Antwort Zeit. »Schwer zu sagen. Für mich wäre die wunderbarste Beziehung die mit einer Frau, die tatsächlich beides für mich ist. Aber so jemanden habe ich noch nie getroffen.«

»Also ziehst du klare Grenzen? Die Frauen, die du im *Sous-terre* triffst, fallen in die eine Kategorie und – auch wenn es nicht das beste Beispiel ist, ich weiß ja, sie ist hetero – Victoria in eine andere?«

Jacs Atem bildete Wölkchen. »Eigentlich …«

Als sie nicht weitersprach, sah Lauren sie direkt an. »Eigentlich was?«

Jac blieb stumm.

»Jac? Was ist los?«

Jac schaute zu einer Baumgruppe, die die gepflügten Felder als Windbrecher säumte. Ein großer Stamm lag umgestürzt auf dem Boden. »Können wir uns ein Weilchen hinsetzen?«

»Klar.« Sie bahnten sich ihren Weg durch Laubhaufen hin zu dem Baumstamm und setzten sich. Lauren wartete stumm, während Jac ihre Gedanken sammelte.

»Vic und ich … Vic … Da gibt es etwas, das du wissen solltest.«

»Okay.«

Jac ließ den Kopf hängen und starrte auf den Boden.

Lauren hob unwillkürlich eine Augenbraue. »Oh mein Gott. Du und Victoria, habt ihr etwas miteinander?«

Jac riss den Kopf hoch. »Wie kommst du darauf?«

»Dir setzt offensichtlich etwas zu – etwas, das mit Victoria zu tun hat.«

»Wir hatten nie etwas miteinander, aber …«

Lauren wartete. »Aber du hättest es gern?« Es begann ihr zu dämmern. »Nein. Sie wollte dich. Habe ich recht?«

Jac nickte.

»Bevor sie geheiratet hat?«

»Danach.«

»Oh.« Lauren blinzelte. »Oh.« *Herrgott.* »Also ist sie bisexuell?«

»Soweit ich weiß, war sie noch nie mit einer Frau zusammen.«

Lauren nickte zögerlich. »Also warst nur du es, die sie wollte.«

Jac seufzte schwer. »Ich habe sie nicht ermutigt, aber vielleicht habe ich auch nicht genug getan, um sie davon abzubringen. In dieser Sache war sie wie besessen. Eine Zeit lang war es ganz schlimm. Sie hätte fast ihre Ehe aufs Spiel gesetzt. Roger war davon überzeugt, sie hätte eine Affäre. Ich schätze, im Hinblick auf ihre Gefühle hatte sie eine. Aber miteinander geschlafen haben wir nie. Schließlich hat sie eine Therapie gemacht und er hat ihr vergeben.«

»Ich finde es erstaunlich, dass ihr beide nach all dem noch befreundet seid. Ich weiß nicht, ob ich in dieser Situation dazu fähig wäre.«

Jac ließ ein schiefes Grinsen aufblitzen. »Du meinst, wenn du an mir interessiert wärst, ohne dass es Aussicht auf Erfolg gäbe?«

Lauren rutschte unbehaglich auf dem Baumstamm umher. »Ich meine all die ungeklärten Spannungen. Das muss doch manchmal unangenehm sein.«

»Manchmal, ja. Ich bin ihr ziemlich lange aus dem Weg gegangen. Aber dann habe ich meine Freundin vermisst, also haben wir unsere Beziehung nach und nach auf sicherem Boden neu aufgebaut.«

»Hm. Die Grenzen sind wohl doch nicht immer so klar.«

Jac schüttelte den Kopf und sah zu Lauren hinüber. »Da ist noch mehr.«

»Okay.« Zu Laurens Erstaunen zitterten Jacs Hände, plötzlich begann sie, zu hyperventilieren. »Hey, was ist los mit dir? Jac?«

»Ich kann nicht … Ich kann es nicht …«

Was zur Hölle passiert hier gerade? Lauren rutschte vom Stamm und hockte sich vor Jac. »Hey, es ist okay. Was auch immer es ist, es ist in Ordnung.« Sie erschrak, als sie Tränen in Jacs Augen sah. Schnell zog sie Jac in eine Umarmung und streichelte ihr über den Rücken. »Ganz ruhig, alles ist gut. Mach dir keine Sorgen. Du musst nicht darüber sprechen, wenn du nicht willst. Es macht mir nichts aus.« Sie besänftigte Jac mit Gesten und Worten, bis sie zu zittern aufhörte.

Für eine Weile saßen sie aneinander gelehnt da, bis Jac sich zurückzog. Sie rieb sich über das Gesicht. »Es tut mir leid. Ich weiß nicht, wo das herkam.«

»Dir muss nichts leidtun. Wozu sind Freunde denn sonst da?«

Jacs Augen waren gerötet, die feinen Linien auf ihrer Stirn zeichneten sich stärker ab, aber sie schien die Fassung wiedergewonnen zu haben.

Lauren betrachtete sie. »Du hast gesagt, ich könnte dich alles fragen. Ich will nur, dass du weißt, dass du mir alles sagen kannst. Ich werde dich nicht verurteilen, okay?«

Jac atmete tief durch. »Okay.«

Lauren erhob sich und streckte die Hand nach ihr aus. »Gut. Lass uns noch ein wenig spazieren und dann zum Haus zurückgehen.«

Jac ergriff Laurens Hand und ließ sich hochziehen. »Klingt nach einem guten Plan.«

Kapitel 13

Jac warf einen letzten Blick zum alten Farmhaus. *Hoffentlich kann ich eines Tages wiederkommen.*

»Ich bin wirklich froh, dass du mich begleitet hast«, sagte Lauren. »Es war ein schönes Wochenende, trotz der Fledermäuse.«

»Na, ich wäre auch gut ohne die Fledermäuse ausgekommen, aber alles andere war großartig. Deine Familie ist eine so liebenswerte Truppe, und eure Farm ist eine Oase des Friedens in dieser verrückten Welt.«

»Danke. Ich werde dich irgendwann im Winter noch einmal mit hierher nehmen. Dann können wir Schlittschuh auf dem Bach laufen. Sara wird wahrscheinlich mitkommen wollen, wenn du damit einverstanden bist. Sie liebt Schlittschuhlaufen, auch wenn sie sich dabei einmal die Nase gebrochen hat.«

»Deine Schwester ist wirklich bezaubernd, es wäre schön, wenn sie mit uns käme. Zac kann mit dem Rollstuhl nicht aufs Eis, oder?«

»Dad hat einen Lift an einen kleinen Anhänger gebaut, den er mit seinem Traktor zieht, sodass er sogar im Winter mit Zac auf den Feldern unterwegs sein kann. Als wir noch alle gemeinsam Schlittschuhlaufen gegangen sind, hat Brian den Traktor mit dem Anhänger gefahren, in dem Zac saß. Einmal hat Jason beschlossen, dass auch Zac mitmachen sollte. Wir mussten alle mit anpacken, um seinen Rollstuhl über das Ufer hin zum Bach zu tragen. Zac hatte einen Wahnsinnsspaß dabei, über das Eis zu sausen. Aber wir mussten ihn ja auch wieder zurückhieven. Deshalb saß er meist am Ufer und hat uns zugesehen.«

Jac sah Zac vor sich, wie er in seinem Rollstuhl über das Eis wirbelte, den Kopf lachend in den Nacken geworfen. *Sie sind so warmherzige Menschen.*

Die Fahrt zurück in die Stadt verlief schweigsam. Lauren schien gedankenverloren, während Jac über der Frage brütete, wie sie sich aus ihrer Zwickmühle befreien sollte. Erst als sie auf die Anliegerstraße zu Jacs Haus einbogen, konnte sie sich von ihren Grübeleien lösen.

Ein kirschroter 1956er Mustang nahm den Besucherparkplatz in Beschlag.

»Marc!« Jac saß plötzlich kerzengerade. »Oh mein Gott, Marc ist hier!«

Lauren blickte zu ihr. »Dein Bruder?«

»Das ist sein Wagen. Den würde ich überall erkennen. Es ist so typisch für ihn, ohne Vorwarnung vor meiner Tür zu stehen. Oh, du musst mit hochkommen und ihn kennenlernen!«

Lauren parkte neben dem Mustang. »Liebend gern. Aber ich kann nicht lange bleiben. Es wird Zeit, die Suppe auszulöffeln, die ich mir eingebrockt habe.«

Es dauerte einen Moment, bevor Jac begriff. »Suppe auslöffeln? Was meinst du?«

»Nun, meine Vergehen in chronologischer Reihenfolge: Ich habe das Haus der Carltons verschmäht und damit natürlich Mrs. Emerson und ihren überragend guten Geschmack beleidigt. Ich bin der fabelhaften Herbstparty der Marquettes ferngeblieben und habe damit zweifelsohne den Beginn der herbstlichen Geselligkeit für Phils ganze Familie ruiniert. Und zu guter Letzt bin ich auch noch zu meinen Eltern gefahren, und zwar mit dir. Das sollte reichen, um mich mit viel Getöse zu empfangen, sobald ich die Wohnung betrete.«

Jac blinzelte. Laurens sarkastischer Vortrag dämpfte ihre Freude. »Willst du wirklich nach Hause? Du kannst gerne bei mir bleiben, solange du möchtest.«

»Danke, aber nein. Du hast Besuch, und irgendwann werde ich ja doch mit Phil reden müssen.«

Sie gingen zur Haustür, Jac schloss auf.

»Marc hat wohl einen eigenen Schlüssel, hm?«

Jac nickte. »Er hat einmal eine ganze Nacht lang in seinem Auto darauf gewartet, dass ich nach Hause komme. Ich war allerdings bei einer Verabredung und wusste nicht, dass er reinschneien wollte. Danach habe ich ihm einen Schlüssel gegeben. Jetzt kann er kommen und gehen, wie es ihm gefällt. Und ich muss mir keine Sorgen mehr um ihn machen.« Sie hielt Lauren die Tür auf.

Jac spurtete die Treppen hinauf. Es musste Monate her sein, dass sie ihren Bruder zuletzt gesehen hatte. Vor ihrer Wohnungstür blieb sie schnaufend stehen und wartete. »Entschuldige. Ich wollte dich nicht hetzen.«

Ein wenig außer Atem winkte Lauren ab. »Kein Problem. Du hast es eilig, ihn wiederzusehen. Das verstehe ich.«

Jac öffnete die Tür.

Marc kam den Flur entlang auf sie zugelaufen, ein breites Grinsen in seinem bärtigen Gesicht. Sie begegneten sich in einer wilden Umarmung, dann wirbelte Marc sie im Kreis herum.

Als er sie wieder freigab, verpasste sie ihm einen Hieb auf die Brust. »Warum hast du mir nicht gesagt, dass du kommst?«

»Bis gestern habe ich es selbst nicht gewusst. Dienstagmorgen habe ich ein Vorstellungsgespräch in Fort Mac, da dachte ich, ich könnte mal bei meiner Lieblingsschwester vorbeischauen.«

»Ich bin deine einzige Schwester.« Jac wuschelte ihm durch den Bart. »Der ist neu. Was hat es mit dem Höhlenmenschen-Look auf sich?«

»Gefällt es dir nicht? Ich hatte keine Lust mehr, mich zu rasieren und wollte mal sehen, wie mir ein Bart steht.«

»Du siehst aus wie ein Grizzlybär im Frühjahr.« Jac wandte sich um und lotste Lauren in den Raum. »Ich will dir jemanden vorstellen. Lauren, das ist mein jüngerer Bruder, Marc. Marc, das ist meine beste Freundin, Lauren Blaine.«

Sie tauschten einen Händedruck. »Schön dich kennenzulernen, Marc.«

»Ebenso. Kommt selten genug vor, dass meine Schwester mir ihre Freunde vorstellt. Es ist mir ein Vergnügen.«

Jac strahlte sie an. »Wollen wir darauf anstoßen?«

Lauren schüttelte den Kopf. »So gern ich auch möchte, ich sollte lieber gehen.«

»Bleib doch bitte. Nur für einen Moment. Ich möchte wirklich, dass ihr beide euch ein wenig kennenlernt.«

»Vielleicht …« Lauren warf einen Blick auf ihre Armbanduhr. »Nein, besser nicht.«

Jac ließ die Schultern hängen. »Okay. Dann beim nächsten Mal. Ich bringe dich noch nach unten.«

Lauren verabschiedete sich von Marc, der ihr zunickte und ins Wohnzimmer zurückging.

Jac folgte ihr zum Treppenabsatz. »Kannst du mir zumindest eine schnelle Nachricht schicken, ob alles in Ordnung ist? Bitte?«

»Ich werde es versuchen, aber es könnte ein bisschen dauern.« Lauren runzelte die Stirn,

Jac wollte zu gern die Sorgenfalten aus ihrem Gesicht vertreiben.

»Mach dir eine schöne Zeit mit deinem Bruder, trotz des verrückten roten Barts und so.«

Jac schmunzelte. »Stimmt, er sieht schon ziemlich verwildert aus. Unter all dem Pelz steckt eigentlich ein recht attraktiver Kerl, wenn ich das so sagen darf.«

»Also sieht er dir ähnlich?«

Jac lächelte. »Das tut er tatsächlich. Und danke.«

»Das war eine simple Feststellung.« Lauren beugte sich vor und umarmte sie.

Sie verweilten einen Moment reglos in der Umarmung, dann drückte Jac Lauren noch einmal, bevor sie sie losließ. »Vergiss nicht, dass ich für dich da bin, okay? Wenn du irgendetwas brauchst … Eigentlich … warte mal kurz, ja?«

Sie kehrte im Eiltempo in die Wohnung zurück. »Marc, kannst du mir deinen Zweitschlüssel geben? Ich werde dir einen neuen besorgen, bevor du gehst.«

»Klar.« Er zog einen klappernden Bund aus der Tasche und löste den Schlüssel heraus.

»Danke. Ich bin sofort zurück.« Jac rannte durchs Treppenhaus und gab Lauren den Schlüssel. »Hier, nimm den. Wenn du einen Ort brauchst, wo du bleiben kannst, oder wenn du einfach von dem ganzen Kram wegwillst, dann ist mein Zuhause immer auch dein Zuhause. Keine Vorankündigung nötig.«

Lauren starrte das glänzende Stück Metall in Jacs Hand an, dann nahm sie es. »Ich danke dir. Ich glaube nicht, dass ich ihn brauchen werde, aber ich weiß die Geste zu schätzen.«

Sie wandte sich um und stieg die Treppen hinab, während Jac ihr nachsah. *Bitte, lass alles gut gehen.*

Lauren winkte noch einmal, bevor sie verschwand.

Jac wartete, bis sie die Haustür zuschlagen hörte. Erst dann ging sie zurück ins Loft.

Marc lümmelte sich auf der Couch, eine Bierflasche in der Hand. Er klopfte einladend auf das Polster neben sich. »Ich mag, was du mit deiner Wohnung angestellt hast. Und auf der hier wird es sich sehr viel besser schlafen lassen als auf deiner alten.«

»Es sieht großartig aus, nicht wahr? Das verdanke ich alles Lauren. Sie hat mir dabei geholfen, die Farben auszusuchen und zu malern. Außerdem hat sie die Kunstwerke gekauft, die neuen Möbel bestellt, die alten aufpoliert … Sie ist eine erstaunliche Frau.«

»Erinnere mich daran, mich bei ihr zu bedanken. Auf deiner alten Couch zu schlafen war schlimmer als ein Termin beim Proktologen.«

Jac setzte sich ihm gegenüber aufs Polster und betrachtete ihn. »Du siehst gut aus, Bruderherz. Vancouver bekommt dir offensichtlich.«

»Das stimmt, aber du kennst mich. Bleibe ich zu lange an einem Ort, fällt mir die Decke auf den Kopf. Ich habe ein Jobangebot von einem Freund im Norden bekommen und dachte mir, ich sehe mir die Sache einmal an. Es ist eine gute Gelegenheit, eine Menge Geld zu verdienen, zumindest über den Winter. Wenn es mir gefällt, bleibe ich vielleicht länger dort.« Er betrachtete sie eingehend. »Du siehst auch ziemlich gut aus. Was hast du so getrieben in der letzten Zeit?«

Sie hatten sich viel zu erzählen, und während ihrer angeregten Unterhaltung berichtete Jac von ihrem Wochenende auf der Blaine-Farm.

Ihr Bruder lachte, als sie ihr Erlebnis mit den Fledermäusen beichtete. »Du flippst immer noch wegen dieser Viecher aus? Ich dachte, du wärst allmählich darüber hinweg.«

»So wie du über deine Bindungsängste, ja?«

»Das hat nichts mit Ängsten zu tun, sondern mit gesundem Menschenverstand. Welche Frau will ihr Leben schon mit einem Wandervogel verbringen? Du weißt doch, wie ich gestrickt bin. Es wäre nicht fair, ein Beziehungsleben einzugehen, für das ich nicht gemacht bin.«

»Das stimmt wohl.« Jac spähte auf ihr Handy. Es war noch keine Nachricht von Lauren eingetroffen. *Wahrscheinlich noch zu früh. Bestimmt ist alles in Ordnung.*

»Deine Freundin scheint nett zu sein.«

»Sie ist großartig. Ihr zu begegnen war das Beste, was mir seit langer Zeit passiert ist.«

»Ja? Also habt ihr beide etwas miteinander?«

Jac schüttelte den Kopf. »Nein. Sie ist hetero. Und verlobt noch dazu. Wie kommst du darauf?«

»Weil du gerade das dritte Mal binnen einer halben Stunde dein Handy gecheckt hast, was untypisch für dich ist. Oder bist du jetzt etwa auch ein Sklave deiner Elektronik?«

»Keine Spur. Ich mache mir nur ein wenig Sorgen um sie.«

»Warum?«

»Sie hat Probleme mit ihrem Freund, und ich vermute, sie ist so eilig nach Hause gefahren, um größeren Ärger zu vermeiden.«

Marc runzelte die Stirn. »Ist er ein gewalttätiger Typ?«

»Sie bestreitet das. Aber ich kann ihn nicht ausstehen.« Jac schüttelte den Kopf. »Nicht, dass er von mir etwas anderes denken würde. Es war beidseitige Abscheu auf den ersten Blick.«

»Meine große Schwester soll einen schlechten Eindruck hinterlassen haben? Das kann ich mir nicht vorstellen.«

Jac schaute erneut auf ihr Handy. *Mach schon, melde dich.* »So etwas soll vorkommen. Phil weiß, dass ich lesbisch bin. Ich glaube, er sieht mich als Bedrohung, weil Lauren und ich uns so gut verstehen.«

Marc beäugte sie einen Moment lang. »Bist du es?«

»Lesbisch?«

Er verdrehte die Augen. »Na klar, genau das habe ich gemeint.«

»Ah, du meinst, ob ich ihm gefährlich werden könnte?«

»Hm.« Jac ließ den Kopf sinken und antwortete nicht.

Schließlich stieß Marc sie mit dem Fuß an. »Hey, was ist los? Sprich mit mir.«

Jac schloss die Augen. »Ich habe riesigen Mist gebaut, Marc. Und ich habe keine Ahnung, wie ich es in Ordnung bringen soll.«

Er strich ihr mit dem Fuß übers Bein. »Erzähl mir davon. Vielleicht kann ich dir helfen.«

»Das bezweifle ich.« Sie holte tief Luft, lehnte sich zurück und sah ihn an. »Ich habe etwas wirklich Dummes angestellt. Vor ein paar Wochen waren Vic und ich in einer Bar. Eins kam zum anderen, und jetzt haben wir eine Wette, die Lauren betrifft.«

»Und was ist das für eine Wette?«

»Eine idiotische, und ich Trottel habe mich darauf eingelassen. Vic hat behauptet, dass ich eine Frau ihrer Wahl nicht binnen eines Monats ins Bett bekommen könnte. Und sie hat Lauren gewählt.«

»Das ist nicht dein Ernst. Kanntest du sie zu dem Zeitpunkt schon?«

»Nein.«

Marc schüttelte den Kopf. »Du hast dich mit einer Hete angefreundet, um sie ins Bett zu kriegen? Das ist mehr als nur eine Spur kaltschnäuzig.«

»Kaltschnäuzig, dumm, gefühllos … Glaub mir, ich habe mir das alles und noch mehr schon vorgeworfen. Ich würde alles darum geben, die Sache abblasen zu können.«

»Warum tust du es nicht?«

»Wenn ich einen Rückzieher mache, muss ich mit Victoria schlafen.« Jac sah Marc fest in die Augen. »Und das will ich wirklich, wirklich nicht tun, aus vielen Gründen.«

»Hm.« Marc drehte die Flasche zwischen seinen Händen.

»Da ist noch mehr.«

»Was denn noch?«

»Ich habe mich in Lauren verliebt, und zwar Hals über Kopf. Es ist der Wahnsinn. Ich kenne sie erst seit drei Wochen, aber ich kann einfach nicht anders.«

»Oh, oh. Das macht die Sache natürlich noch komplizierter.«

»Ach, wirklich?« Jac lachte bitter auf.

Marc beugte sich vor und betrachtete nachdenklich seine Flasche. »Okay, gehen wir die Sache doch mal logisch an. Du bist verknallt in Lauren, was vermutlich heißt, dass du gern mit ihr schlafen würdest.«

»Aber nicht so. Nicht wegen dieser dämlichen Wette.«

»Na gut. Dann ist da noch diese andere Sache. Du hast gesagt, sie wäre hetero und verlobt. Würde sie sich überhaupt in dieser Weise für dich interessieren?«

Jac warf Marc einen verschämten Blick zu. »Ich habe sie jetzt seit gut drei Wochen bezirzt. Sie ist definitiv interessiert, obwohl ich nicht weiß, ob ihr das bewusst ist. Wir haben letzte Nacht im selben Raum geschlafen, wenn auch in getrennten Betten. Ich bin fast hundertprozentig sicher, dass sie es begrüßt hätte, wenn ich zu ihr unter die Decke gekommen wäre.«

»Bist du der Grund für die Probleme zwischen ihr und ihrem Verlobten?«

»Wahrscheinlich. Ich meine, er ist auch ohne meine Existenz ein Arschloch. Aber es hat sicherlich nicht geholfen, dass sie so viel Zeit mit mir verbracht hat.«

Marc kratze sich den Bart. »Verflucht. Wie zur Hölle hast du dich nur in diese Klemme gebracht?«

»Alkohol. Langeweile. Es gibt keine Entschuldigung, das ist mir klar. Ich weiß nur nicht, wie ich da wieder herauskommen soll.«

»Okay, lass uns mal darüber nachdenken, was du eigentlich willst.«

»Das ist einfach. Ich will nicht mit Vic schlafen. Aber ich will auch ihre Freundschaft nicht verlieren, was passieren wird, wenn ich die Wette sausen lasse. Ich möchte mit Lauren schlafen, aber nur, wenn sie es auch will und nicht länger gebunden ist. Unabhängig davon will ich unsere Freundschaft nicht aufs Spiel setzen. Sie ist das Beste, was mir je passiert ist. Ich kann mir keinen einzigen Tag mehr ohne sie vorstellen, selbst, wenn es nur bei einer kurzen Hallo-wie-geht's-Nachricht bleibt.« Jac lächelte und schüttelte den Kopf. »Sie fährt diesen leuchtend gelben VW-Käfer. Einen von denen, die mit einer Vase weißer und gelber Gänseblümchen auf dem Armaturenbrett ausgeliefert wurden. Und das passt perfekt zu ihr. Sie ist ein unglaublicher Sonnenschein. Sie hat Wärme und Licht und Freude in mein Leben gebracht.«

»Wow, dich hat es aber heftig erwischt.«

Jac seufzte. »Jepp.«

»Wann läuft die Wette aus?«

»Morgen in zehn Tagen. Mir bleibt nicht viel Zeit.«

»Also, eine deiner Möglichkeiten ist, mit Lauren zu schlafen, um die Wette zu gewinnen …«

»Was ich nicht will.«

»Ich weiß. Ich versuche nur, das Ganze in meinem Kopf zu sortieren. Option zwei – erkläre dich geschlagen und geh mit Vic ins Bett.«

Jac schüttelte den Kopf.

»Drittens, ziehe die Wette zurück und setze dabei deine Freundschaft mit Vic aufs Spiel.«

»Das will ich auch nicht.«

»Es könnte eine vierte Möglichkeit geben.«

Jac beobachtete Marc. »Welche denn? Siehst du etwa einen Ausweg?«

»Vielleicht. Sag Lauren, was du für sie empfindest. Wenn du recht hast und sie dich auch mag …«

»Das tut sie.«

Marc lächelte. »Das glaube ich dir doch. Also, wenn es zutrifft und sie zudem im Begriff ist, sich von Phil zu trennen …«

Jac linste schon wieder auf ihr Handy. »Das kann ich nicht mit Gewissheit sagen.«

»Selbst, wenn nicht. Wenn du ihr deine Gefühle gestehst, dann zeigst du ihr eine Alternative auf, die sie bisher nicht gesehen hat. Im besten Fall empfindet sie genauso, ihr steht beide dazu und landet im Bett. Und du gewinnst die Wette. Was war eigentlich Vics Wetteinsatz?«

»Ah! Das ist alles so dämlich!«

»Ja, na und? Erzähle es mir trotzdem«, sagte Marc.

»Vic würde versuchen, ihren Mann zu einem Besuch im *Sous-terre* zu überzeugen.« Jac zuckte mit den Achseln. »Jetzt, wo ich darüber nachdenke, war auch das ein dummes Zugeständnis. Sie glaubt wahrscheinlich, dass wir sowieso miteinander im Bett landen, ob sie nun gewinnt oder verliert. Wohingegen mein Plan war, die beiden einfach ins Spielzimmer für Pärchen zu lotsen und mich aus dem Staub zu machen. Ich wollte nur die verdammte Wette gewinnen, egal um welchen Preis.«

»Du warst schon immer wahnsinnig zielstrebig. Ich erinnere mich noch an den großen Murmelkrieg zwischen dir und Leon, da war ich gerade sieben.« Marc lachte und leerte seine Flasche. »Ich bin neugierig. Würdest du Lauren in den Klub mitnehmen?«

»Schon, wenn sie es wollte. Sie hat mir ein paar Fragen darüber gestellt, aber ich bin nicht sicher, ob aus echtem Interesse oder Neugier.«

Marc erhob sich und ging in die Küche. »Ich glaube, ich brauche noch ein Bier. Willst du auch eines?«

»Ja, bitte.«

Er kam zurück und reichte ihr eine Flasche, bevor er sich wieder auf seinen Platz setzte. »Es fällt mir schwer, Lauren, wie du sie beschrieben hast, mit dem *Sous-terre* in Verbindung zu bringen. Ich kann mir deinen kleinen Sonnenschein einfach nicht bei Fesselspielchen vorstellen.«

»Ich hätte es auch nicht vermutet, und ich würde sie nie dazu drängen. Aber wie gesagt, wir haben ein paarmal darüber gesprochen und sie war diejenige, die das Thema in diese Richtung gelenkt hat.«

»Vielleicht liebäugelt sie nur ein wenig mit dem Abenteuer.«

»Wahrscheinlich hast du recht.« Jac nippte an ihrem Bier. Der Geschmack erinnerte sie an den Trinkwettbewerb mit Adam. Sie lächelte. Mit dem Alkohol im Blut, in der verspielten Stimmung und nach den Gesprächen vorm Schlafengehen hatte sie nur mühsam der Versuchung widerstehen können, sich zu Lauren zu legen. Es wäre so einfach gewesen. Sie hatte die Erregung in Laurens Stimme gehört. Ihr war es ähnlich gegangen, nur hatte sie ihre Lust besser verbergen können. *Wie gut, dass ich Schlaf geradezu meisterlich vortäuschen kann.*

Jac verzog das Gesicht. Sie hatte die Kunst des Vortäuschens über all die Treffen mit Frauen hinweg verfeinert, bei denen sie nicht einfach verschwinden konnte. Und bei denen sie nach dem Sex keine Lust auf Geschwätz gehabt hatte. Unzählige Gespräche hatte sie vorzeitig beendet, indem sie ihre bewährte Technik demonstrativer Schlafatmung eingesetzt hatte.

»Hast du entschieden, was du tun willst?«, fragte Marc.

»Na jedenfalls werde ich nicht noch einmal versuchen, ihr von der ganzen Sache zu erzählen, so viel ist sicher. Ich hatte eine verdammte Panikattacke, als ich heute Morgen angesetzt habe, um es ihr zu sagen. Ich dachte, ich werde ohnmächtig.«

»Wirklich?«

»Hm. Mir ist die Luft weggeblieben vor lauter Angst, dass sie mich hassen würde. Da bin ich ausgeflippt.«

»Und was hat sie gemacht?«

Jac schloss die Augen und rief sich Laurens sanfte Worte und ihre beschwichtigenden Berührungen in Erinnerung. »Sie war für mich da, obwohl sie geglaubt haben muss, ich drehe völlig durch. Aber sie hätte nicht aufmerksamer sein können.«

»Klingt, als wäre sie fürsorglich.«

»Das ist sie.« Jac setzte sich aufrecht hin und sah Marc an. »Ich habe mich entschieden.«

Er nickte.

»Ich werde die Wette abblasen. Ich will Vic nicht als Freundin verlieren und werde mir alle Mühe geben, sie zur Vernunft zu bringen, aber am Ende des Tages ist es für mich das Wichtigste, Lauren in meinem Leben zu haben.«

Marc lächelte und beugte sich vor, um mit ihr anzustoßen. »Auf Lauren.«

»Auf Lauren.« Jac setzte die Flasche an die Lippen und trank einen Schluck. Ihr Handy vibrierte, blitzschnell griff sie danach.

Alles in Ordnung. Reden später. Ich vermisse dich.

Erleichtert antwortete sie:

Ich vermisse dich auch. Bis später.

Marc lachte. »Ich wünschte, du könntest deinen Gesichtsausdruck sehen. Du bist sowas von verknallt.«

Jac berührte den Bildschirm, auf dem Laurens Worte leuchteten. *Er hat recht. Tatsächlich, verknallt. Mehr als das.*

Kapitel 14

Lauren saß auf der Kommode und verbarg ihr Smartphone zwischen den Händen. Sie las Jacs Nachricht, Tränen verschleierten ihre Sicht. *Nichts ist okay. Aber wenn ich dir das sage, startest du eine Rettungsmission. Himmel, was soll ich nur tun?*

Es war nicht so, dass sie hinter der verschlossenen Badezimmertür Zuflucht gesucht hätte. Phil war nur viel zu wütend, um ein vernünftiges Gespräch zu führen. Also hatte sie sich eine Auszeit genommen.

Schon wieder zerschellte etwas im Wohnzimmer, sie zuckte zusammen. Sie hatte Phil noch nie so zornig erlebt, so völlig außer Kontrolle.

Die Wohnungstür schlug zu. Lauren lauschte und wartete. Als fünf Minuten ohne einen weiteren Laut vergangen waren, erhob sie sich und öffnete die Tür einen Spaltbreit. Nichts.

Sie ging ins Wohnzimmer. Dort herrschte das reinste Chaos. Couchkissen und Esszimmerstühle lagen auf dem Boden, dazwischen ihre Bücher, zerrissen. Der Spiegel, den sie als Verlobungsgeschenk von ihren Eltern bekommen hatten, lag in Scherben auf dem Teppich. Phil hatte mehrere Löcher in die Wände geschlagen und getreten.

Starr vor Schock nahm Lauren die Szenerie in sich auf. Ihr Herz hämmerte. Dann machte sie auf dem Absatz kehrt, ging zum Schrank und begann, Kleidung und Hygieneartikel zusammenzuraffen. Sie füllte zwei Koffer mit allem, was nur hineinging.

Suchend sah Lauren sich im Schlafzimmer nach Dingen um, die sie keinesfalls zurücklassen wollte. Ihr Blick fiel auf ein gerahmtes Bild ihrer Familie, das sie in die Handtasche steckte. Dann nahm sie ihren Verlobungsring ab und legte ihn auf Phils Nachttisch.

Sie schnappte sich ihren Mantel, zog die Koffer zum Aufzug und weiter zum Wagen. Der VW schien tiefer zu liegen als sonst, und als Lauren genauer hinsah, erkannte sie auch den Grund dafür. Die Reifen auf der Beifahrerseite waren unübersehbar platt. »Was zum Henker …?« Sie lief um ihr Auto und prüfte die andere Seite. Auch dort hatten die Reifen keine Luft mehr. Lauren kniete sich hin, um sie sich genauer anzusehen. Es klafften mehrere Messerstiche im Gummi. Sie hieb mit der Hand gegen den Wagen. *Wenn er wirklich glaubt, das würde mich hier festsetzen, dann hat er sich schwer getäuscht.*

Lauren marschierte aus der Garage, die Koffer zog sie hinter sich her. Während sie die Straße hinablief, durchdachte sie ihre Möglichkeiten. Sie zog in Erwägung, zu Jac zu gehen, aber wegen Marc gab es für sie dort keinen Platz. Stattdessen beschloss sie, ein Hotelzimmer zu beziehen und am nächsten Morgen dann ihre nächsten Schritte zu planen. Keinesfalls wollte sie in der Nähe der Wohnung bleiben. Als Lauren in ein Taxi einstieg, bat sie den Fahrer, sie zu einem Hotel mit guter Straßenbahnanbindung zu bringen. Bis auf Weiteres würde sie mit öffentlichen Verkehrsmitteln zur Arbeit fahren.

Nachdem sie eingecheckt hatte, verstaute sie die Koffer und setzte sich aufs Bett. Ihr war schwindelig. Der Drang, Jac anzurufen, war übermächtig, aber sie kämpfte dagegen an. Stattdessen wählte sie die Nummer ihrer Schwester. Als Anjali abhob, begann Lauren zu weinen.

»Laurie? Ist etwas passiert? Was ist los?«

»Ich glaube, ich habe mich gerade von Phil getrennt.«

»Du glaubst? Süße, was ist passiert? Wo bist du jetzt?«

»In einem Hotel. Wir hatten einen Riesenstreit. Er ist aus der Wohnung gestürmt und ich habe meine Sachen gepackt.«

»Autsch. Möchtest du darüber reden, worum es bei eurem Streit ging?«

»Um alles.« *Hauptsächlich um Jac.* »Er ist aus so vielen Gründen wütend auf mich, dass ich gar nicht weiß, bei welchem ich anfangen soll. Ich höre nicht auf ihn und zolle seiner Mutter nicht den nötigen Respekt.

Ich bin kaum noch zu Hause. Ich verbringe Zeit mit Leuten, die er nicht ausstehen kann.« *Na ja, zumindest mit einer Person.* »Es kommt ihm vor, als hätte er für die Verlobung alles aufgegeben, während ich einfach alles behalte.«

»Schwachsinn.«

Lauren musste trotz ihrer Tränen matt lächeln. »Du weißt, wie man es auf den Punkt bringt.«

»Ich kenne dich. Phil habe ich zwar noch nicht kennengelernt, aber ich muss dir sagen, dass es mir gar nicht gefallen hat, wie beengt dein Leben nach der Verlobung wurde. Mir kommt es so vor, als hättest du dich die ganze Zeit verbogen und Rücksicht genommen, während er weitergemacht hat wie bisher. Keine Beziehung hält es aus, wenn einer nur gibt und der andere nur nimmt.«

Lauren dachte über Anjalis Worte nach. »Hast du Freunde, die du ohne Jeffrey triffst?«

»Natürlich.«

»Wirklich? Ihr beide seid doch unzertrennlich. Ihr wirkt immer am glücklichsten, wenn ihr zusammen seid.«

»Das stimmt, aber wir sind nicht miteinander verwachsen. Es gibt nichts, was mir mehr Spaß macht als ein wilder Frauenabend. Auch Jeffrey verbringt gern Zeit mit seinen Freunden. Und wenn wir dann wieder beide zu Hause sind, wissen wir unsere Gesellschaft umso mehr zu schätzen. Und lass mich anmerken, das sorgt für fabelhaften Sex.«

Lauren lachte leise und wischte sich die Tränen aus den Augen. »So genau wollte ich es gar nicht wissen, Schwesterherz. Also glaubst du nicht, dass es ein Fehler war, Jac an diesem Wochenende zu uns einzuladen?«

»Natürlich nicht. Warum solltest du keine Freundin mitnehmen dürfen? Jac ist umwerfend komisch. Ihr beide habt ausgesehen, als würdet ihr euch bestens verstehen.«

Das tun wir immer. »Ich habe versucht, Phil genau das zu erklären. Er ist in die Luft gegangen.«

»Wie sehr in die Luft gegangen?«

»Auf einer Skala von eins bis zehn? Zwölf. Ich sage es mal so: Ich bin froh, dass ich die Wohnung nicht wieder in Ordnung bringen oder mir Gedanken über die Rückzahlung der Kaution machen muss.«

»Meine Güte, was ist sein Problem? Ist er wirklich so ein herrschsüchtiger Scheißkerl? Das ist nicht gut.«

»Ich denke, er war nur eifersüchtig.«

»Es ist ein absolutes No-Go, dass dein Verlobter eifersüchtig ist, nur weil du Zeit mit deinen Freunden und deiner Familie verbringst. Ich bin froh, dass du es beendet hast.«

»Eigentlich habe ich es ihm nicht so explizit gesagt. Nachdem er aus der Wohnung gestürmt ist, und ich aus dem Badezimmer herausgekommen bin …«

»Hast du dich etwa da drin versteckt?« Anjalis Stimme klang schärfer. »Hast du Angst vor ihm?«

»Ich dachte nur, wir bräuchten beide ein bisschen Zeit, um uns zu beruhigen. Und in einer Zweizimmerwohnung sind die Ausweichmöglichkeiten begrenzt.«

»Du hättest ins Schlafzimmer gehen können, wenn er im Wohnzimmer war.«

Soll ich es ihr sagen? »Das Badezimmer ist der einzige abschließbare Raum.«

»Herrgott! Du hattest doch Angst!«

Lauren schauderte. »Vielleicht ein wenig. Aber er hat mich nicht geschlagen.«

»Ich rufe Adam an. Wir fahren jetzt sofort nach Calgary.«

»Das ist überhaupt nicht nötig.«

»Dann schicke ich Jason. Er wohnt nicht so weit weg.«

»Nein, wirklich, mir geht es gut. Jason und Dad haben vorm Winter noch eine Menge zu tun. Bitte zieh sie da nicht mit rein.« *Und ich will nicht, dass Mom es erfährt. Noch nicht.*

»Ich wette, Brian könnte in eineinhalb Stunden bei dir sein – so wie er fährt.«

Lauren lachte. »Als Nächstes schlägst du wohl vor, dass Zac mit seinem elektrischen Rollstuhl vorbeischauen soll, nicht wahr?«

»Das war mein Plan.«

»Ernsthaft, ich brauche niemanden, der mich rettet. Aber ich müsste dich doch um einen Gefallen bitten.«

»Alles.«

»Vermietet die Mutter deiner ehemaligen Mitbewohnerin noch immer ihre Kellerwohnung?«

»Das weiß ich nicht. Ich kann nachfragen. Soll ich ihr deine Nummer geben?«

»Ja, bitte. Ein paar Tage werde ich in diesem Hotel zurechtkommen, aber danach würde ich etwas Möbliertes in der Nähe einer Haltestelle bevorzugen. Es wird teuer genug, morgen für ein Taxi zu zahlen. Öffentliche Verkehrsmittel sind viel günstiger, und mit Phil werde ich sicher nicht mehr zur Arbeit fahren.«

»Stopp. Wieso willst du morgen mit dem Taxi fahren? Was ist mit deinem Wagen?«

»Vier platte Reifen.«

»So ein Arschloch! Er hat deine Reifen zerstochen?«

»Ich habe ihn nicht dabei erwischt. Aber sie waren in Ordnung, als ich zuletzt geparkt habe. Vorhin wollte ich wegfahren, und da waren sie alle vier durchstochen und platt wie Pfannkuchen. Morgen rufe ich den *Auto Club* an, um den Wagen abschleppen zu lassen. Aber bis neue Reifen aufgezogen sind, nehme ich die Straßenbahn.«

»Verdammter Bastard. Ich sollte die ganze Familie zusammentrommeln und bei ihm auflaufen lassen. Wir würden ihm zeigen, dass man unsere Laurie nicht so behandelt.«

Angesichts von Anjalis Empörung und ihrem Beschützerinstinkt wurde es Lauren ganz warm ums Herz.

»Hast du genug Geld, Liebes?«

»Ja. Wir hatten zwar geplant, unsere Konten zusammenzulegen, aber dazu ist es nie gekommen. Geldsorgen habe ich nicht, Gott sei Dank. Du weißt, ich bin ziemlich sparsam. Es wird für eine neue Wohnung reichen, und für vier neue Reifen.«

»Okay. Aber wenn du etwas brauchst, egal was, dann rufst du mich an.«

»Vielen Dank. Anjali?«

»Ja?«

»Bitte sag es Mom und Dad noch nicht, okay?«

»Na gut. Bitte mich nur nicht, es Jeffrey zu verschweigen, denn da ist ein riesiger Wutanfall unterwegs.«

Lauren lachte. »Tob dich aus. Das werde ich heute Abend auch tun.«

Doch als sie aufgelegt hatten, war Lauren nicht nach einem Wutanfall zumute. Erschöpfung und Niedergeschlagenheit erfassten sie, und sie ließ sich rücklings aufs Bett fallen. *Wie ist das alles nur passiert? Noch vor ein paar Wochen war ich glücklich verlobt.*

Sie schnaubte. »Wach auf! Du warst weniger glücklich als angepasst.« *Und dann trat Jac in mein Leben.* »Und damit fing es an.«

Lauren spielte mit ihrem Handy und rang mit sich, ob sie Jac die Neuigkeiten berichten sollte oder nicht. Sie seufzte und legte es schließlich beiseite. Das war nicht wirklich die Art von Nachricht, die man in einer SMS überbrachte. Sie beschloss, am nächsten Tag mit Jac zu reden.

Schluss damit. Es hat keinen Zweck, es länger hinauszuschieben. Jac nahm ihr Telefon zur Hand und wählte. Sie atmete flach und versuchte so, ihren rasenden Herzschlag zu beruhigen.

»*Trevor Travel Agency*. Victoria McDermott am Apparat.«

»Hey, Vic.«

»Oh, hallo Jac. Was gibt es?«

»Ich muss mit dir reden. Kannst du dich nach der Arbeit mit mir treffen?«

»Klar. Wann und wo?«

»Ich werde bis sechs Uhr hier festsitzen. Kannst du dann zu mir nach Hause kommen?«

»Das passt. Ich arbeite heute Nachmittag sowieso im Büro am anderen Ende der Stadt. Da werde ich ein Weilchen brauchen, bis ich bei dir bin. Wir sehen uns nachher.«

»Danke. Ähm, Vic, ist Lauren da?«

»Nein, sie hat sich heute freigenommen. Sagte irgendetwas von Problemen mit dem Auto.«

»In Ordnung. Bis später.« Jac legte gerade auf, als Becca an der Tür klopfte.

»Mr. Collier möchte mit Ihnen sprechen.«

»Danke, Becca. Schick ihn rein.«

Lauren blätterte im Warteraum der Autowerkstatt in einer Zeitschrift, legte sie dann beiseite und seufzte.

»Langer Tag?«

Lauren blickte zu dem älteren Herrn, der ihr gegenübersaß. »Kann man so sagen.«

Er lächelte. »Es ist Montag, aber der Tag ist fast vorbei und Sie können bald nach Hause.«

Nach Hause in ein Hotelzimmer. Klingt wahrhaft verlockend. Lauren nickte höflich.

Ihr Handy klingelte und sie erschrak, doch es war nicht Phils Klingelton. Im Display stand eine unbekannte Nummer. »Hallo?«

»Miss Blaine, hier spricht Sandor Fregosian von der *Fregosian Gallery*.«

»Oh, hallo, Mr. Fregosian. Worum geht es denn?«

»Miss Blaine, der Wandteppich, den Sie bestellt haben, ist heute Nachmittag geliefert worden. Sie können ihn abholen. Wir haben bis einundzwanzig Uhr geöffnet, samstags bis siebzehn Uhr.«

»Das ist wunderbar. Ich hatte nicht erwartet, vor nächster Woche von Ihnen zu hören.«

»Ich habe auch nicht damit gerechnet, aber manchmal gehen die Dinge eben schneller.«

»Großartig! Ich komme heute noch vorbei. Vielen Dank für Ihren Anruf.«

»Gern geschehen.«

Lauren legte auf und begann, Jac eine Nachricht zu schreiben, hielt jedoch inne. *Ich denke, ich werde ihn einfach abholen und dann direkt zu Jac fahren. Falls sie und Marc noch nicht gegessen haben, könnten wir uns Pizza bestellen. Vielleicht kann ich Jac dann kurz unter vier Augen sprechen.*

Der Gedanke, Jac von dem Streit und ihrem Auszug zu erzählen, hob ihre Laune. Nachdem sie erfahren hatte, dass die Kellerwohnung bereits vergeben war und nach stundenlangen vergeblichen Bemühungen, eine Alternative zu finden, war sie fast verzweifelt. Als der *Auto Club* ihren Wagen endlich zur Werkstatt geschleppt hatte, fand sie sich am Ende einer scheinbar endlosen Menschenschlange. Sie hatte die Wartezeit genutzt, weitere Wohnungsangebote durchzusehen, und fand schließlich eines, das ihr zusagte – eine über einer Garage gelegene Einliegerwohnung, voll möbliert, mit einem vernünftigen Mietpreis. Es gehörte ein Parkplatz dazu und der öffentliche Verkehr war zu Fuß gut zu erreichen. Sie müsste zwei Monatsmieten Kaution zahlen und könnte Ende der Woche einziehen.

Lauren schloss die Augen und ließ die Gedanken treiben. Sie drehten sich um Phil, ihre Familie, ihr neues Zuhause, aber ganz überwiegend kreisten sie um Jac. Sie lächelte beim Gedanken an die Urkunde, die sie entworfen hatte und seit zwei Wochen in der Handtasche bei sich trug. Sie hatte mit der feierlichen Übergabe warten wollen, bis die Arbeit an der Wohnung beendet war. Der Wandteppich war das letzte Stück, das fehlte. Lauren konnte es kaum erwarten, Jacs Lachen zu hören, sobald sie die Urkunde sehen würde.

»Mr. Harland. Wir sind fertig mit Ihrem Wagen.« Ein Techniker stand in der Tür des Warteraumes.

Der ältere Herr lächelte und stand auf.

»Ms. Blaine, könnte ich Sie kurz sprechen?«

»Ja?«

»Wir haben ein Problem.« Der Techniker runzelte die Stirn und setzte sich neben Lauren. »Ihr Wagen ist demoliert worden.«

»Ich weiß. Die platten Reifen sprechen Bände. Deshalb habe ich ihn herschleppen lassen.«

»Es sind nicht nur die Reifen. Jemand hat sich am Motor zu schaffen gemacht.«

»Das ist nicht Ihr Ernst!«

»Ich fürchte doch.« Er spähte auf den Ausdruck des Arbeitsauftrags, den er mitgebracht hatte. »Wir haben neue Reifen aufgezogen und wollten den Wagen dann Probe fahren, aber er ist nicht angesprungen. Also haben wir einen Blick unter die Motorhaube geworfen. Verteilerkappe und Zündkerzenstecker sind herausgerissen worden.«

Ich bringe ihn um! »Können Sie das reparieren?«

»Sicher. Aber heute ist es schon zu spät, um die Ersatzteile von den Zulieferern zu bekommen.«

Lauren stöhnte auf. »Heute geht aber auch alles schief.«

»Ma'am, wir können Ihnen eventuell unseren Leihwagen anbieten. Vorausgesetzt, er wurde schon wieder zurückgebracht. Ich prüfe das schnell nach, in Ordnung?«

»Ich danke Ihnen.« Lauren trommelte mit den Fingern auf ihren Oberschenkel. *Denk nicht daran, was Phil getan hat. Denk daran, dass du Jac und Marc sehen wirst. Du wirst Spaß haben, Pizza essen, vielleicht ein kleines Vieraugengespräch mit Jac führen …*

»Ms. Blaine?«

»Ja.«

»Der Leihwagen ist verfügbar. Wenn Sie mich zum Schalter begleiten, können wir die Papiere fertig machen.«

»Ich danke Ihnen.« Lauren erhob sich und folgte dem Techniker.

Ein paar Minuten später machte sie sich in einem schwarzen *Ford Sedan* auf den Weg zur *Fregosian Gallery*.

Jac fuhr auf den Parkplatz und sah Victoria bei der Haustür stehen. Sie versuchte ihren Herzschlag zu beruhigen. »Okay, halte dich an deinen Plan.«

Victoria winkte, als Jac aus ihrem Geländewagen stieg.

Sie begrüßten sich mit einer Umarmung.

Jac ging voran ins Haus. »Ich hoffe, du musstest nicht lange warten.«

»Nein. Ich bin nur wenige Sekunden vor dir angekommen. Ist Marc schon weitergezogen?«

»Heute früh. Sein Bewerbungsgespräch findet morgen statt, er wollte sich bis heute Abend ein wenig einrichten.«

»Schade, dass ich ihn verpasst habe.«

Jac kicherte. »Du solltest ihn einmal sehen. Er hat diesen wilden Wikingerlook mit rotem Bart und schulterlangen Haaren. Ich habe ihm gesagt, er soll vor seinem Bewerbungsgespräch zum Friseur gehen, aber du kennst ihn ja.«

Victoria folgte Jac die Treppen hinauf. »Hm. Er hört sich an, was du zu sagen hast und macht dann doch, was ihm gefällt.«

»So ist er, mein kleiner Bruder.«

Sie erreichten den zweiten Treppenabsatz.

»Und, was ist das große Geheimnis? Was willst du mit mir besprechen?«

Jac holte tief Luft. »Ich habe in letzter Zeit viel nachgedacht. Ich will aus der Wette aussteigen. Ich will sie abbrechen.«

Victoria blieb unvermittelt stehen und starrte sie entgeistert an. »Wie bitte? Du kannst dich nicht einfach zurückziehen, weil du Angst hast zu verlieren!«

Jac schloss die Wohnungstür auf. »Das ist kein Spiel mehr. Hier werden Gefühle verletzt. Ich hätte gar nicht erst annehmen sollen. Es ist eine lächerliche Wette und ich weiß nicht, was ich mir dabei gedacht habe.« Sie ging den Flur entlang zur Küche.

Victoria hob die Stimme. »Du dachtest, du wärst Gottes Geschenk an die Frauen, und dass du jede vögeln könntest, auf die du ein Auge wirfst. Es ist nicht mein Problem, dass Lauren eine Nummer zu groß für dich ist und sich deinem Charme entzieht. Du hast noch eine Woche, dann wird der Einsatz fällig. Ich werde dich nicht aus dieser Wette entlassen.«

»Welche Wette?« Eine eisige Stimme erklang von der Galerie.

Jac schnellte herum und sah Lauren, die auf halbem Wege die Treppe hinab stehengeblieben war. *Um Gottes willen, nein!* Jac erstarrte, ihr ganzer Körper wurde taub.

»Ich sagte: Welche Wette?« Lauren nahm eine weitere Stufe.

»Oh. Wir wussten nicht, dass du hier bist.« Victoria errötete und sah zur Seite.

Jac gelang das nicht.

»Offensichtlich. Ich habe den Wandteppich aufgehängt. Du erinnerst dich an den Wandteppich, Jac? Den, den wir gemeinsam ausgesucht haben? Das i-Tüpfelchen unseres Deko-Projekts? Ich hatte recht. Er wird dir gefallen. Er macht sich hervorragend über deinem Bett.«

Die Wut in Laurens Stimme ließ Jac zusammenzucken.

»Ich glaube, hier steht eine Frage im Raum, meine Damen. Welche Wette?«

Jac ließ sich auf dem Barhocker neben der Kücheninsel sinken. »Sag es ihr.«

»Ja, erzähl es mir, Victoria. Was hat es mit der Wette auf sich, laut der ich Jacs Charme verfallen soll?«

Victoria räusperte sich einige Male. »Na gut, es war nur … Sieh mal, ich meine, wir hatten etwas getrunken … Wir haben nicht, wir wollten nicht …«

Übelkeit befiel Jac. »Vor ein paar Wochen hat Victoria mich herausgefordert, eine Frau ihrer Wahl binnen eines Monats ins Bett zu bekommen.«

»So ist das also. Und wie kam ich zu dem Vergnügen, die Zielperson zu sein?«

»Na ja, ich dachte, deine und Phils Beziehung wäre wirklich unerschütterlich. Also habe ich gedacht, dass Jac bei dir keine Chance hat.«

»Was waren die Bedingungen?«

Während ihre ganze Welt in sich zusammenfiel, schloss Jac die Augen und hoffte, dass der Albtraum bald ein Ende nehmen würde.

»Hätte Jac gewonnen, wären Roger und ich in diesen Klub gegangen, den Jac mag. Und hätte ich gewonnen, hätte sie ein Wochenende allein mit mir in den Bergen verbracht.« Victorias Stimme schien aus weiter Entfernung zu hallen.

»Ich verstehe. Und bis wann hätte Jac mich flachlegen müssen, um zu gewinnen?«

Jac umklammerte sich mit beiden Armen, ihre Selbstbeherrschung zerbröckelte. Der zornige Schmerz in Laurens Stimme quälte sie. *Gott, warum nur? Warum musste sie ausgerechnet heute hier sein? Warum konnte ich sie nicht unter anderen Umständen kennenlernen? Warum habe ich dieser verfluchten Wette überhaupt zugestimmt?*

»Bis nächsten Mittwoch. Lauren, es tut mir leid. Ich hatte nicht erwartet …«

»Was hast du nicht erwartet? Dass sie das Spielchen besser beherrscht, als du gedacht hast? Dass es vielleicht Einfluss auf meine Beziehung haben könnte? Dass ihr vielleicht – rein theoretisch – mein Leben mit eurer kleinen Wette ruinieren könntet?« Laurens Stimme fuhr wie eine Peitsche auf sie herab. »Nein, ihr beide habt überhaupt nicht nachgedacht, stimmt's?«

Lauren griff in ihre Tasche, während sie die letzten Stufen hinabstieg. Sie warf Jac den Zweitschlüssel vor die Füße. »Den werde ich wohl nicht mehr brauchen.« Sie wandte sich an Victoria. »Viel Spaß bei eurem

Wochenendtrip. Ich hoffe, ihr vögelt euch um den Verstand.« Lauren machte auf dem Absatz kehrt und stürmte hinaus.

Jac sprang auf die Füße und lief ihr nach. »Lauren, bitte warte! Ich will es erklären, ich muss es dir erklären!«

Lauren blieb auf der obersten Stufe stehen, drehte sich aber nicht zu ihr um. »Was willst du mir erklären? Dass dich nur interessiert, wie du zwischen meine Beine kommst?«

Jac wich vor der Bitterkeit in ihrer Stimme zurück. »Nein! Nein, das ist nicht wahr. Du musst mir glauben.«

»Ich muss dir glauben? Wie soll ich dir je wieder glauben? Alles, was du in den letzten Wochen gesagt und getan hast, diente doch nur dem Zweck, mich ins Bett zu bekommen. Um eine dämliche Wette zu gewinnen. Ich dachte, wir wären Freunde. Himmel, ich dachte, du wärst die beste Freundin, die ich je gehabt habe.«

»Wir sind Freunde! Lauren, als diese Wette zustande kam, habe ich dich nicht gekannt. Ich konnte doch nicht ahnen, wie nahe wir uns stehen würden. Ich wäre niemals darauf eingegangen. Ich wollte heute abspringen.«

Lauren zitterte. »Weißt du, was witzig ist?«

Sie sprach so leise, dass Jac sie nur mit Mühe verstehen konnte.

»Du hättest dich gar nicht so sehr bemühen müssen. Ich habe mich schon lange in dich verliebt. Mit niemandem habe ich mich je so gefühlt wie mit dir. Gott, ich bin so ein Idiot.«

»Nein, bist du nicht. Ich bin hier der Idiot, und es tut mir so unglaublich leid. Gib uns eine Chance. Gib mir eine Chance. Ich werde es wiedergutmachen. Ich schwöre es. Bitte geh nicht. Wie auch immer es angefangen an, es hat uns zusammengebracht. Es kann doch nicht alles schlecht gewesen sein, oder?«

Lauren wandte sich zögerlich um.

Jac hielt den Atem an.

Laurens Gesicht war tränenüberströmt und ihre Lippen bebten. »Du kapierst es einfach nicht. Es ist ja nicht nur, dass du mich zum Narren gehalten hast. Das Problem ist, dass du jede Frau wie eine billige Gummipuppe für dein Vergnügen benutzen würdest. Ich will nicht mit jemandem zusammen sein, der so wenig Respekt für sich und andere hat.« Sie begann die Treppe hinabzusteigen.

Jac sank auf der obersten Treppenstufe auf die Knie. Jeder Schritt, den Lauren tat, traf sie tief ins Herz. Sie stöhnte und vergrub den Kopf in den Armen, wiegte sich vor und zurück und widerstand dem Drang, sich zu übergeben. Lange nachdem sie die Haustür hatte zuschlagen hören, kämpfte sie sich auf die Füße und kehrte in das Loft zurück.

Victoria saß vor einem halb leeren Glas, dahinter stand eine Flasche Scotch auf der Kücheninsel.

»Auch einen?« Victoria schob die Flasche in Jacs Richtung.

Jac blickte abwesend auf die Flasche. »Du solltest gehen.«

Victoria nickte und kippte den Rest ihres Drinks. »Es tut mir so leid. Ich hätte nie mit der ganzen Sache anfangen sollen.«

»Daran sind wir beide schuld. Es ist tatsächlich mehr als genug Schuld für alle da.«

»Ich fühle mich immer noch verantwortlich. Hör mal, ich könnte doch mit ihr reden.«

»Nein. Lass sie in Ruhe. Sie hat es nicht verdient, sich mit erbärmlichen Gestalten wie uns herumschlagen zu müssen. Geh einfach.«

Victoria nickte und schlich davon.

Jac starrte ins Leere, ihre Brust war so eng, dass sie kaum atmen konnte. »Du hast gewonnen. Ich werde am Freitag in der Hütte auf dich warten. Und das Spielzeug mitbringen.«

»Lass es gut sein. Es ist vorbei.«

»Vorbei?« Bitterkeit und Wut flammten in ihr auf, Galle stieg ihr hoch. Jac sehnte sich danach, ihren Schmerz hinauszuschreien, bis die höhnische Stimme in ihrem Kopf verstummte. Sie gierte danach, alles

Greifbare in Trümmer zu schlagen, ertrug aber den Gedanken nicht, zu zerstören, was Lauren aufgebaut hatte. *Was zur Hölle ist nur los mit mir? Sie hat recht. Ich bin ein verachtenswerter Haufen Dreck. Was für ein widerliches, verdammtes Monster tut, was ich getan habe?* Ihre Lippen verzogen sich und sie schüttelte den Kopf. »Das ist es nicht. Ich begleiche meine Schulden. Du wirst dort sein.«

Victoria nickte zögerlich, bevor sie aus der Tür hastete und sie hinter sich schloss.

Es war der perfekte Weg, sich selbst zu strafen. Das ganze Wochenende lang Sex mit Victoria zu haben, anstatt Zeit mit Lauren zu verbringen, würde ihr zumindest das Gefühl geben zu büßen. Sie empfand darüber eine perverse Befriedigung. Laurens Abschiedsworte hatten sie zutiefst erschüttert. Sie würde die Worte und die Frau, die sie geäußert hatte, niemals vergessen.

Jac wandte sich zur Kücheninsel und zog die Flasche zu sich. *Eine Flasche wird nicht reichen.* Sie war schon im Begriff, die Flasche an die Lippen zu setzen, als ihr ein eingerolltes und mit blauem Band zusammengehaltenes Papier auffiel, das auf der Arbeitsplatte lag. Nervös entrollte sie das pergamentfarbene Papier.

LEISTUNGSNACHWEIS – INNENARCHITEKTUR

Hiermit bestätigen wir, dass Frau Jacqueline Lanier das

Anfängerabzeichen für Renovierungsarbeiten erwerben konnte.

Die Empfängerin hat Engagement, Professionalität und

Begabung im höchsten Maße unter Beweis gestellt.

Ihr wird somit die Fähigkeit zugesprochen, zukünftige Projekte

unter strenger Aufsicht durchzuführen.

Tränen strömten über Jacs Wangen, trotzdem bemühte sie sich, die Signatur zu entziffern.

Lauren Blaine: Boss, Chefarchitektin und Chefdekorateurin

»Mein Gott, was habe ich getan? Was habe ich nur getan?«

Der Kopf sank auf ihre verschränkten Arme, sie begann zu schluchzen. Die Urkunde hielt sie fest umklammert in der Hand.

Kapitel 15

»Mrs. McDermott ist am Telefon, Ms. Lanier.«

»Danke, Becca.« Jac rieb sich die vom Schlafmangel verklebten Augen und hob den Hörer ab. »Was gibt es, Vic?«

»Lauren ist heute Morgen nicht zur Arbeit gekommen.«

Mit einem Mal war Jac hellwach und saß kerzengerade. »Hat sie sich nicht krankgemeldet?«

Victoria klang völlig niedergeschlagen. »Nein, kein Wort. Ich habe bei ihr zu Hause angerufen. Phil ist ans Telefon gegangen und hat behauptet, sie würde nicht mehr dort wohnen.«

»Wie bitte?«

»Er hat Gift und Galle gespuckt.«

Jac erhob sich und begann auf- und abzulaufen. »Was genau hat er gesagt?«

»Ich weiß nicht, ob ich wirklich alles wiederholen möchte.«

»Vic, was zur Hölle hat er gesagt?«

»Er meinte unter anderem, dass sie ihn am Sonntagabend verlassen hätte. Dann hat er angefangen, ganz unheimlich zu lachen. Du glaubst doch nicht, dass er ihr etwas antun würde, oder?«

Jac erstarrte. *Bitte nicht!* »Warte, hast du Sonntagabend gesagt? Bist du sicher, dass es Sonntag war?«

»Ich habe es mir notiert. Hey – wir haben sie gestern Abend gesehen, also geht es ihr gut!«

»Es geht ihr ganz und gar nicht gut. Dafür haben wir gesorgt.« *Dafür sollte ich in der Hölle schmoren.*

»Aber sie hat keine Trennung erwähnt.«

Jac schnaubte. »Doch, hat sie. Sie sagte, wir hätten ihre Beziehung und ihr Leben zerstört.«

»Ist das so?« Victoria klang kleinlaut. »Die Details habe ich wohl ausgeblendet.«

»Ich wünschte, ich könnte es.« Laurens Worte hatten sich tief in ihr Gedächtnis eingebrannt.

»Was soll ich denn jetzt tun? Soll ich sie vielleicht als vermisst melden? Sie hat sich immer gemeldet, selbst wenn sie nur ein paar Minuten zu spät gekommen ist.«

»Ihr Leben ist ja auch noch nie in Trümmer geschlagen worden. Ich bezweifle, dass die Polizei die Vermisstenanzeige aufnehmen würde. Sie ist keine vierundzwanzig Stunden weg. Hast du die Nummer ihrer Eltern?«

»Nein. Ich könnte vielleicht Phil …«

»Glaubst du wirklich, dass er in der Verfassung ist, uns zu helfen?« *Oh, Lauren, was ist nur passiert? Warum hast du mich nicht angerufen, als du ihn verlassen hast?* »Ich denke, wir werden zumindest bis heute Abend abwarten müssen.«

»Na gut.«

»Lass es mich sofort wissen, wenn du etwas von ihr hörst.«

»Mache ich. Jac, ist bei dir alles in Ordnung?«

»In Ordnung?« Jac schloss die Augen. »Nein, davon kann nicht die Rede sein.«

»Es tut mir alles so leid! Ich verfluche mich, seit ich gestern Abend deine Wohnung verlassen habe.«

»Verwünsch lieber mich. Ich bin diejenige, die es verdient hat. Ich hätte diesen bescheuerten Deal schließlich nicht annehmen müssen. Ich bin ein arrogantes, gefühlloses Miststück.« *Und jetzt zahle ich die Zeche.*

»Wie du schon gesagt hast, es ist genug Schuld für alle da. Bitte, vergiss dieses Wochenende. Du musst das nicht durchziehen.«

Jac lachte bitter. »Da liegst du falsch. Und ob ich muss.«

Victoria schwieg einen Moment lang. »Ich mache mich besser wieder an die Arbeit. Wir hören uns später.«

»Bis dann.« Jac legte den Hörer auf, umklammerte mit beiden Händen die Stuhllehne des Drehsessels und schwenkte ihn herum. *Wo ist sie nur? Bei ihrer Familie? Ich hoffe es.* Sie rieb sich den Nasenrücken. Zu wissen, dass Lauren sich ihr nicht anvertraut hatte, tat weh.

Jac versuchte sich wieder auf ihre Arbeit zu konzentrieren, erwischte sich aber dabei, wie sie die Ziffern auf ihrem Bildschirm anstarrte, ohne sie zu begreifen. Sie waren nicht wichtig. Nichts war wichtig. *Wo bist du?*

Eine Stunde später rief Victoria wieder an. »Lauren hat sich bei Irene gemeldet.«

»Gott sei Dank! Wo ist sie jetzt?«

»Ich weiß es nicht. Sie hat von einem Notfall in der Familie gesprochen und sich eine Woche Urlaub genommen. Nächsten Dienstag sollte sie wieder zurück sein.«

»Dann ist sie wahrscheinlich zu ihren Eltern gefahren. Gut. Dort wird man sich um sie kümmern.« Jac lehnte sich zurück und sah aus dem Fenster. Nicht einmal die Erleichterung über diese Neuigkeit konnte ihre Verzweiflung lindern. »Danke, dass du Bescheid gesagt hast.«

»Du machst dir wirklich Sorgen um sie, nicht?«

»Du hast ja keine Ahnung.«

»Bist du sicher, was unser Wochenende betrifft? Es ist okay, deine Meinung zu ändern.«

Wie man sich bettet, so liegt man. In meinem Fall wortwörtlich. »Das wird nicht passieren.«

»Wir könnten zusammen hinfahren, wenn du möchtest.« Vics Worte klangen zögerlich.

»Lieber nicht.« *Wenn dieses Wochenende auch unsere Freundschaft ruiniert, will ich hinterher wenigstens allein nach Hause fahren können.* »Wir treffen uns gegen sieben dort.«

»Jac, ich weiß, ich habe es schon gesagt, aber … es tut mir so furchtbar leid!«

»Ich weiß.« Jac legte den Hörer auf und kämpfte gegen die Tränen an.

Victoria stand von ihrem Schreibtisch auf. »Ich gehe mittagessen, Irene. Soll ich dir etwas mitbringen?«

Irene wandte den Blick nicht vom Bildschirm. »Ein Putensandwich wäre klasse. Danke.«

»Ein Putensandwich – kommt sofort.« Victoria nahm ihren Mantel und verließ das Büro. Sie war nicht wirklich hungrig, war es seit dem Fiasko vor drei Tage nicht mehr gewesen. Aber jetzt, wo sie Irene ein Sandwich versprochen hatte, würde sie wohl zum Feinkostladen gehen müssen. Dort angekommen, gab sie ihre Bestellung auf und bezahlte, dann setzte sie sich an einen Tisch und wartete.

Nachdenklich betrachtete sie ihr Telefon. *Soll ich sie noch einmal anrufen? Es tut nichts zur Sache, was sie sagt. Ich weiß, dass sie das Wochenende nicht mit mir verbringen will.* Erst am Tag zuvor hatte sie wieder versucht, Jac die Sache auszureden. Aber Jac wollte nichts davon hören. *So habe ich sie noch nie erlebt. So leer und teilnahmslos. Es macht mir Angst.*

Jemand brachte ihre Bestellung. »Danke.« Sie sah auf und die Kinnlade klappte ihr herunter.

Lauren betrachtete sie kühl. »Ist der Platz schon besetzt?«

Victoria blinzelte und schüttelte den Kopf.

Lauren setzte sich und beobachtete Victoria, wobei sie die Arme vor der Brust verschränkt hielt.

»Ich hatte nicht erwartet, dir hier zu begegnen.«

Lauren schnaubte. »Das glaube ich dir sofort.«

»Wir haben uns Sorgen um dich gemacht, als du am Dienstagmorgen nicht zur Arbeit gekommen bist.«

»Wer ist wir?«

Victoria wich zurück. »Ich und Jac.«

»Schwer zu glauben.«

Victoria verzog das Gesicht. »Ich weiß, was wir getan haben, war schrecklich. Aber ob du es glaubst oder nicht, wir haben dich beide gern.«

Laurens Augen schimmerten plötzlich feucht.

Victoria starrte auf den Tisch. »Um ganz ehrlich zu sein, Jac ist Hals über Kopf in dich verliebt.«

»Woher willst du das wissen?«

»Ich weiß es eben.« Victoria hob den Kopf und hielt Laurens Blick fest. »Ich weiß, es interessiert dich nicht. Und warum sollte es das auch? Aber die ganze Geschichte macht sie fertig.«

»Hat sie eure Verabredung abgesagt?«

»Ich habe mehrfach versucht, sie dazu zu bringen.«

Lauren wischte sich über die Augen. »Dann scheint Jac davon wohl nicht abweichen zu wollen.«

Victoria beugte sich vor und tippte mit einem Finger auf den Tisch. »Wenn du das wirklich glaubst, dann bist du noch verrückter, als wir es waren. Für Jac ist es die Hölle. Sie bestraft sich selbst, denn das Letzte auf dieser Welt, was sie tun will, ist mit mir ins Bett zu steigen.«

»Sie bestraft sich?«

»Ja. Es schmeichelt meinem Ego nicht gerade, das zuzugeben, aber es ist wahr. Jac würde ihren rechten Arm dafür geben, die Wette ungeschehen zu machen. Und den linken Arm dazu, wenn sie damit den Schmerz von dir nehmen könnte, den sie dir bereitet hat. Ich glaube wirklich, dass sie das Gefühl hat, es dir zu schulden, mit mir zu schlafen.«

»Wie bitte? Das ist völlig abgedreht.«

»Möglich, aber Jac ist im Moment auch nicht Herrin ihrer Sinne. Sie ist felsenfest entschlossen, sich für das abzustrafen, was sie dir angetan hat.«

Lauren blickte mürrisch drein. »Und Sex mit dir soll das bezwecken? Wenn sie so scharf auf Bestrafung ist, warum geht sie dann nicht in diesen verdammten Klub? Ich bin sicher, da findet sich jemand, der ihr gerne weiterhilft.«

Victoria betrachtete ihre Hände, unfähig, Lauren in die Augen zu sehen. »Ich weiß nicht, was ich noch sagen kann, um dich zu überzeugen. Aber Jac liebt dich offenbar so sehr, dass ich nicht weiß, ob sie jemals über dich hinwegkommen wird.«

Lauren schüttelte den Kopf. »Ich weiß nicht, ob ich dir glauben soll.«

»Ich erzähle dir keine Märchen. Ich sage dir die Wahrheit. Du kannst damit anfangen, was immer du willst.«

Lauren löste ihre verschränkten Arme und legte sie auf den Tisch. »Wirst du mir wirklich die Wahrheit sagen?«

»Das habe ich gerade getan.«

»Nein, nicht darüber. Ich will alles wissen.«

»Alles?« Victoria zog die Brauen zusammen. »Was meinst du damit? Was genau willst du hören?«

»Ich will verstehen, wie es so weit kommen konnte. Es ist alles gut gelaufen, ich habe völlig sorglos vor mich hingelebt und plötzlich ist alles in sich zusammengefallen. Phil ist durchgedreht. Meine Verlobung ist im Eimer. Mein Wagen wurde demoliert. Ich musste umziehen. Ich habe meine beste …« Lauren unterdrückte ein Schluchzen.

Victoria sah auf, ihre Augen wurden groß. »Oh, mein Gott. Du hast dich auch in sie verliebt!«

»Mach dich nicht lächerlich.«

»Dann sag mir, warum du hier bist.«

»Das habe ich doch! Ich will begreifen, wie das alles passiert ist. Himmelherrgott, ich hatte doch mit all dem gar nichts zu tun!«

Victoria schüttelte den Kopf. »Nein, da ist noch mehr. Du willst vor allem wissen, wie ausgerechnet Jac dir das antun konnte.«

Lauren sog scharf die Luft ein.

Bingo. »Hör mir zu. Auch wenn es dir schwerfällt, bitte glaube mir, dass Jac aus der Wette aussteigen wollte. Sie hat mich zweimal darum gebeten, und an diesem Montag ein weiteres Mal, als …« Sie schüttelte den Kopf. »Ich wollte dem nicht nachgeben.«

»Warum denn nicht? Was habe ich dir je getan?«

Victoria schloss für einen Moment die Augen. »Du wirst es nicht hören wollen, aber es hatte rein gar nichts mit dir zu tun. Ich musste nur spontan jemanden benennen, der unmöglich auf Jacs Bemühungen eingehen würde. Ich hätte niemals gedacht, dass du dich in sie verlieben könntest.«

»Das mag ja erklären, warum du mich da mit hineingezogen hast. Trotzdem verstehe ich den Sinn dahinter nicht. Warum hast du Jac überhaupt herausgefordert? Wie konntest du wissen, dass sie sich einlassen würde, auf etwas so … so …«

»Widerwärtiges?«

»Grausames. Ich kann die Jac, die ich kenne, einfach nicht mit dieser Frau in Einklang bringen, die so herablassend mit anderen Menschen umgeht.«

»Ich denke nicht, dass Jac es jemals so betrachtet hat.«

Lauren verzog das Gesicht. »Du machst wohl Witze.«

»Für Jac war es ein Verführungsspiel. Hättest du nicht auf ihre Bemühungen reagiert, wäre nichts passiert; sie hätte dich keinesfalls zu etwas gedrängt. In ihrer Vorstellung kommt es vor allem auf beidseitiges Interesse und gemeinsames Vergnügen an. Ich dachte, du wärst unantastbar und habe einfach nicht mit dieser augenblicklichen und unglaublichen Chemie zwischen euch beiden gerechnet.« Victoria rollte mit den Augen. »Ich kannte dich als hetero, verlobt und geradezu musterhaft anständig. Jacs Scheitern schien mir bombensicher.«

»Ich weiß nicht, ob ich geschmeichelt oder beleidigt sein soll.«

»Du solltest wütend sein. Ich bin selbst wütend auf mich, dass ich keine Worte dafür finde.«

Lauren schüttelte den Kopf. »Trotzdem kapiere ich es nicht. Mir will nicht in den Kopf, wie du glücklich verheiratet sein kannst – zumindest sprichst du immer über Roger, als wärt ihr glücklich miteinander – und dann trotzdem mit Jac schlafen willst. Woher kommt diese Besessenheit?«

Victoria errötete. »Sie hat dir davon erzählt, ja?«

»Ein wenig. Ich weiß, dass du wegen ihr fast deine Ehe aufs Spiel gesetzt hast. Warum also gehst du das Risiko schon wieder ein? Warum pokerst du so hoch, wenn die Gefahr so groß ist? Bist du in sie verliebt?«

»Du wirst es mir vielleicht nicht abnehmen …«

»Das habe ich jetzt schon häufiger gehört.«

»Ich weiß, aber manchmal kann ich es selbst nicht glauben. Ich liebe meinen Mann über alles. Ich würde ihn niemals für Jac verlassen. Es ist schwer zu erklären. Mein Therapeut hatte irgendein hochtrabendes Wort dafür, aber im Grunde meinte er, dass ich sexuell auf Jac fixiert wäre. Er hatte recht, aber ich dachte, wir hätten lange genug daran gearbeitet, sodass es kein Problem mehr sein sollte.«

»Und was jetzt? Du bist ja wohl noch immer auf sie fixiert. Warum sonst hättest du diese Wette vorgeschlagen?«

Victoria verschränkte ihre zitternden Finger. »Ich dachte wohl, wenn ich nur …«

»Eine Affäre mit ihr hättest?«

»Nicht einmal eine Affäre. Eine einzige Nacht, ein einziges Beisammensein, dann könnte ich sie mir vielleicht aus dem Kopf schlagen.« Victoria verzog das Gesicht. »Sie ist so verflucht …«

»Sexy.«

»Mehr als das. Unwiderstehlich erotisch. Zu wissen, dass sie in diesen Klub geht, und was sie da treibt …«

»Sie hat mit dir darüber gesprochen?«

»Nicht im Detail. Aber schon so, dass ich mir den Rest ausmalen kann. Es macht mich wahnsinnig. Ich wollte die Wette gewinnen, aber selbst wenn ich sie verloren hätte … Ich hätte ihr wenigstens zusehen können.«

»Seite an Seite mit deinem Mann«, sagte Lauren trocken.

Victoria brachte ein bitteres Kichern zustande. »Da sagst du etwas. Roger würde es ganz und gar nicht gefallen, wenn ich mich im *Sous-terre* mit Jac vergnügen würde. Auch dann nicht, wenn er dabei wäre.«

»Weiß er, dass du dich dieses Wochenende mit ihr in der Hütte triffst?«

»Ich habe ihm gesagt, dass ich dort hinfahre, aber nicht warum und mit wem.«

»Also wirst du es durchziehen? Du willst Jac morgen treffen?«

Victoria konnte Laurens Blick nicht standhalten. »Sie will es doch so.«

»Du hast mir eben gesagt, dass sie es eigentlich nicht will.«

Victoria ließ die Schultern hängen. »Du hast recht. Es ist das Letzte, was sie will.« Müdigkeit machte sich in ihr breit. *Es wird Zeit, Dr. Eichler einen Besuch abzustatten. Er wird seinen Spaß haben mit diesem Chaos.*

»Warum also zwingst du deine beste Freundin zu etwas, das sie nicht tun will? Solltest du nicht auf sie aufpassen? Sie davon abhalten, einen solchen Fehler zu machen?«

»Sie ist erwachsen. Es ist ihr gutes Recht, eigene Entscheidungen zu treffen.« Victoria wusste, dass diese Einstellung falsch war. Aber ein Teil von ihr sehnte sich nach wie vor nach Jac.

»Auch, wenn es schlechte Entscheidungen sind? Und welche, die du verhindern könntest?«

Tränen stiegen in Victorias Augen. »Ich weiß nicht, was ich tun soll.«

»Ich weiß es. Aber ich muss noch etwas erfahren.«

Kapitel 16

Jac fühlte sich wund. Ihr Herz, ihr Geist, ihr Körper – alles fühlte sich an, als wäre ihr Inneres ausgepeitscht worden. Sie hatte die ganze Woche zu wenig Schlaf gefunden, und sie wusste, sie sollte nicht fahren. Es war ihr egal. Würde sie in einen Unfall verwickelt werden, wäre das nur die gerechte Strafe für den Schmerz, den sie Lauren zugefügt hatte.

Sie nahm eine weitere Haarnadelkurve. Die alte Schotterpiste, die zu Victorias Hütte führte, war schlecht befahrbar, besonders in der Abenddämmerung. Der Weg schlängelte sich die Bergflanke hinauf durch dichte, alte Wälder. Kleine Wasserfälle stürzten zu ihrer Linken an steilen Felswänden hinab, gewaltige Pinien ragten aus den Klippen zu ihrer Rechten. Hier konnte man sich keinen Fehler, keine Tagträume erlauben. Jac war schon einige Male mit Victoria und Roger in der Hütte gewesen, trotzdem hätte sie beinahe verpasst, die Abzweigung von der Hauptstraße zu nehmen.

Ich hätte einfach geradeaus weiterfahren sollen. Sie hob eine Hand und massierte sich die Schläfe, um den Kopfschmerz zu lindern, der seit Montag kaum nachgelassen hatte.

Jac wünschte sich, es wäre Sonntagabend und dieser Albtraum endlich vorbei. Vielleicht war es an der Zeit, einige der Überstunden abzufeiern, die sich in letzter Zeit angesammelt hatten. Sie würden problemlos für ein einmonatiges Einsiedlerdasein reichen. Niemand würde sie vermissen.

Der Gedanke, sich vor der Welt zu verstecken, gefiel ihr. Seit Lauren vor ihr weggelaufen war, hatte sie an nichts mehr Gefallen gefunden – weder an Essen, noch an Sex.

Sie stöhnte. »Warum habe ich Vics Angebot nicht einfach angenommen und bin zu Hause geblieben?« Absurderweise war es ihre Abscheu vor dem, was sie in den nächsten Tagen und Nächten erwartete, die sie auf der Straße hielt. »Geschieht mir verdammt noch mal recht.« Tränen stiegen ihr in die Augen, die sie wütend wegwischte. Sie verdiente nicht einmal den kleinen Trost eines ordentlichen Heulkrampfs.

Jac sah vor sich die Lichtung, die vor der Hütte lag, und bremste ab. Sie machte einen Schlenker, um dem Schlagloch auszuweichen, das Vics Vater alljährlich im Frühling zu füllen versprach. Dann bog sie in die schmale Auffahrt ein und kam etwas holprig zum Stehen. Trotz ihrer Niedergeschlagenheit nahm sie sich einen Augenblick Zeit, um die Aussicht zu genießen. Victorias Urgroßvater war Holzfäller gewesen. Er hatte das Blockhaus ursprünglich als Zuhause für seine Familie gebaut. Über Jahrzehnte hinweg hatten seine Nachkommen das kleine Gebäude als Ferienwohnung unterhalten. Wurde es ausgebaut, achtete man stets darauf, dass die neuen Teile mit dem ursprünglichen Bauwerk harmonierten. Eingerahmt von Pinien verschmolz es mit seiner Umgebung. Es schien eher mit dem Wald gewachsen als von Menschenhand gebaut worden zu sein. Ein Besucher, der an der Pforte stand, konnte das gesamte Tal überblicken und dem Rauschen des gletschergespeisten Flusses lauschen, der die Hütte mit Wasser versorgte.

Rauch trat aus dem hohen, steinernen Schornstein, obwohl durch die Fenster kein Licht fiel. Victorias Wagen war nirgends zu sehen. *Vic muss schon hier gewesen sein und Feuer gemacht haben. Wahrscheinlich ist sie bei ihrer Tante und wartet, dass das Haus sich aufwärmt.*

Jac lief um ihren Wagen herum und öffnete den Kofferraum. Während der Fahrt hatte sie vielerorts Neuschnee liegen sehen. *Ich hoffe, Vic hat ordentlich Holz in den Kamin gelegt.* Sie nahm eine kleine Reisetasche, ihre dick gefütterte Winterjacke und eine Ledertasche heraus, schloss den Kofferraum und eilte zur Hütte. Erleichtert seufzte sie, als der Türgriff nachgab. *Gut, dass sie nicht abgeschlossen hat.*

Jac trat ein, dankbar für die Wärme, die drinnen herrschte. Ohne elektrisches Licht war das Innere des Raumes – trotz des im Kamin lodernden Feuers – nur schwach erhellt. Jac ließ ihre Taschen neben der Tür stehen und ging einige Schritte auf die Feuerstelle zu.

Eine reglose Gestalt beobachtete sie von dem alten Schaukelstuhl neben dem Feuer aus.

Jacs Knie gaben nach, sie klammerte sich an der Couchlehne fest. »Lauren?«

Die Stille wurde nur durch das Knacken des Holzes und das Knistern der Flammen unterbrochen.

Schließlich nickte Lauren in Richtung des Sessels, der ihr gegenüberstand. »Besser, du setzt dich hin, bevor du fällst.«

Jac wankte um das Sofa herum und ließ sich in den Sessel sinken, den Blick auf Lauren geheftet. Sie wollte etwas sagen, bekam jedoch kein Wort heraus.

Ein Lächeln huschte über Laurens Lippen, und sie nahm einen Schluck aus ihrem Weinglas.

Jac war verzaubert vom Feuerschein, der über Laurens Gesicht tanzte, und von der tiefen, rubinroten Färbung des Weins. *Träume ich?* Sie zwickte sich verstohlen in den Arm und war danach von Laurens tatsächlicher Gegenwart überzeugt.

Lauren trug einen eng anliegenden, schwarzen Rollkragenpullover, dessen Saum in einer ausgebleichten Jeans steckte. Die Ärmel waren hochgekrempelt, ihre Unterarme lagen bloß, die Beine hielt sie lang von sich gestreckt, die Füße gekreuzt. Lauren war der Inbegriff von Gelassenheit. Ihre dunkel geschminkten Augen blickten ernst, aber es lag keine Wut in ihnen.

Eine Woge der Hoffnung erfasste Jac. *Hat sie mir verziehen? Haben wir eine Chance?*

Aus Laurens unbewegter Miene konnte sie die Antwort nicht lesen.

»Ähm, ich dachte … ich meine … Wo ist Vic?«

»Victoria und ich hatten gestern ein langes Gespräch. Wir haben uns darauf geeinigt, dass es für alle Beteiligten besser wäre, wenn du heute Abend mich hier antreffen würdest. Sie hat mich vor ein paar Stunden hierhergebracht und ist dann wieder nach Hause gefahren.« Laurens Tonfall war kühl.

Jac wusste nicht, was sie denken sollte. Sie wollte nichts Falsches tun und damit eine mögliche zweite Chance ruinieren. *Sie wird mir doch eine zweite Chance geben, oder? Warum sonst sollte sie hier sein?* Sie nickte in Richtung des Weinglases, das Lauren hielt. »Könnte ich auch ein Glas bekommen?«

»Nein.«

Jac blinzelte.

Lauren seufzte leise, stellte ihr Glas neben die Weinflasche auf den Beistelltisch und beugte sich vor. »Seit Montagabend habe ich über vieles nachgedacht. Genau genommen habe ich nichts anderes getan.«

Unfähig, sie anzusehen, senkte Jac den Kopf. »Ich wollte dich nicht dazu bringen, deine Verlobung aufzulösen. Es tut mir …« Sie hielt abrupt inne. *Warum sage ich das? Lüg sie nicht an. Es tut mir nicht leid. Ich habe mir Phil mindestens tausend Mal ans andere Ende der Welt gewünscht.*

Lauren schüttelte den Kopf. »Ich habe dir schon einmal gesagt, dass niemand mich dazu bringt, Dinge gegen meinen Willen zu tun. Dank dir habe ich lediglich etwas erkannt, das ich bisher verdrängt hatte. Ganz abgesehen von deiner Kaltschnäuzigkeit – wäre Phil wirklich der Richtige für mich gewesen, dann hättest du dich nicht zwischen uns drängen können.«

Jac zuckte zusammen. *Es stimmt.* »Wie hat Phil es aufgenommen?«

»Was glaubst du denn, wie er es aufgenommen hat? Schlecht, um es freundlich auszudrücken.«

Jac hob den Kopf und blickte finster drein.

»Es war sein gutes Recht. Ich habe ihn verletzt, fast so sehr wie du mich. Er hat sich in letzter Zeit nicht gerade von seiner besten Seite gezeigt, aber im Grunde ist er ein guter Kerl und auf seine Weise hat er mich geliebt. Er kann nicht fassen, dass seine Welt und seine Zukunft schlagartig zusammengebrochen sind. Um darüber hinwegzukommen, wird er wohl eine Weile brauchen.«

Lauren lehnte sich in den Stuhl zurück und begann, zu schaukeln. »Ich bin für ein paar Tage nach Hause gefahren. Nach einer Menge Grübelei, Spaziergängen und Gesprächen mit meiner Mutter bin ich wieder zurück in die Stadt gekommen. Gestern habe ich Victoria getroffen und wir haben lange miteinander geredet. Und jetzt sitze ich hier.«

Die Aussicht, den Abend hier mit ihr zu verbringen, schien in Lauren keine Begeisterung, Freude oder Erwartung zu wecken; zumindest klang sie nicht danach. Jac wusste nicht, was sie davon zu halten hatte.

Mit einem Lächeln, das ihre Augen nicht erreichte, griff Lauren nach dem Weinglas und nahm einen Schluck. »Also, so sieht es aus. Du hast die Wahl, Jac. Wir können die Hütte gleich gemeinsam verlassen, und wenn wir in der Stadt angekommen sind, können wir wieder Freunde werden. Es würde Zeit und Mühe kosten, und ich bin nicht einmal sicher, ob der Schaden wiedergutgemacht werden kann. Aber ich wäre bereit, es zu versuchen. Wie auch immer. Gehen wir heute Abend, dann ist das alles, was wir je sein werden – Freunde.«

Jac hielt den Atem an.

»Oder aber wir verbringen das Wochenende hier – zu *meinen* Bedingungen. Und wenn wir Sonntag zurückfahren, haben wir die Chance, viel mehr zu sein als nur Freunde. Es liegt an dir. Du hast ja offensichtlich nichts gegen eine gute Wette. Bist du bereit, auf uns zu setzen? Unserer Beziehung eine Chance zu geben?«

Jacs Herz schlug rasend schnell in ihrer Brust. *Eine Chance? Wir haben eine Chance?* Sie traute ihren Ohren kaum. Dann verarbeitete ihr Hirn, was Lauren gesagt hatte. »Zu deinen Bedingungen? Darf ich fragen, was für Bedingungen das sein sollen?«

Zum ersten Mal erschien ein echtes Lächeln auf Laurens Gesicht. »Hol dein Gepäck.«

Was hat sie vor? Jac holte die Taschen und stellte sie neben dem Sessel ab.

Lauren machte eine knappe Handbewegung. »Hierher.«

Jac hob die Taschen an und stellte sie neben Lauren ab. Sie zögerte, wartete auf weitere Anweisungen.

Lauren schüttelte den Kopf, und Jac kehrte in ihren Sessel zurück.

»Victoria und ich hatten ein langes, interessantes Gespräch. Sie hat mir ein paar Dinge erklärt. Dinge, über die ich oft nachgedacht habe. Ich glaube, ich verstehe es jetzt. Ich habe sogar eine Idee, warum du dich überhaupt auf diese Wette eingelassen hast.«

Jac sah zu Boden.

»Weißt du, was mich in den letzten Tagen beschäftigt hat?«

Jac schüttelte den Kopf.

»Ich konnte mir die süße, rücksichtsvolle, witzige, liebenswerte Frau, die ich kennengelernt hatte, nicht als so rücksichtslos und triebgesteuert vorstellen, dass sie die Konsequenzen ihres Tuns völlig ignoriert. Wieder und wieder habe ich mir jede Sekunde, die wir miteinander verbracht haben, vor Augen geführt. Ich habe mich gefragt, ob du eine Soziopathin bist, oder einfach nur eine gute Schauspielerin. Wie sonst hättest du das so eiskalt durchziehen können? Ich habe mich gefragt, wie ich nur so dumm und naiv sein konnte.«

Obwohl Lauren nicht wütend klang, sank Jac der Mut. Sie starrte auf ihre Schuhspitzen.

»Letzten Endes kam ich zum Schluss: Ich war gar nicht so dumm, und du warst keine so gute Schauspielerin. Wie auch immer es angefangen hat, was zwischen uns passiert ist, war echt.«

Jac hob den Kopf. »Ja. Das war es.«

Lauren nickte. »Ich weiß. Und auf eine gewisse Weise war es eine gute Sache, dass uns diese idiotische Wette zusammengebracht hat.«

Jac zögerte. »Ich weiß nicht, was ich sagen soll. Ich bin unheimlich froh, dass wir uns getroffen haben. Mir war, als würde ich in der Mitte entzweigerissen, als du Montag gegangen bist. Könnte ich deinen Schmerz und die Demütigung ungeschehen machen, ich würde es tun. Es tut mir so furchtbar leid, dass ich dich verletzt habe.«

»Das weiß ich.« Lauren seufzte. »Meine Mom pflegt da dieses Sprichwort: Wenn du eine Zwiebel einpflanzt, wirst du keinen Pfirsich ernten.«

»Bitte?«

»Frag mich nicht, woher sie das hat. Aber im Grunde heißt es, dass ein schlechter Anfang kein gutes Ende nehmen kann.«

Jacs Kehle schnürte sich zu, sie kämpfte mit den Tränen. »Und weil unsere Beziehung mit so etwas Widerwärtigem wie dieser verdammten Wette angefangen hat …«

»Richtig. Wie könnte dabei jemals etwas Gutes herauskommen?«

Jac sah zur Seite, nicht fähig, Lauren in die Augen zu sehen.

»Was mich wieder zu meinen Bedingungen für das Wochenende bringt. Die Unterhaltung mit Victoria hat mich wirklich erleuchtet. Sie hat mir erzählt, was du im *Sous-terre* so treibst.«

Jac schluckte. *Oh Gott.* Ihr Blick huschte zur Reisetasche neben Laurens Stuhl.

Lauren griff danach und zog die Tasche auf ihre Knie.

Jac sank in sich zusammen und legte die Hände vor die Augen.

Lauren lachte leise.

Jac spähte zwischen ihren Fingern hindurch.

Lauren untersuchte den Inhalt. »Brauchst du diese Sachen?«

»Brauchen?«

»Ja. Brauchst du sie unbedingt? Das hast du nie klar gesagt, wenn wir über deine Freizeitbeschäftigung gesprochen haben. Scheint mir keine besonders schwierige Frage zu sein.«

Jac dachte nach. »Ich brauche sie nicht. Ich meine, es sind nur Spielzeuge, die mir und meiner Partnerin Spaß machen.«

Lauren berührte etwas, das in der Tasche lag. »Spaß? Das hier scheint mir eher schmerzhaft als vergnüglich zu sein.«

»Das eine schließt das andere nicht aus.«

»Hm.« Lauren schloss die Tasche und schob sie beiseite. »Also, Folgendes habe ich mir gedacht. Worum es dir ging, worum sich die ganze verfluchte Wette gedreht hat, ist Macht und Kontrolle. Warum auch immer, das war deine Motivation. Stimmst du mir zu?«

Jac wand sich. »Schon. Aber es war nicht das, was zwischen uns gelaufen ist.«

»Richtig. Ich habe sicherlich nicht deine sexuelle Erfahrung und Phil war … Na ja, er war in Sachen Sex recht schlicht. Aber ich habe eine Menge gelesen und nachgeforscht und nachgedacht. Ich habe kein Problem damit, etwas Neues auszuprobieren. Aber wenn wir eine richtige Beziehung führen wollen, dann muss es eine auf Augenhöhe sein. Das Problem ist, dass ich nicht weiß, ob du die Kontrolle abgeben kannst. Und etwas anderes als eine echte Partnerschaft werde ich nicht akzeptieren.«

Jac dachte über Laurens Worte nach, während sie ihre vergangenen Beziehungen, flüchtige und ernste, Revue passieren ließ. Es stimmte, dass immer sie die Zügel in Händen gehalten hatte. Ob in Liebesbeziehungen, Freundschaften – sogar im Geschäftlichen. Jede Beziehung wurde zu ihren Bedingungen geführt, bis hin zur Entscheidung, wann sie enden sollte. Sie hatte es sich nie erlaubt, sich jemandem zu öffnen. Niemals.

Kann ich mich ändern? Will ich es? Jac erwiderte Laurens Blick. *Ja, für sie kann ich es.* »Was schwebt dir vor?«

Lauren lächelte. »Ich will nicht, dass du dich von Grund auf änderst. Aber ich will, dass du mir vertraust. Und ich will dir vertrauen können, speziell nach allem, was passiert ist. Dieser Montagabend … Ich war noch nie so verletzt. Ich kann es dir nicht beschreiben.«

Jac schloss die Augen und versuchte die Tränen zu unterdrücken. »Das musst du auch nicht. Ich kann auch keine Worte für den Schmerz finden, als du aus meinem Leben gegangen bist …«

»Ich hoffe, dass wir uns nie wieder auf diese Weise wehtun. Ich glaube nicht, dass ich es noch einmal ertragen könnte.« Laurens Stimme bebte.

Jac wischte sich über die Augen. *Ich könnte es auch nicht noch einmal ertragen.* »Was muss ich tun?«

Lauren schaukelte sacht. »Du musst mir beweisen, dass du in dieser Beziehung über dich hinauswachsen kannst, denn ich habe nicht vor, uns auf die leichte Schulter zu nehmen. Wenn du dem zustimmst – wenn du wirklich herausfinden willst, was das zwischen uns ist –, dann muss ich wissen, dass du dich ebenso sehr darauf einlässt wie ich. Wenn du mir das nicht aufrichtig versprechen kannst, dann sollten wir jetzt gehen.«

Sei dir sicher. Sei dir absolut sicher. Du darfst das nicht noch einmal in den Sand setzen. Sie verdient etwas Besseres. Schließlich nickte Jac. »Mein Herz gehört dir, Lauren. Ich verspreche dir, mich ganz und gar auf uns einzulassen.«

»Also gut. Dann bist du mir dieses Wochenende auf Gedeih und Verderb ausgeliefert. Bis wir am Sonntag aufbrechen, werde ich den Ton angeben.«

Jacs Augen weiteten sich. »Du willst mich dominieren?«

Lauren lächelte unergründlich. »Ich dachte eher an Zweisamkeit und Vertrauen, aber du kannst es nennen, wie du möchtest. Letzte Chance auszusteigen. Bist du bereit, auf uns zu wetten?«

Jac schluckte schwer. Sie hatte so eine Ahnung, dass Lauren ihren Willen gründlich auf die Probe stellen würde. »Ja.«

»Gut. Es war eine lange Fahrt hierher. Warum machst du dich nicht frisch, schnappst dir dann ein paar Kissen und bringst sie her.«

Ohne ein weiteres Wort ging Jac in das größere der beiden Schlafzimmer und nahm zwei Kissen vom Bett. Nachdem sie die Kissen auf die Couch gelegt hatte, ging Jac ins Badezimmer. Während sie sich die Hände wusch, starrte sie in den mondbeschienenen Spiegel. »Worauf hast du dich nur eingelassen?« *Es ist Lauren, du Schwachkopf. Wovor hast du Angst?* Sie trocknete sich die Hände ab und ließ sich Zeit dabei. *Ich habe Angst, sie wieder zu enttäuschen.*

Mit einem letzten Blick in den Spiegel straffte Jac die Schultern. Sie atmete ein paarmal tief durch und kehrte dann zu Lauren zurück, die lächelte und ihr Glas zu einem wortlosen Toast erhob. »Zieh alles bis auf die Hosen aus.«

Jac schluckte schwer, begann aber, ihre Jeansbluse aufzuknöpfen. Ihre Finger zitterten, während sie sich an den Knöpfen zu schaffen machten, und sie verfluchte ihre Nervosität.

Kühle Hände schlossen sich um ihre und bezwangen das Zittern. »Ich werde dir nicht wehtun. Ich würde dir nie wehtun.« Laurens Stimme klang sanft und beschwichtigend.

Jac sah ihr in die Augen und nickte. »Ich weiß.«

Lauren verschränkte ihre Finger hinter Jacs Nacken und zog sie in einen innigen Kuss.

Jac verlor sich in Gefühlen, bis Lauren sich zurückzog.

»Mach weiter. Ich werde etwas mehr Holz auflegen. Ich will nicht, dass du frierst.«

Frieren? Sie macht wohl Witze. Ich verglühe hier. Jac öffnete die letzten Knöpfe, während Lauren zwei weitere Scheite in das lodernde Feuer legte. Nachdem sie ihre Bluse und ihren BH ausgezogen hatte, setzte sie sich hin.

Lauren ließ ein Kissen auf halbem Wege zwischen ihnen beiden fallen, setzte sich dann wieder in den Schaukelstuhl und wartete, während Jac die Schuhe von sich stieß und die Wollsocken auszog.

Sobald sie bis auf die Jeans entkleidet war, deutete Lauren mit dem Kinn zum Kissen. »Knie dich dorthin.«

Jac hockte sich erst auf die Fersen, dann kniete sie. Sie legte die Hände auf die Oberschenkel, straffte die Schultern und drückte den Rücken durch.

Laurens Blick wanderte gemächlich über ihren halb nackten Körper. Sie schenkte sich nach.

Jac stockte der Atem. Ohne auch nur eine einzige Berührung schaffte Lauren es, sie maßlos zu erregen.

Lauren nippte an ihrem Wein und grinste. »Wenigstens laufe ich dieses Mal nicht Gefahr, zu ertrinken.«

»Du hast es gewusst?«

»Nicht zu der Zeit. Aber nach allem, was diese Woche passiert ist, habe ich kapiert, dass du unter der Dusche eine Show abgezogen hast.«

Jac lächelte verlegen. »Ich habe nur die Farbe abgeschrubbt.«

»Natürlich. Seltsam, wie viel Zeit du damit verbracht hast, Körperstellen zu waschen, die sicher nie einen Klecks Farbe abbekommen haben.«

»Hm. Reinlichkeit kommt gleich nach Gottesfurcht?«

Lauren lachte auf und wurde dann still. Ihr Blick zeichnete Jacs Kurven nach, ihre Hand bebte.

Jac unterwarf sich geduldig der erotischen Begutachtung, sosehr ihr Körper sich auch nach handfesterer Aufmerksamkeit sehnte.

Lauren erhob sich und stellte sich vor Jac. »Sitz gerade.«

Jac straffte ihre Haltung und sah auf Laurens Brust, die sich im Einklang mit ihrem Atem rasch hob und senkte. *Ich bin nicht die Einzige, die das hier anmacht.*

Mit dem Weinglas in der Hand kniete Lauren sich vor sie. Sie hielt Jac das Glas an die Lippen.

Jac ließ einen Schluck über die Zunge rollen und war erstaunt, ihren liebsten französischen Rotwein zu schmecken.

Nach einigen weiteren Schlucken zog Lauren das Glas zurück, und Jac leckte sich über die Lippen.

»Leg die Arme hinter deinen Rücken und beweg dich nicht. Berühr mich nicht und auch nicht dich selbst.«

Jac nickte.

Lauren tauchte einen Finger in den Wein und strich damit über Jacs Schlüsselbein. Ihre warme Zunge folgte demselben Pfad. Jac schauderte, als Lauren eine Weinspur zwischen ihre Brüste und um die weichen Kurven herum zeichnete. Lauren umklammerte Jacs Handgelenke, damit ihre Hände nicht nach vorn schnellen und ihren Kopf packen konnten, während sie sie mit der Zunge reizte.

Himmel, sie bringt mich um! Ihr Atem ging stoßweise, als Lauren ihre steifen Nippel benetzte und sie ableckte. Jac fürchtete, dass ihr das

Herz herausspringen könnte, während Lauren ihren Körper erforschte – sorgfältig, sinnlich und langsam. Sie widerstand dem Drang, Lauren in ihre Arme zu ziehen und ihr die Kleider vom Leib zu reißen. Es kostete sie all ihre Willenskraft, doch sie hielt durch.

Als Lauren von ihr abließ und die quälenden Zungenstriche ausblieben, verbiss sich Jac ein Flehen um mehr. Ihre Brust hob und senkte sich heftig. Sie wartete.

Lauren stellte ihr Glas beiseite, streckte die Hand nach Jacs Hüfte aus und öffnete die Knöpfe ihrer Jeans.

Jac war nicht auf das schallende Gelächter vorbereitet, in das Lauren ausbrach, als sie den Hosenbund abwärts schob.

Irritiert sah sie an sich hinab.

»Du trägst Unterwäsche mit Comicfiguren darauf? Warum nur kommt mir gerade der Gedanke, dass du keine Lust auf dieses Wochenende hattest?«

»Weil es stimmt? Zumindest nicht, als ich mich angezogen habe.«

Laurens Heiterkeit ebbte nicht ab.

»Hey, wer weiß, was du drunter trägst?«

»Na jedenfalls keine Comic-Unterwäsche.« Lauren schob Jacs letzte Kleidungsstücke so weit wie möglich nach unten.

Jac schwankte. »Lauren, was machst du mit mir?«

»Dich reizen. Dich lehren. Dich lieben.« Lauren nahm das leere Glas, kehrte in ihren Schaukelstuhl zurück und goss sich Wein nach.

Jac hatte sich noch nie so ausgeliefert, noch nie so erregt gefühlt. Sie war als bisher stets dominanter Part so stolz auf ihre Beherrschung gewesen, die sie nun zu verlieren drohte.

Laurens hungriger Blick wanderte über ihren Körper und ruhte schließlich auf dem rötlich schimmernden Dreieck zwischen Jacs Beinen. Laurens Nasenflügel blähten sich, und Jac fragte sich, ob sie den Duft ihrer Lust witterte.

Hilflos dem Beben ihres Körpers ausgeliefert, konnte Jac nur mit ihren Augen flehen. Sie sehnte sich nach Laurens Berührung, brauchte sie so dringend wie die Luft zum Atmen.

Lauren stellte das Glas beiseite und griff nach dem Knopf ihrer eigenen Jeans.

Jacs Blick folgte Laurens Fingern, die den Reißverschluss öffneten. Ihr blieb die Luft weg, als Laurens Hand unter den Bund eines dunklen, seidenen Slips schlüpfte. Jac keuchte im selben Rhythmus, in dem Laurens Hand sich hob und senkte. *Oh … Bitte …*

Sie war wie gelähmt, abgesehen von dem Beben, das seinen Anfang in ihrer Klitoris nahm und sich in ihren ganzen Körper ausbreitete. Sie lauschte hingerissen Laurens heftiger werdendem Atem, und ihr Körper ruckte in dem Moment nach vorn, als Lauren einen leisen Schrei ausstieß und sich versteifte.

Lauren nahm die Hand aus ihrem Slip, zog den Reißverschluss hoch, schloss die Augen und schaukelte langsam.

Jac schloss ebenfalls die Lider, versuchte, ihre Atmung zu beruhigen, und konzentrierte sich darauf, ihre eigene Befriedigung hinauszuzögern. Sie war so konzentriert auf diese Aufgabe, dass sie erst wahrnahm, dass Lauren sich bewegt hatte, als sie vor ihr stand.

Lauren strich ihr über die Lippen, und Jac nahm Laurens Finger begierig in den Mund.

Mit der anderen Hand strich Lauren ihr sanft über den Kopf.

Jac wimmerte, als Lauren ihre Finger aus ihrem Mund zog.

»Sch, sch. Es ist alles gut. Lass uns deine Jeans ausziehen.«

Jac setzte sich auf den Boden und schob hastig ihre Hose samt Slip über ihre bloßen Füße. Ihre Erregung machte sie unbeholfen und sie wankte, als sie sich wieder hinkniete.

Lauren drückte Jacs Schultern zu Boden, bis ihr Kopf auf ihren Armen ruhte, die auf dem zweiten Kissen lagen.

»Bitte, oh, bitte.« Jac spreizte ihre Schenkel.

Lauren ließ sich auf die Knie sinken, ihre Hände glitten sanft über Jacs Rücken. »Du bist wunderschön. Das war das Erste, was mir an dir aufgefallen ist – wie du jedem im Restaurant den Kopf verdreht hast. Ich habe meine Gefühle damals noch nicht verstanden. Ich habe noch nie zuvor so auf jemanden reagiert, ob Mann oder Frau. Aber du, du hast mich von unserer ersten Begegnung an verfolgt.«

Lauren liebkoste Jacs Hintern. Ihre Hüften begannen zu kreisen. »Nachdem wir gemeinsam das Konzert besucht hatten und mir klar wurde, wie sehr mir die Person in diesem umwerfenden Körper gefiel, konnte ich nur noch an dich denken.«

Laurens Finger bebten, als sie an der empfindlichen Haut von Jacs Innenschenkel entlangstrichen, während ihre andere Hand über den Bauch glitt, eine Brust umfasste, erst einen steifen Nippel zwickte und dann am anderen dieselbe köstliche Tortur fortsetzte.

Jac unterdrückte ein Stöhnen. *Geduld – Geduld – Geduld.*

Ihr Mantra bremste die Erregung nicht, die sich in ihr sammelte. Ihr Körper war so empfindlich, dass sie Laurens Berührungen noch spürte, nachdem deren Hände längst weitergezogen waren und Jacs Lust an anderen Stellen zu neuen, kraftvollen Höhen trieb. Abgelenkt von der Vielzahl der Reize, die auf ihren Geist und Körper einstürmten, schrie Jac kurz auf, als Lauren behutsam in sie eindrang. Verzweifelt drängte sie sich ihr entgegen. »Mehr!«

Lauren zögerte einen Moment lang, kam ihrer Bitte dann nach, füllte und dehnte sie mit einem weiteren Finger.

Vertieft in die Gefühle, die diese noch intimere Berührung in ihr auslöste, nahm Jac kaum wahr, dass die Hand, die bis eben ihre Brüste liebkost hatte, zwischen ihren Beinen zur Ruhe kam. Doch als eine zarte Berührung über ihre geschwollene Klitoris strich, schluchzte sie vor Erleichterung.

»Es ist okay, loszulassen. Vertrau mir.« Laurens geflüsterte Worte hallten in ihren Ohren.

Jacs Körper zuckte, während sie Erlösung durch die geschickten Hände suchte, die gekonnt mit ihrem Körper spielten. Mit einem lauten Schrei kam sie zum Höhepunkt. Sie sank zu Boden.

Lauren brachte sie mit leisen Worten und beschwichtigenden Berührungen langsam wieder zu Sinnen.

Nach einem kurzen Moment klammerte sich Jac an Lauren, schmiegte ihren Kopf auf eine weiche Brust. Erst als Laurens Finger über ihre Wange strichen, begriff sie, dass sie weinte. »Ich liebe dich. Ich liebe dich. Ich liebe dich.«

»Und ich liebe dich. Ruh dich aus. Ich bleibe bei dir.«

Mit dieser Gewissheit gab Jac sich ihrer Trägheit hin, glücklich in Laurens Armen geborgen.

Als sie wieder aufwachte, war das Feuer niedergebrannt. Sie hob den Kopf, um Lauren anzusehen. »Was hast du mit mir gemacht?«

Lauren lächelte. »Nur das, was du bald mit mir anstellen sollst.«

Jac stockte der Atem. Sie war nicht sicher, ob sie die Regeln dieses Spiels verstand. Trotzdem war sie entschlossen, sich an Laurens Anweisungen zu halten. »Bald? Heute Nacht?«

Lauren löste sich wortlos aus Jacs Umarmung und stand auf.

Jac beobachtete gebannt, wie Lauren sich langsam entkleidete und dabei nie den Augenkontakt brach.

Als Lauren schließlich nackt vor ihr stand, hielt sie ihr die Hand entgegen.

Jac nahm sie und kam auf die Füße. Lauren lehnte sich in einer innigen Umarmung an sie, dann ging sie auf Distanz. Sie hielt Jacs Hände in ihren und sah sie an. »Ich liebe dich, Jac. Zwischen uns darf es keine Lügen mehr geben, nie mehr.«

»Ich liebe dich auch. Und ich schwöre, ich werde dich nie wieder enttäuschen.«

Ihre Körper drängten sich erneut aneinander, Jac bedeckte Laurens Mund mit ihrem. Sie schwelgte in dem Gefühl von Laurens Küssen, strich ihr mit den Händen den Rücken hinab und umfasste zwei geschmeidige, feste Pobacken.

Mit geröteten Wangen zog sich Lauren aus ihrem Griff. »Schlafzimmer. Jetzt.«

Jac ging voran. Mit einem zaghaften Grinsen blickte sie über ihre Schulter zurück. »Werde ich mich an diesem Wochenende überhaupt noch einmal anziehen dürfen?«

»Oh, wenn wir morgen einen Spaziergang machen, darfst du deine Stiefel anziehen. Ich will dich ja nicht wegen abgefrorener Zehen außer Gefecht setzen.«

»Und was ist mit den anderen abgefrorenen Körperteilen?«

»Mach dir keine Sorgen, die werde ich schon warmhalten.«

Das Grinsen auf Jacs Gesicht wurde breiter, bis ihr ein anderer Gedanke kam. »Kann es sein, dass ich Victoria immer noch ein Sexwochenende schulde?«

Dieser Kommentar brachte ihr einen scharfen Klaps auf den Hintern ein.

»Ich schätze, das heißt Nein.« Sie drehte sich lachend um und rieb sich demonstrativ den Hintern. »Verflucht, du hast einen ziemlich kräftigen Zug am Leibe!«

»Um Himmels willen! Es wundert mich, dass du es überhaupt gemerkt hast! Wenn man bedenkt, was da in deiner Tasche herumliegt.« Lauren blieb stehen. »Wo wir schon dabei sind: Geh und hol das Spielzeug.«

Jac vollführte eine formvollendete Verbeugung. »Euer Wunsch ist mir Befehl.«

»An diesem Wochenende schon.«

Jac huschte zurück zum Schaukelstuhl, um sich die Reisetasche zu schnappen. *Auf was habe ich mich hier nur eingelassen?*

Schmunzelnd schüttelte sie den Kopf. *Ich weiß es nicht, und es kümmert mich auch nicht.*

Eilig ging sie zurück ins Schlafzimmer.

Kapitel 17

Lauren erwachte als Erste. Das Schlafzimmer lag in graues Licht getaucht, Schneeregen prasselte gegen das Fenster. *Was für ein perfekter Tag, um in der Nähe des Kamins zu bleiben … Oder im Bett.* Jacs Atem kitzelte ihren Nacken. Sie hatte einen Arm um Lauren geschlungen, die Hand lag locker auf der Bettdecke. Lauren verspürte einen Anflug von Reue, als sie die wunden Stellen auf Jacs Handgelenken beäugte. *Ich hätte sie früher lockern sollen.*

Sie hatten sich ausführlich mit dem Spielzeug befasst. Es war ein unbeschreiblicher Anblick gewesen, wie Jac dalag, mit den Händen ans eiserne Kopfende und den Knöcheln ans Fußende des Bettes gefesselt. Lauren hatte Jacs Reaktionen genossen, während sie den Körper ihrer Liebhaberin auskundschaftete. In ihrer Unfähigkeit, Laurens Liebkosungen ruhig hinzunehmen, hatte Jac sich gegen ihre Fesseln gestemmt, die ihr in Handgelenke und Knöchel schnitten. *Nicht, dass es sie gestört hätte.*

Lauren sah aus dem Fenster und für einen Augenblick nagten Zweifel an ihr. Alles in allem war die Nacht glücklich verlaufen. Es hatte sie ermutigt, wie bereitwillig Jac ihr die Kontrolle überlassen hatte und wie aufrichtig ihr Wunsch war, Lauren das Ruder übernehmen zu lassen. Jac hatte Laurens teils ungeschicktes, unsicheres Vorgehen scheinbar überhaupt nicht wahrgenommen.

Sie lächelte. *All das Recherchieren und Fantasieren hat sich gelohnt. Jac ahnt bestimmt nicht, wie aufgeregt ich war.* Ihr Lächeln verblasste und sie atmete tief ein. *Ich glaube, wir werden zurechtkommen. Noch nie in meinem Leben habe ich mich so geliebt gefühlt. Ich hoffe, sie empfindet dasselbe.*

Erregung durchfuhr sie, als sie in Erinnerungen an ihre Liebesnacht schwelgte. *Wir werden beide völlig erschöpft sein, wenn wir morgen nach Hause fahren. Bin ich froh, dass ich vor Dienstag nicht arbeiten muss. Ob ich Jac überreden kann, Montag auch freizunehmen?*

Lauren drehte sich um, und Jac grummelte, als sie sich der neuen Position ihrer Bettgefährtin anpasste, wachte aber nicht auf. *Armes Ding. Ich glaube, ich habe sie geschafft.*

Sie betrachtete Jacs Züge, die im Schlaf weich und entspannt waren. *Gott sei Dank hat sie sich auf meinen Vorschlag eingelassen. Ich wüsste nicht, was ich hätte tun sollen, wenn sie sich geweigert hätte. Ich kann mir mein Leben ohne sie nicht vorstellen.* Ihr Herz zog sich zusammen bei dem Gedanken daran, dass sie ihre Liebe beinahe weggeworfen hätten. *Was, wenn Victoria nicht zugestimmt hätte? Was, wenn Jac heute Morgen neben ihr erwacht wäre?* Das plötzliche Bedürfnis, ihr in die Augen zu sehen, brachte Lauren dazu, mit den Fingern über Jacs Wange und ihre Lippen zu streichen.

Jacs Lider flatterten und öffneten sich. »Guten Morgen.«

»Guten Morgen.«

Jac lächelte und zog Lauren näher zu sich. »Worüber hast du denn so angestrengt nachgedacht?«

»Wie kommst du denn darauf?«

»Weil du hier eine winzig kleine Falte hast, wenn du in Gedanken bist.« Jac berührte die Stelle zwischen Laurens Augenbrauen.

»Das passiert wirklich, nicht wahr?«

»Hm.« Jac rollte auf den Rücken und streckte sich. Sie hob einladend den Arm und Lauren kuschelte sich an sie. »Wie fühlst du dich heute Morgen?«

Lauren stützte sich auf einen Ellbogen. »Ein wenig wund, aber sonst großartig. Und du?«

»Habe mich nie besser gefühlt.« Jacs Blick wurde ernst. »Danke. Danke, dass du mir noch eine Chance gegeben hast. Die ganze Fahrt hierher habe ich gedacht, dass ich heute Morgen in der Hölle aufwachen würde. Aber stattdessen bin ich im Himmel.«

»Ich danke dir, dass du uns noch eine Chance gegeben hast.« Lauren legte ihre Lippen auf Jacs und für eine Weile sprachen ihre Küsse für sie. Mit einem glücklichen Seufzen ließ sie ihren Kopf wieder auf Jacs Schulter sinken und legte eine Hand auf ihre Brust.

»Du hast mir noch keine Antwort gegeben.«

»Hm?« Es faszinierte Lauren, wie schnell Jacs Brustwarzen auf die kleinsten Berührungen reagierten.

»Worüber hast du nachgedacht?« Jac wand sich, machte aber keine Anstalten, Laurens Erkundungen zu unterbinden.

Lauren gab sich einen Ruck und sprach die Frage aus, die ihr die ganze Zeit im Kopf herum spukte. »Ich habe mich gefragt, ob du es durchgezogen hättest. Wäre ich nicht aufgetaucht, hättest du dann mit Victoria geschlafen?«

»Ich wollte nicht. Ich habe es nie gewollt.«

»Ich weiß. Sie hat gesagt, du würdest dich für die Wette bestrafen, indem du den Einsatz zahlst. Ich kann mir nur nicht vorstellen, wie ihr beide dasselbe tut, was wir letzte Nacht getan haben.«

Jac seufzte schwer. »Ich weiß nicht, was ich dazu sagen soll. Offensichtlich war ich bereit, es durchzuziehen, da ich hier aufgetaucht bin.«

»Mit all deinen Spielsachen.«

Jac zuckte zusammen. »Stimmt. Aber die ganze Situation war so surreal. Der größte Teil von mir hat nicht geglaubt, dass es wirklich passieren würde. Wenn es ans Eingemachte gegangen wäre und Vic mir einen Rückzieher angeboten hätte, ich hätte ihn angenommen. Denke ich zumindest. Alles, was ich weiß, ist, dass ich heilfroh bin, dich und nicht sie hier vorgefunden zu haben.«

»Hm.«

»Bitte, sei nicht eifersüchtig. Vor allem nicht wegen etwas, das gar nicht passiert ist.«

»Es macht mir Angst, wie wenig gefehlt hat. Wie wenig daran gefehlt hat, dass ich heute Morgen nicht bei dir bin.«

Jac umarmte Lauren noch etwas inniger. »Das macht mir auch Angst, aber ich bin hier. Du bist hier, und nicht Vic. Das macht mich euphorisch, dankbar, erleichtert, optimistisch …«

»Du bist also froh darüber, wie es ausgegangen ist?« *Glaub ihr. Glaub an sie.*

Jac lachte. »Das ist doch genau, was ich sage. Und du? Irgendwelche Zweifel? Ich weiß, dass wir deine Komfortzone letzte Nacht deutlich überschritten haben.«

»Mir geht es gut. Besser als gut. Ich freue mich auf heute und morgen.« Lauren strahlte Jac an und kniff ihren Nippel.

Jac sog den Atem scharf ein. »Ich habe ein Monster erschaffen.«

Lauren küsste sie auf die nächstbeste Stelle und richtete sich auf. »Nun, das Monster muss ins Bad. Ich bin gleich zurück.«

Im Badezimmer ließ Lauren sich Zeit, während sie sich wusch und die Zähne putzte. Als sie fertig war, betrachtete sie sich im Spiegel. *Was hast du denn erwartet? Dass du nach letzter Nacht verwandelt bist?* Es schien ihr, als müssten die letzten Stunden Spuren in ihrem Gesicht, auf ihrem Körper hinterlassen haben. Aber ihr Spiegelbild war unverändert.

Sie kehrte ins Schlafzimmer zurück.

Jac lächelte ihr entgegen.

Doch, es gibt einen großen Unterschied. Nackt hatte sich Lauren in Phils Nähe nie wirklich wohl gefühlt. Bei Jac war das ganz anders. Den letzten Schritt zum Bett übersprang Lauren, indem sie sich aufs Bett warf und sich auf Jac stürzte, sie unter der Decke festnagelte und sich rittlings auf sie setzte. »Also, du großes, sexy Ding, wonach steht dir heute der Sinn?«

Jac lachte, während sie versuchte, ihre Arme aus dem Kokon zu befreien. »Ich fürchte, das liegt nicht in meiner Hand, Herrin. Aber wenn

Ihr mir erlauben würdet, das Badezimmer zu gebrauchen, wäre Eure Untergebene Euch zutiefst dankbar.«

Lauren tat, als müsse sie darüber nachdenken, und rollte sich dann zur Seite. »Oh, na gut. Nur dieses eine Mal. Aber gewöhne dich nicht daran.«

Jac kraxelte über sie hinweg und hielt nur kurz inne, um sie zu küssen.

Lauren beobachtete sie grinsend auf dem Weg zum Bad. Jacs übermütiger, wiegender Gang war zurück. *Da ist aber jemand sehr von sich eingenommen.*

Jac trödelte, und als sie endlich wieder zum Bett zurückschlenderte, wartete Lauren schon voller Ungeduld. »Komm her.« Ihre Stimme klang tief und rauchig.

Jacs Augen wurden groß, ihre Lippen öffneten sich ein wenig.

»Sofort.«

Jac eilte zu Laurens Seite des Bettes.

Lauren legte eine Hand auf Jacs Oberschenkel. »Dreh dich um.«

Sie tat wie befohlen, und Lauren strich mit einer Hand über Jacs Pobacken, zeichnete die Striemen nach, die sie letzte Nacht dort hinterlassen hatte. »Tut es weh?«

»Es hält sich in Grenzen.«

»Gut. Füße auseinander.«

Jac spreizte die Beine.

Lauren begann mit einer vorsichtigen Erkundung. *Wenn sie so wund ist wie ich …*

Ein Schauder ging durch Jacs Körper, als Lauren sie reizte. »Bitte …«

»Bitte was?«

»Bitte, darf ich mich hinlegen? Ich bin mir nicht sicher, ob ich mich auf den Beinen halten kann.«

Laurens Bewegungen blieben langsam und sanft. »Jetzt noch nicht.«

Jac sog den Atem scharf ein.

Lauren wartete auf die Laute, die sie wissen ließen, dass Jac bald kommen würde, dann zog sie die Hand zurück. »Umdrehen.«

Jac wandte sich um, ihre Brust hob und senkte sich schnell. »Das ist Folter.«

»Du wirst es überleben.«

Lauren schlug die Decke zurück, entblößte sich und spreizte ihre Beine. »Du wirst dich weder hinlegen noch kommen, bevor ich es tue.«

Sie saß nicht unbedingt in einer geeigneten Position, trotzdem stürzte sich Jac in ihre Aufgabe. Binnen weniger Minuten wand sich Lauren unter ihrer Zunge und zerkratzte ihren Rücken, während sie kam.

Während sie sich zurück in die Kissen fallen ließ, stand Jac wieder aufrecht und mit einem zufriedenen Gesichtsausdruck vor ihr. »Du siehst mir eine Spur zu selbstgefällig aus. Vielleicht sollte ich dich noch ein Weilchen warten lassen.«

Jac neigte den Kopf, doch ihr Lächeln blieb. »Ich bin hier, um zu dienen, Ma'am.«

»Hierher.«

Jac bedeckte Laurens Körper mit ihrem. Ihre Augen strahlten, während sie Laurens Gesicht mit zarten Küssen bedeckte. »Bitte?«

Lauren schlang ihre Arme um Jac und schob einen Oberschenkel zwischen ihre Beine. »Bitte was?«

»Bitte, darf ich kommen?«

Sie senkte die Hände auf Jacs Pobacken und drängte ihren Schenkel fester gegen sie. »Ja.«

Während ihre Hüften sich immer schneller bewegten, stützte Jac sich auf die Hände und warf den Kopf in den Nacken. Beim Höhepunkt gab sie keinen Laut von sich, ihre Arme steif und den Kopf weit zurückgelegt.

Lauren betrachtete sie ehrfürchtig. *Sie ist so wunderschön. Sie sieht aus wie die Statue in ihrer Wohnung.*

Jac sackte in Laurens Armen zusammen. Behutsam streichelte Lauren ihr den Rücken, während sie darauf wartete, dass Jac wieder zu Atem kam. »Ich verstehe es jetzt.«

»Was verstehst du?«

»Dich so sehr erregen zu können, deinen Genuss in der Hand zu haben – es ist berauschend, nicht wahr?«

»Ja.« Jac rollte sich zur Seite und legte ihren Kopf an Laurens Schulter. »Aber glaub nicht, dass es nur wegen der Art ist, wie wir miteinander schlafen. Ich habe noch nie zuvor Liebe und Spaß so sehr miteinander verbunden. Es ist anregend – aber so intensiv fühlt es sich an, weil wir beide es sind. Die Spielzeuge tun nicht viel zur Sache.«

»Im *Sous-terre* ist es also nicht so?«

»Überhaupt nicht. Wenn du es ausprobieren möchtest, kann ich dich irgendwann mitnehmen.«

»Vielleicht. Ich werde darüber nachdenken.«

»Okay. Du bist hier die Chefin.«

Lauren küsste Jacs Stirn. »Nur für dieses Wochenende. Gleichgestellte Partnerschaft, du erinnerst dich?«

»Ich erinnere mich an jedes Wort, das du je gesagt hast.«

»Irgendwie bezweifle ich das.«

»Stell mich auf die Probe.«

Sie auf die Probe stellen? Okay. »Was waren meine ersten Worte an dich?«

»Du hast gesagt, ich wäre bei deinem Geburtstagsessen herzlich willkommen, und dass du dich darauf gefreut hättest, mich kennenzulernen, weil Vic immerzu von mir reden würde.«

»Hm. Ich werde dir wohl glauben müssen, es klingt plausibel. Und was habe ich bei deinem Outing gesagt?«

Jac lachte. »Du hast gemeint, es würde dich nicht stören.«

»Und du hast gesagt, es würde dich nicht stören, dass ich hetero bin.« Lauren hob die Decke und betrachtete Jacs nackten Körper, der an ihren geschmiegt lag. »Wer hätte das gedacht?«

Jacs Kichern kitzelte an ihrer Brust.

»Jetzt kommt eine wichtige Frage – was habe ich gesagt, nachdem du mir das erste Mal deine Liebe gestanden hast?«

»Du hast erwidert, du würdest mich auch lieben – aber ich finde, hier sollten mir mildernde Umstände angerechnet werden. Wenn ich mich richtig erinnere, hatte ich in diesem Augenblick den großartigsten Orgasmus meines Lebens gerade hinter mir. Mein Gedächtnis könnte also etwas unzuverlässig sein.«

Lauren schob Jac auf den Rücken und legte sich auf sie. »Nein, mit deiner Erinnerung ist alles in Ordnung. Und ich glaube, dafür ist eine Belohnung fällig.«

»Habe ich schon erwähnt, dass mir deine Art zu denken gefällt?«

Jac trug das letzte Gepäckstück zu ihrem Geländewagen und lächelte, als sie die Spielzeugtasche zwischen den anderen Sachen verstaute. *Was für ein Wochenende. Und was für ein unglaublicher Unterschied zu dem, was ich erwartet hatte.*

Lauren stand an der Tür und überblickte versonnen das Tal.

»Bereit zum Abflug?«

»Gleich. Große Lust habe ich nicht, jetzt zu gehen und in die Alltagswelt zurückzukehren.«

Jac stellte sich hinter Lauren und legte die Arme um sie. »Ich weiß genau, was du meinst. Ich glaube, wir sollten uns irgendwann ein eigenes zweites Zuhause anschaffen. Vielleicht an einem See?«

»Das wäre schön. Aber es wird nie wieder so sein wie dieses erste Mal, nicht wahr?«

Jac rieb ihre Wange an Laurens Haar. »Vielleicht nicht genauso, aber sicher ebenso wundervoll. So fantastisch dieses Wochenende auch war, es liegt noch so vieles vor uns, worauf wir uns freuen können.« *Zum Beispiel gemeinsam alt zu werden.*

Lauren drehte sich um und verschränkte ihre Hände hinter Jacs Nacken. »Habe ich dir heute schon gesagt, wie sehr ich dich liebe?«

»Ich glaube, du hast es aus Leibeskräften gebrüllt. Vor etwa einer Stunde.« Jac grinste.

Lauren versetzte ihr einen Stoß. »Ich war nicht die Einzige, die geschrien hat!«

»Wohl wahr. Es ist gut, dass Vics Hütte mitten im Wald liegt, sonst hätte jemand auf falsche Ideen kommen können. Besonders, wenn er gesehen hätte, wie du mich armes, hilfloses Ding fertiggemacht hast.«

Lauren schnaubte. »Du bist ungefähr so hilflos wie eine Löwin.«

»Und du, mein Schatz, bist zu meiner Überraschung und zu meinem größten Vergnügen auch kein Lämmchen. Morgen werde ich etwas Langärmliges zur Arbeit anziehen müssen, um unangenehme Fragen über mein Wochenende zu vermeiden.«

Lauren lächelte verschmitzt, nahm Jac an die Hand und führte sie zum Wagen. »Oh, mein armer Liebling. Lass uns dich wieder zurück in deinen sicheren Unterschlupf bringen.«

»Unseren Unterschlupf.« Jac kletterte auf den Fahrersitz und ließ den Motor an.

Lauren schnallte sich an und schwieg, bis sie auf der Straße waren. »Was hast du gerade gesagt?«

»Hm? Worüber?«

»Über unseren Unterschlupf. Du weißt schon, dass ich eine eigene Wohnung habe, oder?«

Ein Schreck fuhr Jac in die Knochen. »Aber ich dachte … hast du Phil nicht verlassen?«

»Das habe ich, und ich werde auch nicht mehr zu ihm zurückkehren. Aber am letzten Montag habe ich eine Wohnung angemietet, und am Freitag bin ich eingezogen.«

Jac schwieg eine Weile. »Ich kann verstehen, warum du das unter den gegebenen Umständen gemacht hast. Dir ist klar, dass du bei mir einziehen könntest, ja?«

»Wir sind noch nicht so weit, finde ich. Zumindest jetzt noch nicht. Ich brauche ein bisschen Raum für mich. Bevor ich nach Calgary gezogen bin, habe ich nur auf der Farm gelebt. Und auch hier hatte ich nur für ein paar Monate eine eigene Wohnung, bevor ich mit Phil zusammengezogen bin. Das war ein Fehler. Einer, den ich mit dir nicht wiederholen möchte. Es ist mir zu wichtig, dass wir das hinkriegen.«

Jac ließ die Schultern hängen. »Ich bin nicht Phil.«

Lauren strich Jac über die Wange. »Das weiß ich doch, und ich möchte nicht, dass du enttäuscht bist. Aber ich halte es wirklich für das Beste. Wir werden uns trotzdem die ganze Zeit sehen können.«

»Für gelegentliche Übernachtungen?« *Ich will mehr. Ich will dich immer bei mir haben.*

»Das und mehr. Ich will mir ein Leben mit dir aufbauen. Aber um das zu können, muss ich erst herausfinden, wer ich bin. Das heißt, dass ich manchmal auch einen Rückzugsraum brauchen werde. Es heißt nicht, dass ich dich nicht liebe. Gott! Ich liebe dich so sehr, ich kann mir ein Leben ohne dich nicht vorstellen!«

Jac warf Lauren ein Lächeln zu. »Ich fühle dasselbe für dich. Aber ich verstehe auch total was du gesagt hast und werde dir all den Freiraum lassen, den du dir wünschst. Trotzdem werde ich auch die Tage zählen, bis ich wieder neben dir aufwachen darf.«

»Und ich werde die Tage zählen, bis ich wieder neben dir einschlafen darf – und mir Gedanken darüber machen, wie ich dich dann wachhalten kann.«

Jac lachte über Laurens anzüglichen Tonfall. »Gut. Ich glaube, wir haben das komplette Spielzeugsortiment durchprobiert, aber es gibt ja immer noch Variationen. Ich hätte da noch ein paar Ideen.«

Lauren drückte Jacs Schenkel. »Ich auch.«

Als sie in der Stadt ankamen, folgte Jac Laurens Wegbeschreibung zu ihrem neuen Zuhause, wo sie neben dem gelben Käfer einparkte. Sie sprang aus dem Wagen und ging zum Kofferraum, um Laurens Tasche herauszuholen.

»Willst du mit reinkommen? Es ist allerdings noch ein bisschen chaotisch. Ich hatte noch keine Zeit, alles einzurichten.«

Jac schüttelte den Kopf. »Danke, aber ich glaube, du brauchst ein bisschen Ruhe, um deine Gedanken zu sortieren.« Sie beugte sich vor, um Lauren zu küssen und freute sich, als ihr Kuss ohne Zurückhaltung erwidert wurde. »Ich rufe dich später an, in Ordnung? Oder soll ich lieber nicht …«

»Ruf mich an«, sagte Lauren bestimmt. Sie winkte ihr zu, bevor sie die Treppen zur Wohnung hinaufstieg.

Jac wartete, bis sie im Haus verschwunden war, bevor sie zum Wagen zurückging. Sie seufzte und startete den Motor. *Das wird hart. Ich vermisse sie jetzt schon.*

Auf dem Rückweg zum Loft hielt Jac bei einem Eisenwarengeschäft, um einen Zweitschlüssel zu ihrer Wohnung anfertigen zu lassen. *Ich hätte Marcs Schlüssel behalten sollen, statt ihn zurückzuschicken.* Während sie darauf wartete, dass der Rohling zurechtgefeilt wurde, begutachtete sie die Auswahl an Schlüsselanhängern. Eine winzige, zinnerne Nachbildung eines klassischen VW Käfers weckte ihre Aufmerksamkeit. *Perfekt.*

Zu Hause angekommen, begann Jac gründlich aufzuräumen. Sie wusste nicht, wann Lauren sie demnächst besuchen würde, und in der vergangenen Woche voller Trübsal und Niedergeschlagenheit hatte sie keine Energie für den Haushalt gehabt.

Sie stopfte gerade eine Ladung Wäsche in die Maschine, als es an der Tür klingelte. Verwundert betätigte Jac die Wechselsprechanlage.

»Hallo?«

»Grüß dich, du langbeinige, sexy Schönheit.«

Jac grinste breit. »Grüße zurück, Winzling.«

»Darf ich raufkommen?«

»Hm, ich weiß nicht so recht. Ich habe da diese fordernde Geliebte, die es gar nicht mag, wenn ich eine Frau von der Straße auflese.«

»Liebling, dir ist schon klar, dass unsere Vereinbarung erst heute um Mitternacht endet, oder?«

»Jetzt, wo du es sagst …« Jac drückte den Türöffner und eilte die Stufen hinab. Sie begegnete Lauren auf dem zweiten Treppenabsatz und zog sie in einen Kuss.

»Hm. Dieses Empfangskomitee gefällt mir.«

Jac drückte Lauren gegen die Wand. »Für dich liegt der rote Teppich immer bereit.«

Sie ließen ihre Hände wandern, als hätten sie sich seit Wochen nicht mehr gesehen. Als schließlich beide um Luft rangen, fragte Jac: »Nicht, dass ich mich beklagen will. Aber was ist mit ›Ich brauche meinen Freiraum‹ passiert?«

»Mir ist da dieses Gerücht eingefallen, dass man in Flanelllaken angeblich ganz wunderbar nackt schlafen kann. Und da ich morgen frei und keine Flanelllaken habe, du aber schon, wollte ich die Gelegenheit nutzen, dieses Gerücht zu prüfen.«

Jac lachte. »Zufällig habe ich gerade neue Flanelllaken aufs Bett gezogen. Dein Timing ist also perfekt.« Sie stiegen Hand in Hand die Treppen hinauf.

Im Loft angekommen, schnappte sich Jac den neuen Zweitschlüssel. »Der ist für dich. Aber glaub nicht, dass ich dich unter Druck setzen oder irgendwelche Erwartungen an dich stellen will. Ich möchte dir nur beweisen, dass ich an uns glaube. Und an unsere Beziehung. Ich könnte jetzt etwas Kitschiges sagen – das hier wäre der Schlüssel zu meinem Herzen, oder so etwas. Aber mein Herz gehört dir schon. Es hat schon lange vor diesem Wochenende dir gehört. Ich hoffe so sehr, dass du das weißt. Das hier ist nur der Schlüssel zu dem Ort, den du hoffentlich irgendwann auch dein Zuhause nennst.«

»Das ist so süß von dir. Danke. Du wirst auch einen Schlüssel zu meiner Wohnung bekommen.« Lauren schlang die Arme um Jacs Taille. »Nur damit du es weißt: Es ist tatsächlich mein Wunsch, irgendwann hier mit dir zu leben. Und ich weiß es zu schätzen, dass du mein Bedürfnis verstehst, es etwas langsamer angehen zu lassen. Aber in diesem Augenblick will ich nichts anderes, als dich lieben, in jedem Winkel deines Zuhauses.«

Jac legte ihre Unterarme auf Laurens Schultern. »Alle Winkel in einer Nacht?«

Lauren grinste. »Vielleicht nicht alle. Du hast in den letzten Tagen zwar eine beeindruckende Ausdauer gezeigt, aber ich will mein Glück nicht überstrapazieren. Ich habe langfristige Pläne für uns, daher kann ich dich nicht jetzt schon fix und fertig machen.« Sie nahm Jacs Hand und führte sie die Stufen hinauf. »Also, ich dachte, es wäre eine gute Idee, mit dieser herrlichen Badewanne anzufangen. Darüber habe ich fantasiert, seit ich das erste Mal darin lag.«

»Hast du wirklich?«

»Hm.«

»Ernsthaft? Du hast schon damals so über mich nachgedacht?«

Lauren lachte. »Damals? Es ist doch nur ein paar Wochen her. Ja, ich habe es vielleicht nicht ganz verstanden, aber du hast mich vom ersten Moment an angemacht.«

Jac strahlte. »Cool.«

»Es mag ja verrückt klingen, aber ich habe mich schon vom ersten Tag an zu dir hingezogen gefühlt. Ich war ganz begeistert, als du mich gebeten hast, dir mit deiner Wohnung zu helfen. Es hat mir einen Vorwand geliefert, dich zu besuchen. Und auch, wenn unsere Freundschaft mir zu Hause Probleme bereitet hat, ich hätte das zwischen uns ebenso wenig bleiben lassen können wie das Atmen. Es war von Anfang an echt. Es ist echt.«

Jac atmete tief durch. »Ja, das stimmt. Umso mehr hasse ich diese Wette mit Vic. Du hattest recht, was mich betrifft.«

»Vielleicht, was dein altes Ich betrifft. Aber ich liebe dich. Ich mag die Frau, mit der ich gerade das Wochenende verbracht habe, wirklich, wirklich gern. Und ich meine nicht nur den Sex, obwohl der natürlich auch großartig war.«

»Unbestritten. Und du bist es auch.«

Lauren trat einen Schritt zurück und zog sich den Pullover über den Kopf. Sie ging weiter rückwärts, schälte sich Stück um Stück aus ihrer Kleidung und warf sie zu Boden, bis sie schließlich nackt war. Sie wandte sich um, hielt in der Badezimmertür inne und blickte über die Schulter zurück. »Kommst du?«

Über Lois Cloarec Hart

Geboren und aufgewachsen in British Columbia war Lois Cloarec Hart schon immer eine begeisterte Leserin. Das Schreiben begann sie jedoch erst sehr viel später. Einige Jahre nach ihrem Eintritt in die kanadische Armee machte sie ihren Abschluss in Geschichte am Royal Military College. Von der Luftverkehrskontrolle wechselte sie zur Militäraufklärung, wo sie fünf Jahre blieb. Danach quittierte sie den Dienst, um für ihren Ehemann zu sorgen, der an Multipler Sklerose litt und 2001 verstarb. In dieser Zeit begann sie zu schreiben und veröffentlichte ihr erstes Buch, *Coming Home*, im selben Jahr. Durch die Arbeit an diesem Buch lernte sie die Frau kennen, die sie im April 2007 heiraten sollte. Nun pendelt sie jedes Jahr zwischen ihrer Heimat in Calgary und dem Wohnsitz ihrer Frau in Atlanta hin und her.

Ebenfalls im Ylva Verlag erschienen

www.ylva-verlag.de

Wie ein neues Leben
Ein lesbischer Liebesroman

Lois Cloarec Hart

ISBN: 978-3-95533-220-4
Umfang: 378 Seiten (104.000 Wörter)

Jan hat es sich zur Aufgabe gemacht, ihren an MS erkrankten Ehemann Rob zu pflegen, der sich als ehemaliger Kampfflieger nur schwer mit seinem Schicksal abfinden kann. Durch Zufall tritt eines Tages Terry in ihr Leben. In kürzester Zeit stellt die junge Postbotin, die von einer Karriere als Schriftstellerin träumt, das Leben von Rob und Jan auf den Kopf.

Eine Diebin zum Verlieben

Ina Steg

ISBN: 978-3-95533-809-1
Umfang: 246 Seiten (65.000 Wörter)

Robin ist eine Diebin, doch wie ihr Namensvetter verteilt sie ihre Beute an Bedürftige.

Obwohl Kriminaltechnikerin Hanna sie verdächtigt, ein wertvolles Buch gestohlen zu haben, ist das Knistern zwischen den beiden Frauen nicht zu leugnen. Während Hanna damit hadert, Robins Schuld beweisen zu müssen, verstrickt diese sich zunehmend in Lügen.

Kann es in diesem Katz-und-Maus-Spiel überhaupt Gewinnerinnen geben?

Popcorn Love
Das Glück ist so nah

KL Hughes

ISBN: 978-3-95533-649-3
Umfang: 365 Seiten (112.000 Wörter)

Geschäftsfrau Elena hat kaum Zeit für die Liebe, doch eine Freundin überredet sie: Wenn sie einen Babysitter für Elenas kleinen Sohn findet, muss Elena sich auf Dates einlassen.

Studentin Allison ist nicht nur ein guter Babysitter, sie muntert Elena auch nach jedem miesen Date auf. Elena wird klar: Allison ist die Frau, die sie sucht, doch die soziale Kluft zwischen ihnen ist schwer zu überbrücken.

L.A. Metro
Diagnose Liebe

(L.A. Metro-Serie – Buch 1)

RJ Nolan

ISBN: 978-3-95533-294-5
Umfang: 314 Seiten (95.000 Wörter)

Dr. Kimberly Donovans Leben liegt in Scherben. Von Familie und Freundin betrogen, wagt sie am L.A. Metropolitan Hospital einen Neuanfang. Dort wird die zurückhaltende Dr. Jess McKenna ebenfalls von düsteren Erinnerungen gepeinigt.

Ihren Gefühlen zum Trotz verordnen sich die Ärztinnen Abstand voneinander. Aber vielleicht kann das L.A. Metro nicht nur Kranke, sondern auch verwundete Herzen heilen.

Demnächst im Ylva Verlag

Perfect Rhythm
Herzen im Einklang

Jae

Popstar Leontyne Blake singt über die Liebe, doch eigentlich hat sie schon vor langer Zeit aufgehört, daran zu glauben. Frauen geht es immer nur um ihr Geld oder ihre Berühmtheit, nicht um sie selbst.

Als ihr Vater einen Schlaganfall erleidet, kehrt sie in die Kleinstadt zurück, in der sie aufgewachsen ist.

Dort lernt sie die Krankenschwester Holly Drummond kennen, die sich nicht von Leos Berühmtheit beeindrucken lässt. Das ist nicht das Einzige, was Holly von anderen Frauen unterscheidet. Sie ist asexuell und hat die Suche nach einer Partnerin aufgegeben.

Kann mehr werden aus der zaghaften Freundschaft zwischen einer ausgebrannten Popsängerin und einer Frau, die kein Interesse an Sex hat?

Perfect Rhythm – Herzen im Einklang ist ein lesbischer Liebesroman über die Suche nach dem harmonischen Einklang zwischen zwei sehr verschiedenen Menschen.

Bibliografische Information der Deutschen Bibliothek
Die Deutsche Bibliothek verzeichnet diese Publikation in der Deutschen Nationalbibliografie; detaillierte bibliografische Daten sind im Internet über www.dnb.de abrufbar.

1. Auflage
Taschenbuchausgabe Oktober 2017 bei Ylva Verlag, e.Kfr.

ISBN: 978-3-95533-922-7

Dieser Titel ist auch als E-Book erschienen.

Übersetzung: Denise Schneider
Lektorat: Ulrich Hawighorst und Andrea Fries
Coverdesign: Streetlight Graphics

Kontakt:
Ylva Verlag, e.Kfr.
Inhaberin: Astrid Ohletz
Am Kirschgarten 2
65830 Kriftel
Tel: 06192/9615540
Fax: 06192/8076010
www.ylva-verlag.de
info@ylva-verlag.de
Amtsgericht Frankfurt am Main HRA 46713

20678962R00127

Printed in Poland
by Amazon Fulfillment
Poland Sp. z o.o., Wrocław